살인자는 죽지 않는다

문지솔 장편소설

문학여행

차례

1

최현우는 정상이다. 의사의 소견이었다.

의사는 초면에 그를 비정상으로 분류했다. 최현우의 첫인상은 정상으로 보기가 어려웠다. 문제가 있는 것이 분명했다.

커터칼을 손에 쥐고 있었다. 상담하는 과정에서 언어가 와해되는 현상을 수차례 확인했다. 와해된 언어는 심리검사가 진행되는 중에도 빈번하게 일어났다. 뿐만 아니라 검사에 임하면서도 그는 기괴한 소리를 늘어놓았다. 은근한 지적이 있었으나 주의는 먹히지 않았다.

임상심리사가 최현우의 모든 행동을 의사에게 보고했다. 의사는 최첨단 장비로 최현우의 뇌를 검사했다. 임상심리사의 조언과 검사결과를 토대로 결론을 도출했다.

뭐라구요?

최현우의 부친이 말했다.

의심할 여지가 없습니다. 그 아이는 정상입니다.

의사는 음울하게 덧붙였다.

정신분열증 초기증상을 보이고 있을 뿐입니다. 극히 경미한 수준이긴 하나, 문제가 있다면 그것은 스트레스가 극심하다는 겁니다. 현우는 스트레스에 잘 대응하고 있습니다. 하지만 스트레스를 주는 요인이 사라지지 않는다면 언젠가는 문제가 발생할 겁니다.

그렇지만 그 앤 미쳤단 말입니다.

부친이 말했다.

아닙니다. 현우가 이상한 행동을 하는 까닭은 아버님 탓이 큽니다.

의사가 말했다.

부모는 최현우의 기대에 부응하지 못했다. 현우는 욕심이 많은 아이였다. 모두가 자기를 사랑해야 성이 풀리는 아이다. 부모는 아이의 성격을 파악하는 것에 실패했다. 현우에게 필요한 건 표지판이 아니었다. 부모가 온전하게 자기 울타리 안에 들어와서 갇히는 것, 그것이 필요했다.

현우는 울타리로 부모를 끌어들이는 데 성공했다. 자기가 어려움에 처했음을 가장한 거다. 모든 것이 연극이었다.

현우는 지속적으로 주의를 끌고 싶은 것입니다. 평소에 현우를 대할 때 명령조를 많이 쓰셨나요?

의사가 말하고서는 덧붙였다.

아이가 말을 꺼내려 하면 혹시 중간에서 자르거나 하지는 않았는지요. 요구를 하면, 즉각 화를 내고 신경을 곤두세웠을 겁니다. 현우는 부모가 짠 하루일과를 그대로 따랐습니다. 듣지 않으면 심한 폭행을 당했습니다.

부친은 기분이 나빴다.

전부 다 사실이었다. 아이를 때렸다. 말을 듣지 않아서 어쩔 수 없이 행한 일이다. 구제불능의 아이 때문에 약간의 폭행을 일삼았다.

하루일과라니 말이 너무 심하지 않습니까? 아이가 무얼 해야 할지 몰라서 가르쳤습니다. 하나하나 가르쳐주지 않으면 현우는 아무런 행동도 하지 않았으니까요. 피해를 본 건 우립니다. 더는 우리를 가해자로 만들지 마십시오.

부친이 불쾌한 얼굴로 말했다.

정상인을 입원시킬 수는 없습니다. 더군다나 문제의 원인은 아버님으로 판단됩니다. 저는 의사로서 아버님께서 정신감정을 받아야 한다고 생각합니다.

의사가 말했다.

스스로 내고도 믿기 어려운 결론이었다. 그는 경험이 많은 의사였다. 어느 정도 정신과 일을 하면서 통찰력을 얻었다고 생각했다. 사람을 잘못 판단하는 오류를 범했다니 처음 있는 일이다.

그러나 믿어야 했다. 모든 검사의 결과가 같은 방향을 가리키고 있었다. 겉으로 드러나는 행동이 전부가 아니라는 사실을 인정해야만 했다.

어쨌거나 최현우의 입원은 허락할 수 없습니다. 폐쇄병동은 중증 이상의 정신병을 지닌 환자들이 머무는 곳입니다. 그렇게 알고 이만 돌아가십시오.

의사가 말했다.

최현우의 부친은 화를 내며 돌아갔다.

닫힌 문을 보며 의사는 생각했다. 그가 다시 병원에 방문하는 일은 없을 거다. 강경한 성격의 사람들은 항복보다는 자살을 택했다. 문제가 생겨도 외부의 직접적인 도움은 바라지 않는다.

의사가 싫어하는 부류였다. 이들은 상담에 앞서 결론을 미리 내놓는다. 내가 만들어놓은 해결책의 실현만을 돕는 것이 의사의 일이다. 그들이 병원에 오기 전에 되뇌는 마음속의 언어다.

의사는 씁쓸하게 웃었다.

의사는 외투를 벗었다. 아내가 건네받았다.

여보, 당신이 좋아하는 된장찌개를 해놨어요. 어서 들어와서 들어요.

아내가 말했다.

의사는 넥타이를 풀며 식탁으로 향했다. 밥상이 보기 좋게 차려져 있었다. 찌개에서 김이 모락모락 피어올랐다.

아내가 옷장에다 외투를 걸어놓고 돌아왔다. 의사는 아내에게 키스했다. 아내는 짧게 입 맞추고는 의자에 앉았다.

의사는 옛 추억을 회상했다. 가정적인 모습에 반해서 지금의 아내에게 청혼했다. 그녀는 자상한 여자였다. 고운 얼굴에 성격이 모나지 않고 온화했다. 상대를 기분 좋게 만드는 특별한 재주가 있었다. 침착했다. 불합리한 상황에서도 섣불리 화를 내지 않았다. 무슨 말이든 말로써 상대를 제압했다. 상대는 천천히 흥분을 가라앉혔다. 이성을 되찾은 상대는 먼저 화해를 청했다.

따르는 남자가 조금 많았다. 고백하는 남자는 많았으나 아내는 번번이 거절했다. 기대를 접고 고백했던 것이 결혼까지 온 계기가 됐다.

식사를 마쳤다.

의사는 빈 그릇을 들고 일어났다. 싱크대로 향하는데 거실 왼편의 문이 열렸다. 조한이 밖으로 걸어 나왔다.

아빠, 나 컴퓨터 새로 사줘요.

김조한이 말했다.

그릇을 치웠다. 조한을 쳐다봤다. 미안한 얼굴이다. 의사는 거실의 소파로 걸음을 옮겼다. 아들이 뒤따라왔다.

또 고장이냐?

의사가 물었다.

이번엔 고장 내지 않을게요. 화가 나서 그랬어요. 어떤 놈이 채팅으로 나한테 쪼다라고 그랬다구요. 참을 수가 있어야죠.

조한이 말했다.

의사는 예상한 얼굴로 말했다.

너는 그 성격 좀 고쳐야 한다. 욱하는 성격은 너한테 아무런 도움이 못 돼. 누누이 말하지만 너는 감정을 억누르는 방법을 배워야 한다. 내가 만든 방법을 쓰고는 있지만 효과가 그리 크지는 않은 것 같구나.

의사는 걱정스러운 눈으로 아들을 쳐다봤다.

기질적인 문제였다. 아들은 정신적으로 문제가 있었다. 아이가 걸음마를 시작할 무렵에 깨달았다.

의사는 아이에게 약봉지를 주지 않았다. 다른 방법을 선택했다. 아이에게 직접 설계한 치료법을 적용하는 것이었다. 의사는 그 분야에 능통했다. 유명한 심리학자들이 자존심을 굽히고 자문을 구하러 찾아올 정도였다.

아들의 병과 관련된 논문을 여럿 발표했다. 모두 성공적이었다.

컴퓨터는 몇 십만 원이 넘는단다. 얘야, 너는 그 몇 십 만원어치의 다른 부탁을 나에게 할 수 있었다. 게임기를 여러 대 사달라고 할 수 있었고 원한다면 제주도로 여행을 갈 수도 있었다. 옷으로 따지면 몇 벌이니 지난번에 부탁했던 호신 학원도 여섯 달은 넘게 다녔겠구나.

의사가 아들을 보며 말했다.

알고 있어요, 후회한다구요. 정말이에요. 정말 후회해요. 다시는 그런 난폭한 게임을 하면서 열 받지 않겠다고 약속할게요. 제가 어리석었어요.

조한이 말했다. 신경질적인 말투였다. 채팅창에서 비롯된 분노임을 의사는 직감했다.

방에 들어가서 자숙하거라. 컴퓨터는 잘 해결해보마.

의사가 말했다.

조한은 의사를 와락 안았다.

고마워요, 아버지.

의사는 티브이를 응시했다. 주방을 쳐다봤다. 아내가 설거지에 열중이었다. 앞치마를 매고 있었다. 등허리의 끈이 풀려 있었다.

다시 티브이를 쳐다봤다. 벨소리가 울리기 시작했다. 의사는 주머니를 확인했으나 휴대폰은 만져지지 않았다.

안방에 들어갔다. 휴대폰은 아내의 화장대에 놓여 있었다. 휴대폰을 집어 들고 액정을 확인했다. 임철용에게서 전화가 걸려오고 있었다. 그와는 일주일 전에 마지막으로 만났다. 용무가 뭘까.

통화 버튼을 누르며 거실로 나왔다.

어, 무슨 일이야.

의사가 말했다. 프로그램 진행자가 거실에서 떠들고 있었다.

지금 집이야?

수화기 너머로 낮은 목소리가 들려왔다.

집이야. 밤이 깊었는데 도대체 무슨 일이야?

의사가 말했다.

철용은 침묵했다. 분위기를 잡으려는 건가. 한참이 지났는데도 철용은 대답하지 않았다. 목소리를 짜내기도 어려울 정도로 난감한 일일까. 의사는 문득 의아함을 느꼈다. 궁금함이 커지려는 찰나에 철용이 말했다.

지금 나올 수 있나?

의사의 시선이 벽시계로 향했다. 여덟 시였다. 근무 외의 시간은 가정에서 보내자는 게 그의 철칙이었다. 내키지가 않았다.

지금은 곤란한데 무슨 일인가?

난감한 기색으로 의사가 말했다.

철용은 다시 침묵했다. 귀를 떼고 휴대폰 액정을 바라봤다. 통화가 종료된 건 아니다. 의사는 휴대폰을 귓가에 댔다.

뭐라고?

의사가 말했다. 몸이 얼어붙었다.

이길석이 죽었다고 임철용이 말했다. 그가 살해를 당했다면서 정황을 설명하기 시작했다. 설명은 끊이지 않고 이어졌다. 무용지물이었다. 의사는 철용의 말을 알아들을 수가 없었다. 죽음이라는 단어가 이런 느낌을 주는 거였나. 침착성을 유지하기가 어려웠다. 느린 어조로 얘기하던 철용이 듣고 있는 거냐고 물었다.

내가 뭘 하면 되나.

의사가 물었다.

통화를 마쳤다. 의사는 서둘러 방으로 향했다. 조금 빠른 동작으로 옷장의 문을 열었다. 아내의 옷장이었다. 문을 닫고 옆에 붙은 옷장을 열어 외투를 꺼냈다. 외투를 껴입으며 발을 옮겼다.

아내는 수건으로 젖은 손을 닦고 있었다.

당신 어디 가요?

아내가 물었다.

가야 할 곳이 생겼어.

의사가 말했다.

꼭 가야 해요?

중요한 일이야. 미안해. 올 때 맛있는 거 사올 테니까, 기다리라고.

의사가 말했다. 경직된 모습이었다.

알겠어요. 대신 빨리 와요. 조한이가 피자가 먹고 싶다고 하던데요.

알았어.

의사는 급히 집을 나섰다.

현관문이 닫히고 얼마 후였다. 조한이 방에서 나와서 거실의 소파에 앉았다. 모친은 청소기를 돌리는 중이었다. 조한은 모친을 쳐다봤다. 청소기 소리 때문에 티브이 볼륨이 상대적으로 작아졌다. 조한은 볼륨을 최대로 높였다. 모친이 청소를 마치고 조한에게 걸어왔다.

소리 줄일게요.

조한이 말하고 볼륨을 도로 낮췄다.

아버지는 급한 일이 있다고 나가셨어. 피자를 사오신다더라.

모친이 말했다.

그래요. 언제 오시는데요?

조한이 환해진 얼굴로 말했다.

표정이 밝진 않던데 늦을지도 몰라.

모친이 말했다.

심각한 일 같은가요? 언제 나가셨는데요?

방금 전에 나가셨단다. 심각한 일인 것 같구나.

모친이 말했다. 조한이 다소 굳은 얼굴로 몸을 일으켰다.

왜 그러니?

모친이 말했다.

김조한은 방에서 옷을 걸쳐 입고 나왔다. 현관 앞에서 조한이 말했다. 잠깐 나갔다 올게요. 잠깐이면 돼요.

의사는 어두운 골목을 걸었다. 자주 지나는 길이지만 낯선 느낌이었다. 눈 뜨고 코 베인다더니.

이길석이 살해당했다. 과도가 그의 몸에 스무 개의 상처를 남겼다. 용의자는 없다. 흉기는 예측이 가능했지만 사람은 아니었다. 범인은 DNA를 남기지 않았다. 지문이나 CCTV, 목격자 모두 남겨두지 않았다.

친구로서 존경했었다. 사회적인 지위는 낮았어도 인간적인 남자였다. 적어도 원한에 의한 살인은 아닐 거다.

범인을 잡는 데 일조해 주었으면 해. 윗선에서는 이 사실을 모르게 해야 돼. 그 사람들은 범죄현장을 드러내는 것이 수치라고 생각하니까.

임철용이 말했다. 이어서 그는 범죄가 일어난 장소를 알려줬다. 의사도 아는 곳이었다. 집에서 매우 근접한 장소였다. 굳이 차를 가져갈 필요는 없었다.

의사는 몸을 움츠렸다. 날숨이 공기와 만나서 하얀 막을 형성했다. 주머니 속에서 손을 움직였다. 과도가 만져졌다. 긴장한 채로 골목을 나왔다. 낯익은 주택이 보였다. 사건이 발생한 지점이다.

의사는 주택을 보면서 추측했다. 범인은 대범한 사람이다. 혹은 대범해 보이고 싶어 하는 사람이다. 자신감에 찼거나 열등감에 빠졌다. 아직은 어느 쪽으로도 확신해서는 안 된다. 확신은 금물이다. 확신하는 순간, 범인은 영영 잡지 못한다.

잠시 회상에 잠겼다. 머리를 흔들었다. 범행현장이다. 기습에 대비해야 했다. 의사는 시선을 돌렸다. 누군가 시야를 비집고 들어왔다. 모자를 쓴 사람이었다. 키가 큰 남자로 보였다. 남자는 자그마한 물건을 감추듯 들고 있었다. 쏟아지는 가로등 빛이 물건에 닿아서 하얗게 빛을 냈다.

의사는 대각선으로 비스듬히 걸었다. 남자가 포위하듯 방향을 바꿔 걸어왔다. 의사는 알아차렸다. 자신이 뛰기 시작하면 남자가 따라서 뛸 것이다. 이길석을 죽인 범인일까. 잠시 고민이 이어졌다. 식은땀이 흘렀다. 불쾌할 정도로 가슴이 방망이질을 해대고 있었다. 도망가려고 작정하면 되도록 태연하게 대처해야 한다. 맞선다면 있는 힘을 다해야 할 것이다.

'임철용 형사가 도착하는 시간'

불가능했다. 의사는 남자와의 거리를 살폈다. 아직은 멀다. 남자는 무관심한 태도로 교묘하게 접근해오고 있었다. 이제 의사는 남자가 자신을 노리고 있다는 사실을 직감적으로 알았다. 주머니를 뒤적여 휴대폰을 집었다. 주머니 속에서 전화를 걸려고 시도했다. 쉽지 않았다. 의사는 고개를 들었다.

남자와의 거리가 많이 좁혀진 뒤였다. 의사의 수상한 움직임을 목격했으면서도 남자는 조급한 기색이 없었다. 남자가 멈춰섰다. 가만히 의사를 마주하다가 다른 곳을 응시했다.

의사가 휴대폰을 꺼냈다. 통화내역을 눌렀다. 손가락을 빠르게 움직였다. 그런데 순간 몸통이 욱신거리며 사고회로가 뚝 끊겼다. 의사는 무겁게 눈꺼풀을 밀어냈다. 크게 뜨인 눈에는 의아함이 가득했다. 믿기지 않는다. 믿을 수가 없다. 먼 거리였다. 짧은 시간에 도달하기 위해서는 달려와야 하는 거리다.

정신을 차리자 남자가 앞에서 복부를 찔러대고 있었다. 흥분을 느끼기라도 하듯 이상한 소리를 내고 있었다. 의사는 천천히 고꾸라졌다. 악몽과 현실을 오가면서 의사가 땅에 쓰러졌다. 남자는 칼을 주머니 안으로 쑤셔넣었다. 의사의 몸을 발로 차대기 시작했다.

의사는 손을 더듬었다. 과도를 집었다. 시야가 어두워지고 선명해지기를 반복하고 있었다. 사용은 불가능하다. 과도는 무용지물이었다. 의사는 눕혀진 입장이었다. 칼을 꺼낸다면 더욱 큰 화가 닥칠 것이다.

의식이 흐려질 무렵에 남자가 모자를 벗고 말했다.

이제 편안히 주무세요.

2

김조한은 장례식장 안에 앉아 있었다. 아버지의 액자를 안은 채로 바닥을 보고 있었다. 장례도우미들이 바쁘게 지나다녔다. 도우미들의 발랄한 목소리는 식장 내의 엄숙한 분위기를 명백히 방해하고 있었다. 모친은 속으로 그 사실을 문제 삼았다. 그러나 상황이 상황인 터라 군말 않고 도우미들을 도와 조문객을 맞았다. 여자들의 분주한 움직임을 멀거니 바라보다가 김조한이 고개를 돌렸다.

"고생이 많았지. 우리 조한이 어쩌면 좋니."

처음 보는 나이든 여자였다. 그녀는 눈물로 얼룩진 몰골을 하고 있었는데, 조한은 '어디서 본 적이 있는 사람이었던가'하고 속으로 생각했다.

"다 잘 될 거란다. 나쁜 놈들은 잡혀야지! 잡히고, 말고."

노모는 이제 한술 더 떠서 손을 어루만지고 있었다. 낯선 이를 바라보면서 김조한은 두어 번 고갯짓했다.

"알고 있어요. 언젠가는 잡힐 거니까요."

김조한이 말했다.

"기운 잃지 말고, 아버지 몫까지 잘 살아야 한다."

노모가 안쓰러운 눈으로 쳐다보며 말했다.

"저는 괜찮아요. 고맙습니다."

대화는 끝났다. 조한은 가만히 아래를 응시했다. 다행스럽게도 낯선 이는 곧 자리를 피했다. 그녀는 이제 어머니 곁으로 향하고 있었다. 인사를 주고받고는 도우미들에게 말을 붙였다. 이쪽저쪽을 쏘다니고 다니다가는 지친 것인지 쓰러지듯 상 앞에 주저앉았다. 안면도 없는 사람인 주제에 미꾸라지처럼 돌아다니는 꼴이 마땅찮았다. 쓸모가 없는 사람이었다면 말상대도 해주지 않았을 것이다.

김조한은 자리에서 일어나 밖으로 나왔다. 바깥은 장례식장을 찾아온 사람들로 붐비고 있었다. 문득 그는 바닥에 두고 나온 액자를 떠올렸다. 웃음이 났다. 과연 사람들이 그 작은 액자에 대고도 절을 할 것인지가 궁금했다. 아니 액자의 존재조차도 인지하지 못할 것이다. 이러나저러나 명청한 사람들.

보폭을 늦추며 흘깃 뒤돌아봤다. 누군가 보였는데, 그를 보자 갑자기 재미있는 생각이 떠올랐다. 흥분됐지만 지체하지 않고 다음 생각으로 넘어갔다. 스스로를 칭찬하고 싶은 기분이 되어 김조한은 병원 안으로 들어갔다.

한진영이 싫다. 그는 무력한 아이들을 괴롭힌다. 대항할 힘이 없는 약자들만 골라서 굴욕감을 안겨 준다. 당하는 입장에선 괴롭다. 그들의 기분을 매우 잘 안다. 보는 눈이 많은 곳에서 무릎을 꿇어야 하는 수치심, 한진영은 상상조차 못할 고통이다.

나는 컴퓨터에 몰두해 있었다. 키보드를 두드렸다. 인터넷 기사를 보고 있었다. 기사를 보는 것은 항상 흥미로웠다. 텔레비전이나 신문 등에 등장하는 뉴스는 그냥 뉴스다. 인터넷 기사는 단지 뉴스에 그치지 않았다. 기사가 하나 뜨면 댓글이 줄줄이 달렸다. 아무개의 댓글을 구경하는 건 정말로 흥미롭다. 인터넷에선 뉴스까지도 대화의 장이다. 아무개들은 뉴스의 내용과 댓글 평가에 여념이 없다.

저런 놈들은 헤드샷을 날려야 된다.

눈에 띄는 댓글이었다. 동감이다. 저런 놈들은 총으로 쏴 죽여야 한다. 머리통을 겨냥해서 죽여야 한다. 죽인 뒤에는 시체를 조롱해야 한다. 칼빵으로 'X'자를 수놓는 걸 잊어선 안 된다. 귀신이 된 녀석이 분통해할 거다.

나는 키득키득 웃었다.

"현우야."

엄마의 목소리다. 모기 날갯짓만큼이나 작은 목소리다. 뒤를 돌아봤다. 문이 조금 열려 있었다.

"네, 엄마."

부리나케 다가가서 말했다.

"숙제하는 거니?"

"아뇨, 숙제하는 거예요."

"숙제를 한다는 거니, 아니라는 거니?"

엄마가 혼란스러워했다. 나는 정정했다.

"하고 있다는 거예요."

"학교 숙제를 하는 거니?"

"아뇨."

"학원 숙제니?"

"그것도 아뇨."

"그럼 무슨 숙제니?"

"저만의 숙제예요. 그럼 문 닫을게요."

문 너머가 조용했다.

나는 문을 닫고 컴퓨터 앞에 앉았다. 기사가 뜬 창을 닫았다. 붉은 배경의 홈페이지가 화면에 떴다.

부쩍 잔인한 게임이 늘었다. 게임회사들끼리 경쟁이 붙은 모양이다. 누가 더욱 실감나게 만드는지, 피의 농도와 색깔까지 갈수록 진보한다. 덕분에 신이 나는 건 미래의 꿈나무들이다. 물론 현실에 찌든 나도 빠뜨릴 순 없다.

게임회사들은 십대들이 잔인함에 노출되는 것을 염려했다. 그들은 빨간 딱지를 붙였다. 머리가 빨간 놈은 덩치가 큰 방해꾼이다. 그는 기준에 못 미치는 놈들을 몽둥이로 두드려 내쫓는다. 그러나 주민등록번호 도용 앞에선 걸리버도 난쟁이로 둔갑한다. 결국엔 용량만 넉넉하다면 누구든 게임을 즐길 수 있다.

　나는 적들의 대갈통을 작살내고 있었다. 적중률이 절반을 훨씬 넘었다. 채팅창으로 격려의 말들이 쏟아졌다.

　"나는 천재야."

　모니터를 응시했다. 어깨에 결리는 게 느껴졌다. 마우스를 손에서 놨다.

　"현우야, 현우야!"

　엄마의 목소리가 다시 들렸다. 방은 어두웠다. 창밖은 아직 환했다.

　"학원에 갈 시간이야."

　엄마가 말했다.

　"학원이요?"

　"그래, 학원."

　"꼭 가야 해요?"

　내가 말했다. 말하고 나서 머저리 같다고 생각했다. 당연한 말이었다. 우리는 부자가 아니다. 돈이 없어서 거의 공짜로 학원을 다니고 있다. 나가서 공부를 해야 한다.

　"아버지가 알면 화를 내실 거란다."

　"알겠어요. 옷 갈아입고 나갈게요."

　내가 말했다. 외투만 걸치고 밖으로 나갔다. 엄마가 불안한 얼굴로 말했다.

　"가방 챙겨야지."

　"뒤에 메고 있어요."

　내가 말했다.

　"너무 작아서 몰랐구나."

　엄마가 살짝 놀란 표정으로 말했다. 나는 현관으로 걸음을 옮겼다.

　"실수 안 하니까요, 걱정 마요."

엄마가 따라오는 게 느껴졌다.

"혹시 아무것도 안 들은 건 아니지?"

나는 신발을 신으며 대답했다.

"제대로 들어 있어요. 책이 얇은 거예요."

"가다가 뭐 좀 사먹어라."

엄마가 나를 쳐다보며 말했다. 언제 챙겼는지 구겨진 지폐 하나를 건넸다. 만 원짜리였다. 그걸 내 손에 쥐어주더니 물끄러미 보고만 있었다.

"그럴게요."

내가 말했다.

불쌍한 우리 엄마. 왜 나 같은 걸 낳았어요.

나는 현관문을 열었다.

학원은 두 부류가 있다. 진짜 학생들 성적을 올려주기 위한 학원, 단순히 이익만을 위한 학원. 내가 다니는 학원은 전자에 속했다. 학생들에게 학원은 일종의 무기였다. 성적을 끌어올리는, 그 이상도 이하도 아니었다. 학원은 제 역할을 충실히 해냈다. 스타 강사들을 포섭했다. 그들은 유머와 강의 실력을 두루 갖췄다. 드물게 수업을 빠지는 학생이 있으면 전화를 걸어서 나오게끔 유도했다.

학원장은 훌륭한 사람이었다. 투철한 윤리 의식을 지녔다.

받는 게 있으면 주는 것도 있어야 한다.

그를 움직이는 신념이었다. 수업료를 받으면 반드시 성적으로 보답했다. 바꿔 말해서 성적을 얻으려면 그만큼의 금액을 줘야 했다.

"학원비는 이번에도 없구나…."

선생님이 말했다. 그녀는 매번 내 수업료를 대납하고 있었다.

"죄송합니다."

선생님이 뜸을 들이다가 말했다.

"아버님은 아직 무직이시니?"

아버지가 아직도 무직인가 하고 생각하는 얼굴이었다.

"아뇨, 일자리 구하셨어요."

내가 말했다.

"어디 취직하셨니?"

"공장이요."

"그래, 거기라도 가셔야지. 가족들도 있는데."

선생님은 잠시 강사들 눈치를 보더니 이윽고 말했다.

"아무리 너랑 내가 아는 사이여도 매번 이럴 수만은 없단다."

나는 고개를 끄덕였다.

"무슨 말인지 이해하지?"

선생님이 말했다. 나는 이해한다고 대답했다. 선생님이 한숨을 쉬었다.

"돈은 이번에도 내가 대신 내줄게."

고마우신 분이다. 대답을 해야 한다.

"고맙습니다."

내가 말했다.

"대신 다음 달에는 갚아야 돼. 여태까지 밀린 돈까지 합해서. 알았지? 내가 아쉬운 소리했다고 생각하지 말고, 네가 잘 좀 부모님께 말해봐."

"알겠어요…."

"정말로 이해했니?"

"네, 이해했어요."

내가 말했다.

선생님은 일에 몰두하려는 것처럼 보였다.

"이제 가도 되죠?"

내가 말했다. 선생님은 고개를 끄덕였다.

골목이었다. 불량한 차림의 청소년들이 진을 치고 있었다. 짝을 지어 사람들이 걸어왔다. 그들은 앞을 보며 그 옆을 지나갔다. 의식하지 않았지만 불편한 심기를 얼굴에 드러내고 있었다. '학생들은 모두 집에나 처박혀 있었으면 좋겠다.' 지나치는 사람들은 마음속으로 그렇게 외치고 있었다. 한진영은 충동을 참느라고 진이 빠지는 중이었다. 그들을 몽땅 잡아두고 싶었다.

"김조한, 이제 어쩌냐."

한진영이 고개를 돌렸다.

정진호였다. 진호는 남자다운 성격이었다. 잘생긴 얼굴에 스타일이 좋았다. 가장 마음에 드는 친구였다.

"그러게 말야."

"살인이었지 아마?"

한진영은 의사를 떠올렸다. 의사는 푸근한 인상의 중년이었다. 준수한 외모의 김조한과는 다른 이미지였다. 인자하고 현명한 성품이었다. 한번 본 적이 있었다. 왠지 모르게 불편한 태도였지만 첫인상은 매우 좋았다.

"자기 아빠를 죽이는 아들도 있냐."

정진호가 말했다.

"소문을 내고 말이야."

한진영이 말했다.

그럴 만도 했다. 형사들이 대대적으로 학교에 찾아왔었다. 그들은 수업 중인 교실로 조용히 들어왔다. 덤덤한 자세로 김조한을 일으키더니 수갑을 채웠다. 교실이 어수선해졌다. 교사가 다급히 물었다. 무슨 일이냐고. 형사들은 대답했다. 김조한을 존속살해의 용의자로 체포 구금해야 한다고.

"그런데 왜 반항을 안 했을까?"

한진영이 말했다.

"조한이 성격 모르냐."

"그렇긴 하지만 변명도 안 하는 건 이상하잖아. 어머니가 안 왔으면 끌려갔을 테니까."

형사들이 김조한을 데려가려고 할 때였다. 많아봐야 사십은 안 넘겨 보이는 여자가 들어왔다. 여자는 침착한 목소리로 말했다. 내 아들이 범인인 증거를 대세요. 여자는 형사들의 얼굴을 평온하게 쳐다봤다. 기싸움에 밀린 형사들은 결국 돌아갔다. 복도에서 매미처럼 상황을 지켜보던 학생들도 각자 교실로 돌아갔다.

"아니겠지?"

한진영이 덧붙여서 말했다.

"맞아도 상관은 없겠지만, 오죽 스트레스를 받았으면 죽이기까지 했겠냐. 하지만 살인은 인생을 망치는 지름길인데. 그리고 김조한은 아버지랑 사이도 좋았잖아. 최현우가 자기 아빠를 죽인다는 건 이해가 되지만, 조한이는 누굴 막 죽일 수 있는 애가 아니잖아?"

"최현우가 조한이를 좋아 하잖냐. 질투가 나서 죽인 건지도 모르지."

정진호가 말했다.

"농담이지?"

한진영은 담뱃갑을 꺼냈다.

"아무튼 이해가 안 돼. 조한이는 아니야. 최현우가 지 아빠 죽인다고 생각하는 건 현실성이 있어도."

답답해서 잠시 관계를 끊었던 적이 있었다. 최현우는 마음이 맞는 친구였다. 이상한 행동을 하는 것도 이해할 수 있었다. 절교를 할 정도로 싫었던 게 아니었다. 단 하나 때문이었다. 아버지 문제였다. 최현우는 아버지가 싫다고 노래를 불렀다. 그는 매일 아버지에게 폭행을 당했다. 불쌍해서 화를 내기도 했었다. 옆에서 두고 보기 싫어서 절교했던 거였다.

너도 아버지를 때려!

연락을 끊기 전에 나눴던 대화내용이다.

"농담 아니야."

담배를 꺼내 물려는 진영에게 진호가 말했다.

"최현우가 왜 지 아빠를 놔두고 엄한 사람을 그렇게 만들어. 차라리 그 소문이 타당성 있지 않아?"

한진영이 말했다.

"오진 때문에 환자가 복수를 한 거라는 소문."

"그럴 듯한 소문이네."

"난 차라리 그렇게 믿고 싶어."

김조한의 아버지가 정신과 의사였다. 그와 관련된 사실적인 소문이 돌고 있었다. 의사의 오진으로 인생을 썩힌 환자의 소행이라는 거다. 복수를 위해서 꾸민 범행이라는 주석이 붙었다. 하지만 이 소문도 김조한이 범인이라는 의심을 불식시키지 못했다. 목격까지는 모르겠지만 최초 신고자가 조한이었다.

아무렴 형사들이 아무런 증거도 없이 행동했겠는가. 이게 대다수 학생들이 의심하는 이유였다. 한진영이 느끼는 찜찜함의 이유도 여기에 있었다. 학생들은 조한을 두고 살인자라고 수군덕거렸다. 진영은 그 학생들을 조용히 불러다가 엄한 의심을 하지 말라며 경고하고 구타했다. 그러나 정작 한진영 자신도 조한을 완벽히 믿을 수가 없었다.

"왜 가만히 있냐고. 답답해 죽겠네."

한진영이 말했다.

'조한이 사건' 이후로 변한 걸까. 눈에 띄는 변화가 없었다. 가끔씩 이상한 눈으로 멀거니 어딘가를 주시하는 게 다였다. 잘 웃었다. 자기 아버지가 살해를 당했다는 인식 자체가 없는 것처럼 웃었다.

학생들은 노골적으로 의심을 드러내지 않았다. 혹시 그렇지 않을까 힐끔거리기만 했다. 목소리가 들렸다고 판단되면 도망을 가거나 했다. 불안함을 못 이기고 전학을 간 학생도 있었다.

교사들은 조한을 믿는 것 같았다. 내심 불편해하는 교사도 있었다. 일부 빼고는 대체적으로 믿는 분위기였다. 진영과는 반대의 타입이었다. 김조한은 착하고 성실하며 유약한 이미지였다. 힘이 세고 운동을 잘했지만 누군갈 때리거나 하지는 않았다. 폭력성과는 거리가 멀었다. 그렇지만 내성적인 성격도 아니었다. 활발하게 나서지는 않았지만 그래도 해야 할 말은 꼭 하는 성격이었다. 대접을 못 받는 것도 아니었다. 사람을 죽일 만한 정황은 그 어디에도 없었다.

"아버지들이 문제야. 왜 엄동설한에 살해를 당하시냐구. 최현우네 아빠는 멀쩡히 살아 있는데 말이야."

한진영이 말했다.

"진영아, 최현우 나오라고 해. 걔 학원 언제 끝난다냐?"

정진호가 말했다.

"단과로 다녔나?"

한진영이 말했다.

"아마 아홉시 정도에 끝날 거야."

김지인이 진호를 쳐다보며 말했다.

그녀는 휴대폰을 두 손에 쥐고 있었다.

"그럼 학원 끝나고 나오라고 해라."

정진호가 말했다.

시각은 여덟시를 향하고 있었다.

어렸을 땐, 요정이 있다고 믿었다. 작고 앙증맞은 지팡이를 들고 소원을 들어주실 거라고 생각했다. 성별은 어쨌든 지팡이를 들고 있겠지. 간절한 소원을 한 가지만 말해보라고 하실 거다.

나는 요정님께 소원을 빌곤 했다.

'요정님, 요정님. 제발 아버지를 바꿔 주세요. 곤란하시다면 그냥 저를 죽여주시든가요.'

폭행을 많이 당했다. 아빠는 화병이 있으셨다. 몸에서 나오는 화를 나에게 풀곤 했다. 엄마는 무력했다. 아빠를 막을 능력이 엄마에겐 없었다. 무능력하다고 원망하지 않았다. 엄마가 다치지 않는 것만으로도 감사했다. 그는 종종 그녀의 머리채를 잡았다. 나는 그 때마다 머저리처럼 굴어서 그의 관심을 돌렸다.

"최현우, 정신을 어디다가 두는 거야."

한진영이 말했다.

나는 공상에서 깨어났다.

앞을 보았다. 김지인과 이혜진이 의아하게 쳐다보고 있었다. 둘은 다정하게 팔짱을 낀 채였다. 진호는 담배를 물고서는 나를 가만히 응시하고 있었다. 그는 계단에 앉아 있었다. 진호의 옆에 조한이가 서 있었다. 조한이는 갈색 장지갑을 빙빙 돌리고 있었다. 천진난만한 얼굴이었다.

한진영이 바로 앞에서 내 어깨를 흔들었다.

"무슨 일이야?"

내가 말했다.

"이제 너도 해야지."

조한이가 주변을 둘러보며 말했다. 새하얀 이를 활짝 드러내며 웃었다.

"다들 한 거야?"

조한이는 고개를 끄덕였다. 김지인이 품에서 지갑을 꺼냈다.

"미션 완료."

"소득은 얼마나 되는 거냐."

정진호가 모두를 보며 말했다.

"카드는 당연히 버려야 하고, 그래도 우리가 모은 거 다 합치면 꽤 될 거야. 아마 백만 원은 족히 넘지 않을까 싶은데?"

김지인이 말했다.

"네 학원비는 때울 수 있을 거 같다."

정진호가 나를 보며 말했다.

"갚을게."

내가 말했다.

"천천히 갚아도 돼."

정진호가 말했다.

그는 담배꽁초를 계단에 비비며 일어났다. 대리석으로 된 계단이었다. 우리는 시내 한복판에 있었다. 시내에 자리한 역 앞에서 지갑을 훔치고 있었다.

"돈 문제가 있으면 말을 했어야지. 왜 말을 안 했냐. 오늘에서야 알았잖아. 알았으면 진즉에 구해다가 줬지, 친구 좋다는 게 뭐냐."

정진호가 말했다. 가까이 다가오더니 어깨에 팔을 둘렀다.

"정말 고마워."

내가 말했다.

고등학교에 들어와서 만난 친구들이었다. 한진영과는 유치원 때부터 친했다. 초등학교와 중학교도 같은 곳으로 나왔다. 나머지 친구들은 고등학교에 와서 알았다. 진영이가 데려왔다. 유치원 멤버라면서 이들을 소개했다.

진영이는 사교성이 좋았다. 사소한 이유를 가지고 누구와도 쉽게 친해졌다. 이번에 쓰인 수법은 유치원이었다. 유치원 동창, 그가 어떻게 그 사실을 알아냈는지 의문이지만 놀랍지는 않았다. 마음에 드는 친구를 위해서는 없는 얘기도 만들어내는 아이였다. 야비해 보였다. 나는 진영이의 그런 점을 싫어했다.

그러나 고등학교 친구들에 대해선 오히려 고마웠다. 정진호나 김조한,

이혜진, 김지인. 모두 마음에 들었다. 이들 빼고 나머지는 별로였지만 그래도 만족스러웠다. 진영이가 고른 친구들 중에 이처럼 마음에 드는 친구들은 이제껏 없었으니까.

"영화나 보러 갈래, 아니면 술이나 마시러 갈래?"

정진호가 말했다.

"요번에 재밌는 영화 나왔다는데 그거 보자."

김지인이 말했다. 혜진이가 수긍했다.

우리는 심야영화를 보러 갔다. 자정 이전에 시작하는 영화였다. 코미디 영화였는데 다들 재밌다고 했지만 나는 별로였다.

영화관에서 나와 호프집으로 향했다. 게임은 하지 않고 술만 마시며 대화하기로 했다. 분위기가 무르익을 즈음, 진영이가 친구들을 불렀다. 안면은 있었지만 나와는 친하지 않은 아이들이었다. 그들은 나를 좋아하지 않았다.

실로 비참한 거였다. 아들을 공포에 얼룩진 눈으로 바라보는 것은.

다른 누구도 아닌 어머니로서 자식을 의심해야 하는가. 강연화는 역겨웠다. 아들을 두고 벌이는 상상이 혐오스러워서 견딜 수가 없었다. 너무나도 답답했다.

의사가 말했다. 아들은 정신병이 없었다. 문제는 남편에게 있다고 말했다. 남편은 독불장군이었다. 남편의 권위주의적인 태도가 아들을 저 지경으로 내몬 거다. 남편이 아들로 하여금 비정상인을 가장하게 만들었다.

언제부터였지, 현우가 이상한 행동을 보이기 시작한 게.

까마득한 세월이 머릿속에 그려졌다. 강연화는 생각하기를 포기했다.

현우는 방에 있었다. 어제 현우는 술에 만취해서 들어왔다. 남편에게 들키지 않도록 대처한 덕분에 얻어맞는 불상사는 없었다.

문은 잠겨 있었다. 불이 꺼진 방에서 학원에 갈 때까지 도대체 뭘 하는 걸까. 문 너머로 말을 걸면 반응은 항상 비슷했다. 꺼림칙하다. 남편의 정신병이 하루가 다르게 현우에게 옮아가는 것 같았다.

"현우야."

강연화가 문 앞에서 말했다. 건너편에서는 대답이 없었다.

"네가 좋아하는 사과를 깎아왔단다. 어서 먹어야지."

아들이 무시하는 걸까, 잠시 휴식을 취하느라고 듣지 못하는 걸까.

접시를 아래로 내리며 강연화가 말했다.

"자니?"

"아뇨, 안 자요."

문이 열렸다.

최현우가 문고리를 잡은 채로 접시를 응시했다. 한참을 내려다보다가는 낚아채듯 접시를 가로챘다. 부지불식간에 방으로 몸을 숨겼다.

강연화는 가만히 서 있다가 조용히 발길을 돌렸다. 그녀는 침착하려 애썼다. 정상이라고 했다. 의사가 현우에게는 문제가 없다고 진단했다. 행실이 불량하고 성격이 특이할 뿐이다. 속으로 되뇌면서 강연화는 거실 바닥에 주저앉았다.

세탁기가 돌아가고 있었다. 거실에 앉아서 빨래더미를 바라봤다. 빨래를 모두 갤 쯤에 탈수가 끝난다. 탈수가 끝나면 엉킨 빨래들을 끄집어내서 또다시 널어야 한다. 바닥청소도 남았다. 화장실의 타일을 깨끗이 닦고 설거지도 끝내야 한다. 애아빠가 도착하기 전에 저녁을 준비하는 것도 잊어선 안 된다.

화장실 청소를 끝내고 거실로 나왔다. 현우가 설거지통에다 접시를 담고 있었다.

"학원은 언제 갈 거니?"

강연화가 말했다. 현우는 머뭇거리다가 말했다.

"준비 다 했어요. 이제 갈 거예요."

"사과는 먹은 거니?"

"버리지 않고 다 먹었어요."

"학원 숙제는 했고?"

"아뇨, 요번에는 숙제가 없었어요."

"오늘은 학원 숙제가 없는 날이니."

"네, 그런 거예요."

현우는 방으로 들어갔다. 외투를 챙겨 입고는 가방을 챙겨 나왔다. 거실을 가로지르면서까지 말이 없다가 갑자기 돌아봤다.

"그런데요, 엄마."

현우가 말했다.

"왜 그러니?"

강연화가 말했다.

"가방하고 옷 좀 새로 사려구요. 친구들이 놀려요."

"친구들?"

강연화가 되물었다.

"어떤 걸로 사주면 되니."

"제가 살게요. 돈만 주세요."

강연화는 가방에서 지갑을 찾았다. 지갑을 꺼내 열고는 현우 앞으로 가서 말했다.

"얼마나 주면 되니?"

"아무렇게나요."

"'아무렇게나'라니?"

강연화는 망설이다가 꾸깃꾸깃 5만권 한 장을 꺼냈다. 최현우는 덤덤하게 그 모습을 보고 있었다.

"이 정도 주면 되니?"

"네, 싼 걸로 조금만 사면 돼요."

최현우는 현관문을 열었다. 문을 열고 그 앞에서 한참을 서 있었다. 혹시 돈이 모자란 걸까. 강연화는 지갑을 든 채로 서 있었다.

"엄마."

최현우가 말했다.

"학원 말인데요, 제 친구가."

"학원이 왜?"

강연화가 말했다.

"아뇨. 괜찮아요. 저 갈게요. 오늘은 친구들이랑 놀다가 들어올 거예요. 기다리지 말고 먼저 주무세요."

현우는 밖으로 나갔다. 현관문이 닫혔다. 닫힌 문을 보고 있다가 문을 잠갔다. 빠짐없이 잠갔는지 체크하고 강연화가 현우의 방으로 향했다. 너저분한 옷가지들이 보였다. 현우가 먹다가 남긴 컵라면 사발이 컴퓨터 옆에 수북했다. 침대시트는 흐트러진 상태였다. 강연화는 시트를 정돈했다. 베개와 이불을 가지런히 놓고 쓰레기를 치웠다. 옷가지는 집게와 옷걸이에 정리해서 옷장에 넣었다.

강연화는 자리를 떠나지 않고 방을 둘러봤다. 아들이 집을 비운 후였다. 이 기회를 활용한다면 충분히 가능했다. 아들의 방에 수상한 물건이 없는지 의심을 떨쳐낼 수 있는 기회였다. 아들은 오늘 늦게 올 거다. 여태껏 미뤘지만 오늘만큼은 용기를 내도 되지 않을까.

식칼이 도마를 내려치고 있었다.

초인종이 울렸다. 강연화는 식사 준비를 계속했다. 거실이 잠잠해졌다. 현관문이 열리고 남편이 들어왔다. 짜증이 극에 달한 얼굴로 이곳저곳을 누비더니 주방으로 걸어왔다. 남편이 퇴근했는데 버선발로 달려오지는 못할망정 아내는 등을 보이고 있었다. 가까이에 기적이 느껴질 거였다.

이젠 아예 투명인간 취급인가.

"나 왔어."

남편이 말했다. 식칼이 일정한 속도로 도마를 찍었다.

"나 왔다니까?"

남편이 아내의 곁으로 다가갔다. 강연화는 도마를 내려다보면서 두부를 으깨고 있었다. 긴 머리카락이 그녀의 옆얼굴을 가렸다.

"이봐!"

남편이 도마를 두드렸다. 화들짝 놀란 얼굴로 강연화가 고개를 돌렸다.

"정신을 어디에다가 빼놓고 있는 거야?"

남편이 말했다.

"정말 죄송해요. 거의 다 돼가니까 기다려요."

강연화가 말했다. 남편은 그녀를 위아래로 쳐다보더니 주방을 빠져나갔다. 넥타이를 풀며 소파에 앉았다. 밖에서는 추워서 죽고 집에서는 열 받아 죽는다. 그렇게 생각하는 표정으로 리모컨을 들었다. 그는 외투를 벗어서 팔걸이에 걸었다.

진영이가 아니면 넌 친구도 못 사귀어. 그 말이 항상 따라다녔다. 친구들과 반이 갈린다면 적어도 학급 내에서는 따돌림의 대상이다.

알고 있었다.

"내가… 맨날 당하고만 있으니까, 호구 줄 알았지?"

내 손에 큰 돌이 쥐어져 있었다. 주먹이 다가갈 때마다 강준철의 표정이 굳어졌다. 겁쟁이처럼 질끈 눈을 감았다. 우리는 학교 뒤뜰에 모여 있었다.

"열 받지? 아무것도 아닌 놈한테 맞으니까, 너도 열 받지?"

내가 말했다. 강준철이 미안하다고 빌었다.

"뒤에서 내 욕을 한다는 거 알고 있어. 다 알고 있다구."

정말로 미안한지 의문이었다. 미안함의 대상이 혹시 내 친구들은 아닐까.

"그만해도 되지 않겠냐. 그렇게 때리다간 정말로 죽어!"

정진호가 말했다. 나는 강준철을 봤다. 얼굴에 상처가 나고 피가 조금 묻은 게 전부다.

"아무튼 학원도 그렇고 너네 반에서의 문제도 그렇고, 불편한 점이 있으면 우리한테 좀 말해도 좋잖아."

한진영이 말했다.

"조한이 너는 같은 반이면서 뭘 한 거냐?"

"나는 전혀 몰랐어. 내가 있을 땐 안 그랬는데."

김조한이 말했다. 맞는 말이었다. 그는 내가 혼자일 때만 노렸다.

강준철은 진이 빠진 얼굴이었다. 현실인지 꿈인지 분간조차 못한다. 구타에 찌들어서 의식을 잃어가고 있다. 나는 그 모습을 보면서 통쾌함을 느끼고 있었다.

의사가 죽었다. 그는 절친한 친구였다. 대학 시절부터 알고 지낸 사이였다. 겉치레나 허물이 없었다. 진심을 터놓은 흔치 않은 관계였다. 그런 친구가 자신 때문에 목숨을 잃었다. 죽는 순간까지 상상도 못할 고통을 겪었다.

임철용 형사는 사진을 보며 죄책감에 빠졌다. 의사와 함께 찍은 사진이다. 사진에는 의사의 가족과 형사의 가족이 함께 찍혀 있었다.

형사가 컵에다가 소주를 들이부었다.

죽은 뒤엔 범인의 조롱이 이어졌을 거다. 혼령이 된 이후에는 모멸감을 느꼈을 거다. 그를 생각하면 몹시도 안타까웠다.

인간의 이기심은 실로 역겨운 거였다. 남의 몸이라 해도 어떻게 저런 비인간적인 범행을 저지를 수 있을까. 놀라웠다. 일을 하면서 인간도 아닌 사람을 많이 만났다. 이기적인 심리를 가진 족속들을 많이도 붙잡았다. 남의 돈을 탐내는 사기꾼들이 그 중에 제일 으뜸이라고 생각했었다.

다음날 아침에 의사의 시체를 봤다. 신고를 받고 출동해서 시체를 확인했을 때의 기분은 다시 떠올리고 싶지도 않았다. 오만 감정이 한데 뒤섞여 이성을 다잡을 수가 없었다. 그 이후로 생각이 변했다. 사람만 안 죽였으면 됐지. 동네 어르신들의 말을 이해할 수 있었다. 어떤 이유에서건 살인은 허용될 수 없는 범죄다.

소주가 식탁을 적셨다. 철용은 소주병을 식탁에 내렸다. 정신없이 술을 들이켰다. 알코올이 식도를 타넘으며 생채기를 냈다.

의사는 눈을 감고 죽어 있었다. 찬 바닥에 내버려진 채였지만 시신만은 가지런했다. 얇은 이불이 시신을 덮고 있었다. 첫 번째 사건에서는 시신이 꺾여 있었으며 눈이 부릅떠진 상태였다. 철용은 조심스럽게 범인을 추측했다. 그러다가 머리를 내저었다. 확신은 금물이다. 의사는 언제나 확신이라는 놈을 경계하라고 조언했다.

CCTV를 모두 확인했다. 허사였다. 범인은 이번에도 몽타주를 남기지 않았다. 목격자 역시 나오지 않았다.

단서가 불분명한 사건은 기피했었다. 단서가 없는 사건은 이래저래 골치가 아팠다. 시간을 오래 끌면 손해가 발생한다. 인력 손해에다 개인적인 스트레스로 몸까지 버린다. 가짜 범인을 만들어서 사건을 마무리 짓는다는 웃지 못할 영화도 만들어졌다. 실제 경찰이 들어도 고개가 끄덕여지는 이야기다. 현실의 열악함을 드러내는 것 같아 씁쓸하다.

오성태가 의사의 아들을 하굣길에 납치해 데려왔었다. 기가 막혔다. 확신은 위험하지만 그의 아들은 아닐 거라고 믿었다. 철용은 성태를 질책하며 김조한을 집으로 돌려보냈다. 지금도 그 생각은 변함이 없었다.

'범인이 작은 단서라도 남겼을 거다.'

임철용 형사는 쓸쓸히 소주를 따랐다. 술을 따라 주던 친구는 이 순간 옆에 없었다. 편두통이 밀려왔다. 내일 아침에 사건현장을 위주로 돌아볼 생각이었다.

학교의 교사가 죽은 적이 있었다. 이경신이라는 교사였다. 영어를 가르치는 사람이었다. 아파트 단지에서 세상을 떠났다. 자살은 아니었다. 기괴한 방식으로 살해를 당한 거였다. 처음 그녀의 죽음을 알았을 땐 말들이 많았다. 그녀가 왜 죽음을 맞이했는지에 대해서 떠들기 바빴다. 소문에 소문이 꼬리를 달았다. 누가 내 치즈를 옮겼을까. 그것처럼 누가 그녀를 죽여서 옮겼는지에 대해서.

우리는 자질에 대해서 말하기 시작했다. 교사로서의 그녀의 자질, 그녀는 자존심이 세고 열등감이 강했다. 학생들을 표면적으로 대했다. 학생을 가르치는 입장이면서 우리에게 경쟁심을 불태웠다. 우리가 자기보다 우월하다고 느껴지면 스트레스를 받는 것 같았다. 실제로 수업 중에 히스테리를 부리기도 했다.

교사의 죽음을 애도하는 사람은 많지 않았다. 소문은 점차 줄어들고 희미해졌다. 자그마한 호기심은 순식간에 사라졌다. 흔적을 남기지 않고 교사도 세상에서 사라졌다.

쉬는 시간이었다.

"진호가 중요한 일이 있다던데."

김조한이 속삭이듯 말했다.

"좋은 자리를 발견했다는데 재밌을 거 같아."

"어딘데?"

내가 말했다.

우리를 주시하는 아이들이 안 보이는 걸까. 조한이는 아무렇지도 않아 보인다. 의식을 못 하는 것 같았다.

"그건 직접 들어. 다 모인 자리에서 말한다고 했어."

김조한이 말했다.

미리 전해들은 걸로 보였다. 그는 진호와 유독 친밀한 관계였다. 둘은 고등학교 때 알게 됐다고 들었다. 인생의 6분의 1을 함께 보냈다. 인생도 아닌 미취학 기간을 빼면 4분에 1에 달한다. 그 기간이면 친해지는 게 당연한가.

"진호가 찾은 거라면 분명 대단한 거겠지."

내가 말했다.

임철용이 일어났다. 숙취 때문에 어지러웠다. 목이 말랐다. 주변을 살피니 물잔이 보였다. 물이 가득 담겨 있었다.

자기야 깨울라고 했는데 피곤할 것 같아서 안 깨웠어
먼저 일 나갈게

아내가 쪽지를 남겼다. 임철용은 쪽지를 바닥에 뒀다.

점심을 다 먹은 후에 생각이 들었다. 오늘은 현장에 가기로 했다. 지극히 사적으로 행해지는 업무였다. 당연히 동행은 없다. 김성태 형사에게 중요한 일이 있다고 당부했다. 며칠간은 쉴 거라고 통보했다.

밖으로 나왔다. 차를 타고 갈까 망설였다. 마음을 바꿔 먹었다. 가까운 곳이었다. 오늘만큼은 대중교통을 이용하고 싶었다.

정류장까지 걸었다. 철용은 피곤한 얼굴로 정류장 의자에 앉았다. 버스 도착시간을 보면서 팔짱을 꼈다.

경찰은 고된 업무였다. 경찰이 되면 기본적으로 인간을 믿어선 안 됐다. 일이 몸에 익을수록 사람에 대한 신뢰가 무너진다. 무너뜨리지 않으면 된통 당하는 게 이쪽의 일이다. 미디어에서 판을 치는 파란만장한 스토리가 경찰서 안에서는 당연한 소리다.

거리를 돌아다니면 감이 왔다. 사람을 관찰하는 일을 하며 터득한 특유의 감이다. 범죄를 저지를 만한 사람은 한눈에 들어온다. 용의자를 검거하기 위해서는 감이 오는 사람들을 특히 주시해야 한다. 그러고 나면 한 가지 일이 남는다.

범죄자인지, 잠정적인 범죄자인지, 의심일 뿐인지 잘 구별해야 한다. 결국 경찰은 한 순간도 쉴 수가 없다.

버스가 왔다. 임철용은 버스에 올라탔다.

이길석의 집 앞이다. 사건이 두 번이나 일어난 장소이기도 했다. 한 번만 더 일어난다면 연쇄살인이다. 의사와 이길석을 죽인 범인이 고급 살인범으로 업그레이드가 되는 거다. 그 사건의 피해자 둘은 아는 사람이다. 잘 아는 사람들이 끔찍한 사건의 희생자로 남게 된다. 희생자 이모 씨와 희생자 김모 씨.

사람들 앞에 추모비가 세워지는 모습을 상상했다. 상상 속에서 임철용은 추모비를 마구잡이로 박살냈다.

범인은 동일한 장소에서 살인을 감행했다. 이유가 뭘까. 이 지역에 거주하는 사람일 가능성을 내포하는 걸까. 가까운 곳을 범행의 장소로 고른 거다. 그런데 집 근처에서 살인을 저지르는 족속들은 지능이 떨어진 사람이라는 소리가 있다.

뒤처리 수준으로 봐선 그게 아니다. 지능적인 사람일 거다. 범인은 충분한 계획을 세우고 범행을 시작했다. 범죄심리학을 공부했거나 조금이라도 지식을 습득한 사람일 거다. 즉흥적인 범행이 아니다. 검거가 이루어질 때까지 범인은 범행을 계속할 생각이다. 같은 장소에서 또다시 사건이 발생하는 동안 경찰은 무력했다. 두 사건에서 모두 아무런 증거를 건지지 못했다. 범인은 경찰을 물로 보는 걸까.

적어도 한 가지는 확실했다. 범인은 뉴스를 자주 보는 사람이다.

현장과 조금 떨어진 곳에 도달해서 철용이 멈췄다. 주택을 쳐다보고 초인종을 눌렀다. 머리에 수건을 두른 젊은 여자가 밖으로 나왔다.

"말씀 좀 묻겠습니다. 혹시 세 달 전에 이곳에서 일어난 사건을 기억하십니까?"

임철용이 말했다.

"사건이요?"

여자가 기억을 더듬다가 말했다.

"저는 잘 모르겠는데요. 이사를 온 거라서요."

"알겠습니다. 협조해 주셔서 감사합니다."

"저기, 무슨 일이 있었나요?"

여자가 불안한 눈으로 말했다.

한 빌라 안으로 들어갔다. 빌라는 길석의 집과 한 블록 떨어진 곳에 위치해 있었다.

"소리라도 괜찮습니다. 그 날 집 안에 계셨나요?"

철용이 빌라 입주민에게 말했다.

남자가 말했다.

"이상한 소리를 듣긴 했습니다. 저녁때였죠. 여덟 시를 조금 넘긴 시간이었어요. 다음 날 출근길에 시체를 발견하는 바람에, 그 날의 일은 아직까지도 기억이 납니다."

"무슨 소리였습니까?"

"비명소리요. 남자가 비명을 지르는 건 예사가 아니라고 생각해서 많이 놀랐었죠. 그렇게 처절한 소리는 처음이었습니다. 밖으로 나가보지는 않았지만 끔찍한 일이 벌어지고 있다는 걸 직감했어요."

남자가 말했다.

"다른 건 없었습니까? 평소와 뭔가 달랐던 거라든지, 뭐든 좋습니다."

임철용이 말했다.

"다른 점이라면 잘 모르겠는데…."

남자가 말을 끌었다.

"그럼 알겠습니다. 협조해주셔서 감사합니다."

형사가 말했다. 밑으로 내려가려는데 남자가 말했다.

"아, 기억이 나는 게 더 있습니다."

형사가 돌아봤다.

"이걸 왜 기억 못했는지 모르겠지만 사실 이상한 사람을 봤습니다."

"이상한 사람을 말입니까?"

임철용이 말했다.

"키는 보통이었습니다. 모자를 쓰고 그 위에 후드를 눌러 쓴 모습이었는데 추운 겨울이니까 옷차림은 이상하다고 느껴지지 않았습니다."

"이상한 사람이라고 생각한 연유가 뭡니까?"

"사람이라는 게 느낌이 있잖습니까? 그 사람은 뭔가 이상했습니다. 옆을 지나가면서 이상한 기분이 들어서 저도 모르게 발걸음이 빨라졌습니다. 피하고 싶은 기분이 드는 사람이었습니다. 아주 이상한 느낌이었어요. 저에게 위협을 줄 것 같았죠."

"그 사람을 본 것이 어딘지 기억합니까?"

형사가 물었다.

"이 근처에서 봤습니다. 온통 까만 옷을 입고는 아주 기분 나쁜 남자였습니다. 제 생각에 그 남자가 범인일 것 같은데, 꼭 잡아 주십시오."

점심을 먹고 다시 쉬는 시간이었다. 김조한은 옆에 없었다. 이동수업이었다. 조한이는 머리가 좋았다. 나와는 다르다.

나는 이동수업을 싫어했다. 귀찮기도 했으며 이동하면 나타나는 상황이 싫었다. 친구들 중에서 나와 조한이만 같은 과였다. 인기가 없는 과다. 조한이가 굳이 이 과를 선택한 이유가 이해가 안 될 정도다.

"여기 자리 있는데."

고개를 돌렸다. 자리에 앉으려는 누군가를 한 학생이 손으로 막고 있었다.

"다른 데 가서 앉아."

난 내 옆을 바라봤다. 옆자리가 비어 있었다.

그들을 봤다. 누군가도 내 옆을 보고 있었다. 다가올지 말지 망설이는 얼굴이다. 그 누군가는 걸음을 옮기기 시작했다.

나는 창가 자리에 앉아 있었다. 창문에 비친 얼굴을 가만히 바라봤다. 못난이 같은 얼굴은 후덕했다. 작은 눈에 마늘을 얹은 것 같은 코였다. 얼굴이 매우 컸다. 그에 맞게 몸뚱어리도 매우 뚱뚱했다.

누군가는 옆자리에 앉았다. 앉아서는 몸을 옆으로 틀었다. 불쾌한 얼굴이다. 그나마도 상당히 참고 있는 것 같았다. 강준철의 이야기를 들은 건가. 괜히 끌려가서 폭행을 당하지나 않을까 염려하는 거다.

저기 앉다니 좀 싫겠다. 수군거림이 들렸다. 평소에 나는 이상한 행동을 많이 했다. 이 정도는 당연한 반응이었다.

교사가 들어왔다. 그는 수업을 시작했다.

여자가 일어났다. 몽롱한 의식 사이로 빛이 쏟아졌다. 어렴풋이 실루엣이 보였다. 여자는 눈을 감았다.

"하나 둘 셋 하면 들어."

유한나가 말했다.

"들키는 날엔 끝장이야."

유지원이 말했다.

"어서 들어. 나는 힘을 못 쓰잖아."

"우리 둘 모두 죽는다니까?"

"죄 없는 사람을 죽일 셈이야?"

"우리가 죽이는 것도 아니야. 엄밀히 따지면 이 사람도 죄가 없진 않아."

지원이 여자를 가리키며 말했다. 여자는 실험실에 납작하게 엎드려 있었다. 실험실 바닥에 엎드려서는 아무런 미동도 보이지 않았다. 살아 있다면 숨소리가 들려야 하는데 그렇지 않았다.

"이미 죽은 걸지도 몰라."

유지원이 말했다.

"난 솔직히 이해가 안 가. 우리가 왜 위험을 감수해야 하는지."

지원이 말했다.

여자가 실눈을 뜨고 앞을 봤다. 차가운 대리석 바닥이 보였다. 직선거리에 문이 있었다. 문은 닫혀 있었다.

"이제 얼마 안 남았어. 언제 올지 모르잖아. 빨리 처리해야 돼."

유한나가 말했다.

"지금 우릴 봐. 조직의 목표에 반하는 행동을 하고 있잖아."

유지원이 말했다.

"우리가 풀어줬다고 생각하지 않을 거야."

"유한나, 너는 이 여자가 어떤 사람인지 까먹은 거야?"

지원이 말했다. 목소리가 날카로웠다. 한나가 몸을 돌렸다.

"문을 열고 올게. 오빠가 들어서 옮겨."

여자는 눈을 감았다.

발소리가 들렸다. 문고리를 잡아 비틀고, 잡아끄는 소리가 들렸다. 문이 완전히 열린 것 같았다.

여자는 천천히 호흡했다. 머릿속으로 열린 문을 상상했다.

다시 발소리가 들렸다. 눈꺼풀을 괴롭히며 다가오던 불빛이 머리 뒤편으로 사라졌다.

"이제 들어. 내가 문까지 열어줬으니까."

유한나가 말했다.

"난 이 여자를 살려둘 수 없어. 네가 굳이 그 놈이 오기 전에 처리해야겠다면 내가 먼저 이 여자를 죽일 거야."

유지원이 말했다.

여자는 정신이 깨는 것을 느꼈다. 불길한 기운이 엄습했다.

"네가 말리기도 전에 죽여버릴 거야."

여자가 일어났다.

불빛이 주춤했다. 기회를 틈타서 여자가 내달렸다.

오락실은 최적의 데이트 장소다. 나이가 어린 돈 많은 연인들이 모이기 쉬운 곳이기도 했다. 한 시간을 있으려면 오백 원짜리 스무 개는 넘게 빠져나간다. 때문에 가난한 종자들은 얼씬도 못 한다. 들어온다면 노숙자처럼 구경하는 신세밖에 못 된다.

나는 먹잇감을 살피고 있었다. 지갑을 꺼내서 들고 다니는 놈을 고르면 됐다. 제법 규모가 있는 오락실이었다. 그만큼 집중해서 봐야 했다.

"자, 이렇게 날 따라하라고."

한진영이 말했다.

중학교 교복을 입은 남자 둘이었다. 그들은 게임기 앞에 앉아 있었다. 한진영은 그들에게 접근했다. 중학생들은 정신없이 게임에 몰두해 있었다. 진영이 슬그머니 옆을 지나치며 손을 뻗었다. 학생들이 고개를 돌렸다. 화를 낼 것처럼 보였지만 쳐다보기만 했을 뿐 군말 않고 다시 게임에 열중했다.

한진영이 동전 뭉치를 짤랑거리며 걸어왔다.

"대단하다. 천연덕스럽게 잘도 가져오네."

내가 말했다. 진영은 촌스럽다는 눈치를 줬다.

"이제 네 차례야. 끽 소리도 못하니까 다녀오라구."

"좋아. 보고만 있어."

내가 말했다.

시야 안으로 한 남자가 보였다. 작은 키에 안경을 쓴 남자였는데 사람들을 흘깃거리고 있었다. 저 정도 차림새라면 바보같이 아무런 소리도 못할 거다. 확신이 들었다. 남자는 꼴에 명품지갑을 들고 있었다.

나는 노래방 책을 뒤적거렸다. 마지막으로 온 것이 언제였지. 기억에는 없었다. 노래방에 와도 부르지 않는 편이었다. 생각나는 곡이 있을 리가 만무했다.

아이들이 내 이름을 연호하고 있었다. 나는 곤란한 기색으로 노래방 책을 덮었다.

"미안하지만 아는 곡이 없어."

늘 하던 대답이다. 그렇게 말하니까 아이들이 실망한 표정을 지었다. 밝았던 분위기가 싸하게 굳는 것이 느껴졌다.

"아는 곡이 없으면 노래를 안 하면 되지. 입 하나 줄었잖아. 그냥 놀아."

한진영이 말했다.

테이블 끄트머리에 아슬아슬하게 술병이 놓여 있었다. 술병을 치우면서 한진영이 자리를 옮겼다. 끊겼던 간주가 다시 흘렀다.

한진영이 내 옆에 앉았다.

나는 고개를 숙였다.

"친구야 너무 상심하지 말라구. 모를 수도 있는 거야. 노래를 안 좋아하니까 모르는 거지. 당연한 거야."

한진영이 귀에 대고 말했다.

"네가 자꾸 풀이 죽으니까 애들이 바보로 여기는 거라구. 덩치에 맞게

쿨하게 나가 봐라, 애들이 그러나."

아이들이 진영을 흘깃 봤다. 진영이가 내 어깨를 내려치더니 박수를 치며 잠시 호응했다. 노래방 기계에 관심이 집중되었다. 그 틈을 타서 진영이가 속삭였다.

"이렇게 말해봐. 난 노래 안 좋아해. 너네들끼리 놀든가 해. 잘 부르는지 못 부르는지 기계 대신 내가 판별해줄 테니까 열심히 불러보라고!"

"그런 말을 나더러 하라고? 난 쟤네랑 별로 안 친하잖아."

내가 말했다.

"너 화났을 때는 말도 술술 잘하면서 왜 못해? 그리고 그 정도 봤으면 친해져야 정상인 거야. 남자가 수줍음을 타서 되겠냐?"

진영이 말했다.

"맞아, 수줍음을 타서야 되겠어?"

김지인의 목소리였다. 진영이 옆에 앉아서는 나를 쳐다보고 있었다.

"너네 대화 다 들려. 목소리 좀 줄이든가 해."

김지인이 말했다.

"다 들린다고?"

진영이 말했다. 건성으로 대답하고는 종이컵을 들었다. 개의치 않는 얼굴이었다. 진영이가 쳐다보며 웃자 김지인이 컵에다가 소주병을 기울였다.

"조한이는 요새 잘 안 보이네."

진영이 말했다.

"아빠가 죽었는데 멀쩡하겠어?"

지인이 말했다.

"하긴 그렇지. 난 걔가 조금 힘들어했으면 좋겠어. 고민도 털어놓고 말이야. 근데 겉으로 왜 이렇게 멀쩡한 건데? 덤덤하게 있으니까 이상한 소문까지 도는 거잖아. 자기 아빠를 죽인 게 김조한이라고."

진영이 말했다.

"겉으로 괜찮은 것처럼 보여도 속은 모르지."

지인이 말했다.

"이상하게 김조한 편을 든다니까? 너 김조한 좋아하냐?"

한진영이 말했다.

김지인이 내 쪽으로 종이컵을 내밀었다. 컵에 소주를 가득 붓고는 손짓했다. 원샷하라는 뜻인 듯했다.

나는 술을 받아 마셨다. 알싸한 알코올 향이 혀를 적셨다.

"좋아하냐니까?"

한진영이 말했다.

"안 좋아해. 그냥 하는 말이야."

김지인이 말했다. 그녀가 어딘가를 가리켰다.

이혜진이 노래방 기계 앞에서 춤을 추고 있었다. 남자들과 적당히 어울려서 노는 모습이었다.

"혜진이는 들어온 지 일 년도 안 됐는데 너보다 잘 어울리잖아. 최현우 너도 분위기를 좀 띄워. 남자애들이 반길지 미지수지만 꼬시라는 소리가 아니니까. 그냥 친구처럼 지내. 나는 어색한 사이 싫어."

김지인이 말했다.

별안간 문이 닫혔다. 진호가 옷매무새를 정돈하며 안으로 들어오고 있었다.

"이제 오냐? 기다렸다구."

한진영이 말했다.

"정진호나 김조한이나 바쁜 양반들이라니까. 온다고 해도 저녁이 넘어서야 오고. 어서 이리 와서 앉아."

"그러려고 했다."

정진호가 말했다. 진호는 김지인을 쳐다보다가 내 옆에 앉았다.

"왜 이렇게 늦은 거냐?"

한진영이 말했다. 진호가 자리에 앉아서 내 어깨에 팔을 걸쳤다.

"조한이는 이미 알고 있는 얘긴데."

정진호가 말했다.

"우리가 털 집을 발견했어. 적당한 장소를 찾았지. 조한이는 아마 못 갈 거 같다. 몰려서 가는 건 무리라고 보고, 진영이 네가 경험이 많잖아. 나랑 진영이랑 김지인, 그리고 현우가 간다. 최현우는 처음이지만 어차피 배워야 하니까."

"조한이는 못 간대?"

한진영이 말했다.

"중요한 일이라고 하던데. 우리끼리만 가자. 너무 많아도 덜미가 잡힐 수 있으니까. 대신 다음 건수는 빠지지 않겠다고 약속 받아냈어."

정진호가 말했다. 진영이는 고민하는 얼굴이었다.

"그런데 어떤 집인데?"

"주택이야. 일층 집. 큰 집은 아니야."

진호가 말했다.

"집이 크면 보안이 신경 쓰이는 법이니까. 그리고?"

진영이 말했다.

"가족이 함께 살아. 사인 가구. 부모님은 맞벌이. 낮 시간엔 딸 혼자 집에 있고. 아들은 아침 일찍 집에서 나가고 새벽에 들어와."

"그걸 어떻게 알아냈어?"

지인이 물었다.

"그 앞에서 계속 잠복했지. 가족들이 다 집을 비우는 시간은 주말밖에 없어. 뒤로 미루지 말고 다음 주 주말에 바로 시작하자."

정진호가 말했다.

"주말이라면 토요일?"

지인이 곤란한 얼굴로 말했다.

"일요일. 어차피 많이 가지는 못해."

진호가 날 쳐다보며 덧붙였다.

"갈 거지? 잘 배워두면 학원비쯤은 네가 알아서 마련할 수 있을 거다."

나는 오락실에서의 일을 떠올렸다.

남자에게 걸어갔다. 어리바리한 남자라고 생각했었다.

"아까 일은 마음에 두지 마. 네가 운이 없었을 뿐이라고. 돈이 그렇게 많은 놈들은 양아치들이 잘 붙어. 명품을 들고 다니는 애들은 건들지 않는 게 좋아. 아무리 엉성하고 바보같이 보여도, 평범한 애들한테 뜯는 게 정석이야."

한진영이 말했다.

권기주는 약속장소로 향하고 있었다. 빨간색 패딩 점퍼의 옷깃을 여미며 바쁘게 걸음을 옮겼다.

"왜 전화를 안 받는 거야."

휴대폰을 아래로 내리며 중얼거렸다. 조금 늦을지도 모른다고 전해야 하는데 연락이 닿지 않았다. 문자메시지로 보내면 되는 문제였다. 그렇지만 전화통화로 미리 말해두고 싶었다. 메시지는 알림음이 작았다. 즉시 정보를 알리기에는 한계가 있었다.

약속장소는 시내에 있었다. 택시를 타면 십 분 정도 걸린다. 약속 시간까지는 일 분이 남았다. 전화를 받지 않는데 메시지를 보내두는 게 좋을까, 도착해서 미안하다고 말하는 편이 좋을까.

메시지함에 들어갔다.

[나 지금 가고 있어. 조금 늦을 것 같아]

"이렇게 보내면 되려나."

중얼거리며 주변을 살폈다. 어두운 골목길이었다. 자동차가 드문드문 주차돼 있었다. 골목에는 기주 외에도 여자 두 명이 함께였다. 안심한 얼굴로 휴대폰 액정을 바라봤다.

[선물로 뭐 갖고 싶은지 생각해줘]

'전송' 버튼을 눌렀다.

좁은 골목길에 비명이 울렸다. 권기주가 고개를 들었다. 골목이 꺾어지는 지점에서부터 후드를 뒤집어쓴 남자가 달려오고 있었다. 커다란 도끼를 손에 들고 있었다.

달려온 남자는 도망치는 여자들의 머리채를 붙잡았다. 남자는 대나무를 베듯 도끼로 여자들의 몸을 잘랐다.

일 분이면 끊길 목숨으로 바닥에 떨어진 조각들이 보였다. 여자들 몸의 일부가 우박처럼 바닥으로 떨어지고 있었다. 머리카락이 조금 붙은 머리통이 반으로 잘려서 떨어졌다. 머리에 달린 눈알이 권기주를 바라봤다. 권기주는 멍하니 머리통을 내려다봤다.

아직은 큼직한 사체였다. 끈적한 핏물이 머리카락에 엉겨붙어 있었다. 머리통 일부가 추가로 곤두박질쳤다. 입이 있는 대로 벌려져서 숨을 토해냈다. 꼼지락거리는 몸을 남자가 고기 다지듯 내려치기 시작했다.

말없이 밥을 먹는다. 고문을 당하는 것처럼 아득하게 느껴지는 시간이다. 아빠가 잔소리를 하지 않는 이상은 조용한 상태로 식사가 끝난다.

가족들과의 식사를 좋아하지 않는다. 그럼에도 같이 먹게 되는 이유는 기대 때문이다. 혹시나 하는 기대다. 혹시나 이 어색함이 풀리게 될지도 모른다. 오늘은 함께 웃을 일이 있을지도 모른다. 오랫동안 지속된 불편함의 고리를 잘라낼 수 있을지도 모르니까.

상상을 했었다. 동화책에 나오는 가정처럼 행복한 식사시간을 생각했었다. 편안해 보인다. 서로에게 음식을 권하면서 엉덩이를 들썩이지 않아도 되는 상황. 음식 맛이 좋든 아니든 상관없이 기분 좋은 얼굴을 하고 있을 거다. 식사가 다 끝날 쯤에는 후련함이 아닌 아쉬움이 남을 거다.

지금과 같은 후련함은 동화책에 쓰여 있지 않다. 혹시나 하는 기대는 역시나 매듭이 지어진다. 여태껏 깨어진 적이 없다.

"잘 먹었습니다."

식사를 마치고 일어났다. 아빠가 나를 봤다. 내가 또 무슨 잘못을 한 걸까.

"최현우, 잠깐 기다려라."

아빠가 일어섰다. 식사를 마치지도 않은 상황이다. 나를 때리려는 걸까. 그는 내 옆을 지나쳐서 걸어갔다. 잠시 뒤에 액자를 들고 나왔다.

"이리로 와라."

나는 그 앞으로 걸어갔다.

"여기를 들어 봐라."

아빠는 티브이 근처에서 커다란 액자를 들고 있었다. 가족사진이었다. 나와 아빠와 엄마가 사진 속에서 웃고 있었다.

"반대쪽을 들어야지. 오늘 여기에다가 걸 거야. 못은 미리 박아뒀어. 같이 걸라고 학원에서 돌아올 때까지 기다렸다."

며칠 전에도 그 못을 본 적이 있는 것 같았다. 못은 까치발을 들어야 간신히 걸릴 만한 높이에 위치해 있었다.

나는 반대쪽으로 가서 아빠를 거들었다. 키 차이가 나서인지 액자가 기우뚱거렸다. 아빠가 한숨을 내쉬었다.

"잘 좀 들어야지."

아빠는 웬일로 화를 내지 않았다. 십여 분이 지나서야 액자가 벽에 걸렸다. 난 키가 큰 편이 아니었다. 액자를 거는 상대로는 엄마가 적당했을 거다. 엄마와 했더라면 시간이 단축됐을 거다. 뭘 얻기 위해서 날 기다렸다는 걸까. 혹시 식사에 임하기 전의 내 마음가짐을 아빠도 지니고 있던 건 아닐까.

"이제 들어가도 돼요?"

내가 물었다.

"그래, 끝난 것 같구나."

아빠가 말했다.

"그럼 정말 들어갈게요."

내가 말했다. 뜸을 들이면서 기다렸다. 아빠는 얘기할 생각이 없어보였다. 나는 방으로 들어갔다.

오성태 형사는 음식점 밖에 있었다. 차 안이었다. 김조한을 감시하고 있었다. 김조한은 친구들과 음식점에서 대화를 나누고 있었다.

"맨날 놀고 먹는군."

오성태가 중얼거렸다.

누구는 자기 때문에 손발이 고생인데 정작 본인은 호사를 누리고 있었다. 조한은 자신의 존재를 아는 것 같았다. 그러면서도 대수롭지 않게 행동하고 있었다. 골탕을 먹이려고 일부러 그러는 걸까.

김윤철이 죽은 직후의 일이다. 차량으로 돌아가려는 동료들을 뒤로 하고 학교에 남아 있었다. 학교에서 조한이 어떤 학생이었는지 알아야 했다. 지나가는 말로 듣거나 교사들에게 직접 들은 정보는 이랬다. 성적이 매우 우수하며 성품 또한 훌륭하다. 사교성이 뛰어나고 논리적이다. 질이 안 좋은 친구들과 어울리는 게 흠이지만 특별한 문제점은 전무하다.

김조한은 품행이 안 좋은 아이였다. 소위 질이 나쁘다는 아이들과 다를 바 없었다. 나서서 남의 지갑을 뺏고 훔쳤다. 적어도 그의 친구들은 지갑을 갈취하며 웃지는 않았다. 조한은 천진한 표정으로 남을 괴롭히는 스타일이었다. 악의가 없는 눈으로 남을 희롱하고 범법행위를 일삼았다. 범죄가 나쁘다는 사실 자체를 모르는 것 같았다.

김조한이 친구들과 함께 밖으로 나왔다. 노래방으로 향하는 건가. 다섯 명이었다. 정진호, 김조한, 이혜진, 김지인, 한진영.

최현우라는 남학생은 빠져 있었다. 오늘은 나오지 않은 모양이었다.

김조한이 뒤돌아봤다. 눈이 마주쳤다.

오성태는 자동차 핸들 사이로 얼굴을 묻었다. 천천히 고개를 들었다. 김조한이 웃음기 어린 얼굴로 눈길을 돌리고 있었다.

'가야 할까, 말아야 할까.'

업무를 하는 도중에 틈틈이 김조한을 미행했다. 특이한 점은 아직 발견하지 못했다. 고민하다가 오성태는 시동을 켰다. 미행만 하고 있다니 한심했다. 그러나 어쩔 도리가 없었다. 심증은 확실했지만 물증이 부족했다. 임철용이 심증만으로 범인을 잡지 말라고 했다. 동의하기 어려운 말이다. 형사의 직감은 일반인의 의심과는 차원이 다르다.

김조한의 지문이 나왔다. 그는 최초 발견자였다. 어쩌면 당연하다. 피를 막아보려고 노력했던 증거로 보일 수 있다. 아버지가 죽길 바라는 아들은 흔치 않다. 시체를 본 두려움보다 조급함이 앞섰을 거다. 그렇더라도 내장에 묻은 지문까지는 설명이 불가하다.

핸들을 돌렸다.

아들이 아직 들어오지 않고 있었다. 세상이 흉흉한데 어디서 뭘 하는 걸까.

서랍에서 칼이 나왔다. 칼집이 있는 칼이었다. 최근 주변에서 살인사건을 많이 접했다. 현우가 가해자일까. 의심이 들었지만 그럴 리가 없었다. 아무리 이상해 보여도 설마 그 정도는 아닐 거다.

다만 현우가 피해자가 될까 봐 무서웠다. 도리어 당하지는 않을까, 그게 걱정이다. 어딘가로 끌려가서 잔혹하게 살해당하는 건 아닐까. 늦은 시간이다. 현우가 늦게 다니기는 하지만 그래도 불안했다. 세간에 벌어지는 끔찍한 일들은 평상시에 일어나는 거였다. 현우가 피해갈 수 있을 거란 보장이 없었다.

강연화는 머릿속에 그려지는 영상을 떨쳐냈다.

남편은 방에 있었다. 현우가 학원에 가자마자 남편이 퇴근했다. 늦은 밤까지 깨어 있다가는 자겠다며 조금 전에 들어갔다. 아들이 도착하면 훈계를 하겠다고 벼르고 있었다. 말은 그렇게 했지만 폭행할 작정으로 보였다. 방으로 들어가던 남편의 얼굴이 떠올랐다.

초인종이 울렸다. 시계는 새벽 세시를 가리키고 있었다.

"현우야."

강연화가 현관문 앞에서 말했다. 낯이 익은 아이가 현우를 부축하고 있었다.

"현우가 술을 마신 거니?"

강연화가 물었다.

"네, 조금 마셨어요. 현우 아버님은 어디 계세요?"

한진영이 말했다. 진영이는 현우의 친구였다. 불량해 보였지만 싹싹한 아이였다. 붙임성이 좋고 어른들에게 잘했다.

"주무시러 들어갔단다. 어서 이리로 주렴."

강연화가 말했다.

다가가자 알코올 냄새가 났다. 현우에게서 나는 냄새였다. 진영이한테서도 냄새가 나고 있었다. 현우는 술에 취해 정신이 없는 모습이었다.

"아직 고등학교 졸업도 안 했잖니. 성인도 안 된 애들이 무슨 술을 마신다고. 다음부터는 그러지 마라."

강연화가 말했다.

"요즘은 안 마시는 게 이상한 거예요. 현우한테 야단치지는 마세요."

한진영이 말했다.

"그나저나 현우 아버님은 확실히 잠드신 거예요? 얘가 들키면 안 된다면서 집에 들어가기 엄청 싫어하던데요."

"나도 모르겠다. 같이 옮겨줄 수 있겠니?"

강연화가 닫힌 문을 보며 말했다.

"내 발로 걸어갈 수 있어!"

최현우가 소리쳤다. 강연화를 밀치더니 신발을 벗기 시작했다.

"그냥 돌아가렴."

강연화가 한진영을 보며 말했다.

"그렇지만 제대로 걷지도 못할 것 같아요."

최현우가 거실을 가로질렀다. 신발도 벗지 않은 채였다. 걸어가다가 나자빠져서 토하지만 않으면 다행일 것 같았다.

"고맙지만 괜찮다."

강연화가 말했다. 적잖게 당황한 얼굴이었다. 남편을 염려하는 듯했다.

"그리고… 가정 폭력은 꼭 신고하셔야 돼요."

한진영이 말했다.

"내 방이 어디야. 엄마, 내 방이 어디냐고."

최현우가 소리쳤다. 곤란한 기색으로 한진영이 말했다.

"그럼 저는 가볼게요."

현관문이 닫혔다.

곧바로 문이 열리는 소리가 들렸다. 남편이었다. 남편이 팬티 차림으로 달려나왔다.

"이 새끼가! 최현우 이 새끼!"

남편이 소리쳤다. 만취한 상태에서도 최현우가 기겁했다.

"여보! 그만 좀 해요!"

강연화가 말했다.

남편이 최현우의 머리통을 붙잡았다. 때릴 도구를 찾으려고 남편의 움직임이 분주해졌다.

"내일 얘기해요. 우선은 자고 내일 얘기하자구요."

강연화가 따라다니며 말했다.

"잘못했어요, 제발 용서해주세요."

최현우가 소리치고 있었다. 끌려다니던 현우가 참지 못하고 거실에 구토를 했다. 남편이 걸음을 멈추더니 현우를 쳐다봤다.

"늦게 온 것도 모자라서 술까지 먹어!"

남편이 소리쳤다.

강연화가 남편을 끌어당겼다. 현우가 남편에게서 벗어났다. 토악질이 멎자 절뚝거리는 걸음으로 방까지 뛰었다.

임철용 형사가 화장실에서 나왔다. 가운을 걸친 상태였다. 머리를 말리고 나왔는지 머리카락은 젖어 있지 않았다.

"자기야, 이것 좀 봐."

아내가 말했다. 임철용은 거실로 향했다.

"이거 정말이야?"

아내는 컴퓨터를 하고 있었다. 모니터를 가리키며 아내가 말했다.

"블로그에 누가 올린 글인 것 같은데."

철용이 가까이 다가갔다.

"연쇄살인이라는데 모르는 얘기야?"

불안한 얼굴로 아내가 물었다.

"아니."

나는 모르는 얘기야. 철용은 목 안으로 말을 집어삼켰다. 이길석의 사건만 해도 연쇄살인의 조짐이 보였다. 매스컴에 발표가 안 된 사건도 상당수였다. 그렇지만 표면으로 떠오를 만한 뚜렷한 사건은 없었다. 사실상 종결된 사건이 절대다수였다. 최근에 발생한 연쇄살인이라면 모르는 얘기였다.

"사실무근이지?"

아내가 물었다. 철용이 모니터를 들여다봤다. 실재하는 사건의 사진이

게시돼 있었다. 철용은 눈을 의심했다. 사건의 내용이 완벽하게 일치했다.

살인사건은 정보의 제한이 필요했다. 특히 사건내용과 관련된 정보의 유출은 쥐약이다. 범인과 일반인을 구별하려면 정보에 차이가 있어야 했다. 살인이 벌어지고 있으니 조심하라는 정도는 괜찮다. 범행의 특징과 증거들을 공개하는 것이 문제인 거다. 유출이 된다면 모방 범죄가 발생할 가능성이 상당히 높았다.

다행스럽게도 세부적인 것까지 쓰여 있진 않았다. 아내가 이상한 눈으로 쳐다봤다.

"자기야, 왜 그러는데. 이거 사실이야?"

철용은 스크롤바를 내리며 글귀를 읽었다.

'중산층 도살자, 행위예술 살인마'

게시글의 제목이었다. 행위예술이라니 웃기는 표현이었다.

사회적인 파장을 우려해 경찰은 사건을 숨기고 있다. 엽기적인 살인 방식이다. 조금만 관심을 갖고 보면 사건의 기괴함 정도를 쉽게 파악할 수 있다. 최근 뉴스에서 한 살인사건을 보았다. 뉴스를 스크랩하는 것을 즐기던 필자는 이상한 생각이 들었다. 과거에도 그와 같은 사건이 일어났다는 사실을 알게 됐다. 사건이 일어난 구역과 범행 시의 특징들을 종합할 때 연쇄적인 살인이 분명하다. 세 차례 이상 살인이 반복됐을 때 그것은 연쇄살인으로 치부된다. 대량살인이라고 할지라도 같은 사건이 세 번 지속되면 연쇄살인인 것이다. 이처럼 명확한데도 경찰은 왜 사건을 숨기고 있었을까. 한 가지 결론이 남는다. 경찰은 이번 사건이 연쇄살인으로 번지는 것을 꺼리고 있다.

먼저 중산층 도살자에 대해 말하겠다. 부자들을 대상으로 한 대범한 범행이다. 도살자는 경비가 삼엄한 집으로 들어가서, 말 그대로 사람들을 도살했다. 숫자가 몇 명이 됐든 한 명도 남겨두지 않는 치밀함을 보였다. 증거 부족으로 경찰은 범인을 잡지 못했다. 이 사건은 최근의 2011년 3월 19일 토요일에 또다시 벌어졌다.

행위예술 살인마는 무려 다섯 번의 살인을 저질렀다. 필자의 추측일 뿐인지도 모른다. 그렇지만 모두의 알 권리를 위해 어리석은 줄 알면서도 쓰겠다. 2010년 8월 20일 첫 번째 사건이 일어났다. 두 달 정도의 간격을 두고 비슷한 사건이 벌어졌다. 살인의 간격이 점점 짧아지고 있다는 사실을 관찰할 수 있었다.

"정말이냐고 묻고 있잖아."

아내가 말했다.

"정말이구나? 우리 정도면 잘 사는 편은 아니겠지?"

아내는 걱정스러운 얼굴이었다.

철용은 게재된 사진을 눈여겨봤다. 토막 난 시체가 땅 위에 전시돼 있었다. 의심할 여지가 없었다. 사건현장의 모습이 맞다.

"내가 보기엔 모르겠는데. 일치하는 점도 얼마 없는 것 같아."

아내가 말했다.

"같은 지역에서 비슷한 사건이 일어난 거야."

철용이 말했다.

범인은 잡히지 않은 상태였다. 블로거가 이름을 붙인 행위예술 살인마나, 중산층 도살자의 범행은 이미 알고 있었다. 토막살인과 대량살인이다. 경찰이 모를 이유가 없었다.

처음 두 사건이 일어났을 때를 떠올렸다. 엽기적인 살인인 만큼 금방 붙잡을 수 있을 거라고 생각했다.

강력계 형사들이 한 자리에 모였다. 연쇄살인 때문이었다. 인터넷을 타고 불거진 소식 때문에 경찰서가 폭격을 맞았다. 전담 본부가 꾸려지기로 결정이 됐다. 본부결성문제를 두고 한창 회의가 진행 중이었다.

회의 중에 한 가지 문제가 거론됐다. 본부의 개수 문제였다. 표면에 떠오른 사건들만 조사해도 되느냐는 거였다. 애초에 숨기고 있던 사건이었다. 나중에 밝혀지는 것보다 자발적으로 알리는 편이 나을 수도 있었다. 막말로 살인을 저지른 게 경찰은 아니었다. 경찰의 잘못은 아무것도 없다.

다른 사건들까지 추가로 수사하자는 의견은 철회됐다. 연쇄살인이 이렇게나 많이 일어난다는 걸 알면 시민들은 살 의욕을 잃을 거다. 본부는 두 곳으로 나뉘어 결성하는 걸로 결론이 모아지고 있었다.

"그런데 한 명이 안 보이는군."

강력 3반 반장이 말했다. 김성재는 빈 의자를 쳐다봤다.

"임철용 형사는?"

"중요한 문제가 있어서 불참했습니다. 사건과 관련된 문젭니다."

김성재가 말했다.

"무슨 사건? 이것보다 더 급한 사건이야?"

"이길석과 김윤철 사건입니다."

"그래, 그것만 쫓아 보라고 해. 보고할 필요도 없다고 하고. 연쇄살인으로 번지지 않게 해 달라고 부탁해야 할 판이니까."

반장이 말했다.

과도를 들고 다니며 살인을 저지르는 녀석이다. 처음 이길석이 죽을 당시만 해도 평범한 충동살인으로 알았다. 길거리에서 벌어졌고 사체를 아무 곳에나 버려두고 달아났다고 생각했다. 범인을 잡는 데까지 시간이 얼마나 걸리든 재발만 없다면 상관없었다. 헌데 김윤철이 같은 장소에서 과도에 찔려 죽는 사태가 발생했다. 이 사건도 결국은 골칫거리였다. 김윤철이 재수가 없었는지 몰라도 범인은 온몸을 다해 외치고 있었다.

나 또 할지도 몰라!

"대신 골머리 썩어주면 나야 좋지."

반장이 말했다.

경찰관 하나가 불쑥 들어왔다.

"저, 형사님들."

경찰관이 곤란한 눈치로 말했다. 형사들이 진저리를 치며 고개를 돌렸다.

"연쇄살인에 대한 기사가 테레비 뉴스에 떴는데요."

경찰관이 말했다.

가정집에서 남자가 뉴스를 보고 있었다. 티브이를 응시하던 남자가 리모컨을 들어서 소리를 높였다. 기자의 목소리가 화면 밖으로 흘러나왔다. 기자는 인터넷에서 떠돌던 소문을 앵무새처럼 떠들고 있었다.

연쇄살인이라니.

남자가 미간을 찌푸렸다.

참으로 안타깝지만 현실감이 없는 사건이다. 미디어에서 주구장창 떠드는 다양한 범죄들을 실제로 겪은 적은 없었다. 사기와 같은 범행은 주변에서 심심찮게 듣긴 했다. 아는 누군가가 사기를 당해서 얼마를 잃었다하더라는 식의 얘기. 하지만 살인은 달랐다. 누군가 살해를 당했더라는 소식은 뉴스를 빼면 도무지 전해들은 적이 없었다.

문이 열리는 소리가 들렸다. 아들의 방이었다.

"저것 좀 봐라. 연쇄살인이라는 구나."

남자가 말했다.

"하지만 걱정하지 않아도 된다. 우리랑은 상관이 없는 얘기다."

아들은 태권도 유단자였다. 어릴 때 좁은 도장에서 태권을 외치는 모습을 봤다. 아들의 무술 실력에 대해서 의심하지 않았다.

"여자들이 문제겠구나. 네 엄마랑 미연이한테 당부를 해둬야겠다."

남자가 걱정이 담긴 목소리로 말했다.

기자가 행위예술가에 대해 말했다. 사체의 이미지가 나오고 있었다. 현실로 옮겨서 떠올리기 어려운 광경이었다. 사체를 토막내면서 무슨 생각을 했던 걸까. 인간의 행동이라니 소름이 끼쳤다. 저걸 두고 행위예술이라고 표현한 사람의 뇌도 궁금했다. 무슨 생각을 달고 살면 토막 난 사체가 예술적으로 보이는 걸까. 살인자에게 예술가의 이름을 붙이는 세상이라. 정말로 우스웠다.

"밥은 안 먹고 왔지?"

소파가 들썩거렸다. 아들이 소파에 앉은 모양이었다. 뉴스의 내용을 보고 충격을 받았는지 말이 없었다. 이제 저녁 시간이었다. 오랜만에 일찍 돌아왔으니 같이 식사할 예정이었다.

"저녁을 먹기도 꺼림칙하구나."

남자가 말했다.

기자는 중산층 도살자에 대해 떠들기 시작했다. 섬찟하면서도 괘씸했다. 노력해서 번 돈이었다. 돈이 많다는 이유만으로 사람을 죽인다. 어불성설이다. 자수성가하는 사람이 부지기수다. 혹자는 부자를 죽였다는 사실에 수긍할지 모른다.

남자는 이해가 되지 않았다. 풍족한 생활을 이어간 사람은 죽더라도 미련이 없을 거란 논리였다. 화가 났다. 아들은 뉴스를 보며 무슨 생각을 하는 걸까.

"그런데 아까부터 왜 말이 없는 거냐."

남자가 돌아봤다.

아들은 공포에 질려 있었다. 아니, 공포에 질린 아들의 얼굴이 몸뚱이를 잃은 채로 허공에 떠서 남자를 보고 있었다.

누군가가 아들의 얼굴을 가면처럼 들고 있었다.

"왜 그러세요?"

가면 뒤에서 누군가가 말했다. 아들의 얼굴이 공중에서 갸웃거렸다. 목의 절단면으로 피가 흘러내리고 있었다.

"아버지, 주무셔야죠."

이강준이 아들의 얼굴을 치우며 말했다.

남자가 비명을 질렀다.

연쇄살인에 대한 이야기였다. 그 이야기가 학교 전체에 퍼져있었다. 어디를 봐도 모두 같은 소리를 떠들고 있었다. 그런 나쁜 놈들은 돌아다니지 못하게 해야 된다. 발목을 잘라버려야 해. 자기밖에 모르는 놈이 아무나 죽이고 다닌다. 경찰들은 뭘 하고 있는 건가. 의심이 가는 놈이 있지 않아?

"넌 어떻게 생각하냐?"

한진영이 말했다.

"아무런 생각도 없어."

정진호가 말했다.

"주변이 시끄러워서 짜증이 나는 것밖에는."

교실이 순간 잠잠해졌다. 학생들이 두리번거리다가 침묵했다.

"나는 신경을 껐으면 좋겠어. 누가 어디서 뭘 하고 다니든 상관이야 없는 거잖아. 자기만 안 죽었으면 됐지."

정진호가 말했다.

낮의 상황을 떠올렸다. 교문 앞에 여학생들이 모여 있었다. 상기된 얼굴로 대화를 나누는 중이었다. 뉴스를 보았느냐며 소곤대고 있었다. 무시하고 지나치려던 중, 불편한 소리를 듣고야 말았다. 연쇄살인범이 혹시 김조한이 아니냐는 말이었다.

"걱정돼서 그러는 거 아니면 뭐겠냐."

한진영이 말했다.

"걱정이 된다고?"

"피해자가 될 수도 있으니까. 중산층을 노리는 살인범은 일부 학생들 빼면 안심이지만, 행위예술가는 다르잖아. 사체 남겨놓은 거 보니까 완전 사이코던데."

"행위예술가가 뭐냐."

정진호가 물었다.

"그러게나 말이다."

"조한이를 의심하려면 중산층 작살내는 새끼로 의심해야지. 미친 거 아니냐? 조한이가 그렇게 사이코 같냐."

"둘 다 조한이가 벌인 짓이란 소리도 있던데."

한진영이 말했다.

친구면서도 의심하는 걸까. 진영이는 미덥지 못하단 얼굴이었다.

아까부터 심심찮게 김조한이 거론되고 있었다. 존속살해 혐의가 있었으니 이해할 수 있는 상황이었다. 그러나 김조한의 범행이 아니냐며 얼굴을 붉히는 일부 아이들은 이해하기 어려웠다. 존속살해에 대한 소문이 돌 땐 불안해하던 아이들이었다. 갑자기 연쇄살인이라는 딱지가 붙자 일부가 태도를 바꿨다. 중산층 도살자는 나쁜 놈이고 행위예술가는 최고라는 거다. 예술가라는 칭호를 붙이니 살인이 예술로 승화되기라도 한 건가.

"조한이가 연쇄살인범이라면 좋겠다던데. 만약 맞다면 평생 안 잡혔으면 좋겠대. 여자애들이 조한이를 가까이서 계속 보고 싶다고 떠드는 거 봤지. 남자애들 중에서도 우상시하기 시작했고. 정진호 너는 이해할 수 있어?"

한진영이 말했다.

"조한이가 잘 생겨서 그러는 거잖냐. 성격도 괜찮고 겉모습도 괜찮은 애가 사실은 연쇄살인범이라고 하니까."

정원명이 말했다. 한진영은 고개를 끄덕거렸다.

"그런데 어차피 다 헛소문이야. 대화 주제에 필요하니까 가져다가 붙인 거지. 조한이가 누굴 죽일 인물이냐. 죽여 달라고 누가 찾아온다고 해도 못 죽이는 놈이야. 김조한은 수상한 행동을 한 적이 없어. 애들이 김조한 얘기를 하고 싶으니까 없던 정황도 만든 거야."

정진호가 말했다. 못마땅한 얼굴이었다.

"아무튼 김조한 진짜 기분 이상하겠다."

한진영이 말했다.

"그 건에 대해서나 얘기하자."

"이번 주 일요일에 너랑 나랑 최현우랑 가기로 했잖아."

정진호가 말했다. 중대한 일을 사흘 앞두고 있었다. 경찰이 열을 올린 상황에서 가능할까.

"가는 거 맞지? 경찰이 쫙 깔렸을 텐데."

불가능하더라도 해야 했다.

"자기들이 무슨 수로 우리를 잡겠어. 들키지만 않으면 돼."

정진호가 말했다. 이강준의 수고를 생각해서라도 해야만 했다.

"문은 어떻게 따고 들어가게?"

한진영이 말했다.

"비밀번호를 알고 있어."

8.7.0.6.1.4

"비밀번호가 막내딸의 생년월일이라."

"이렇게 허술할 수가 없어."

연구실에서 이강준의 쪽지를 확인하는 중이었다. 필체가 엉망이었다. 급하게 날려서 쓴 것 같았다.

"요즘 난리가 났으니 당연히 그러지."

김은수와 이강준의 범행이 들통났다. 그녀는 그들에게 조심하라고 당부한 적이 없었다. 시간이 흐르면 드러날 거라고 했다. 그들의 범행이 이슈가 되는 건 필연적이었다. 살인사건의 경우 꼬리가 길면 밟히는 게 당연했다. 동시다발적으로 벌어지는 계획의 특성상 분명히 화제가 될 거였다. 계획을 세울 때부터 각오하고 있었다. 그러나 시기가 너무 일렀다. 계획을 앞당길 수밖에 없는 상황이 돼 버렸다.

그녀와 정원명이 계획을 세웠다. 계획을 세우는 건 둘의 몫이었다. 그녀는 마지막 살인까지의 모든 계획을 미리 세워놨다. 백 명이 목표였다. 정원명은 상황에 따라 암살자를 배치하기만 했다.

연구원이나 암살자들은 연구실에서 명령을 받아갔다. 연구실에 들러서 자기 이름이 쓰인 쪽지가 있으면 일을 수행했다. 명령을 받지 못한 사람은 자유였다. 다만 되도록 살인을 억제하라는 규칙 같지도 않은 규칙이 존재했다.

"경찰은 좀 더 신중할 거라고 생각했는데."

경찰은 매스컴이 주목할 만한 큰 사건은 싫어했다. 세상의 평화를 위해서 그것은 올바르고 당연했다.

연쇄살인에 대한 얘기가 왜 퍼지게 됐을까. 예상보다 빨리 들키게 된 건 어쩌면 연구원들의 실수가 아닐까. 그녀가 예상 시일을 잘못 예측할 리가 없다. 경찰을 과대평가한 연구원들의 잘못일 게 분명하다. 누군가 연쇄살인 얘기를 꺼내면 경찰은 어떤 식으로든 매스컴을 통제할 줄 알았다.

냉장고를 열었다. 가지런하게 정돈된 그릇과 접시, 반찬통을 보며 역겨움에 치를 떨었다. 먹을거리가 들었어야 하는데 사람의 살점으로 빼곡했다. 마치 소스처럼 살점에 피가 뒤범벅돼 있었다.

하진을 위한 선물이었다. 기념품으로 사람의 신체 부위를 모으던 암살자들이, 하진이 걱정이라는 그녀의 말을 들은 거다. 암살자들은 냉장고에서 컬렉션을 정리해 집어넣기 시작했다. 도무지 이해할 수 없는 행동이었다. 납득하고 싶지도 않았다. 그게 진정으로 맛있을까. 상추에다가 쌈을 싸먹을 하진을 생각하면 구토가 나올 지경이었다.

　냉장고 문을 닫았다. 구경하고 싶은 마음이 싸악 사라졌다. 피가 묻은 손을 바짓단에 닦고서는 휴대폰을 찾았다. 부재중 전화가 와 있었다.

　휴대폰 다이얼을 눌렀다.

　"너 지금 어디야."

　수화기 너머에서 목소리가 들렸다.

　현우가 아직도 그런 친구들과 어울릴 줄은 몰랐다. 사춘기였다. 부끄러움을 느끼기 시작하는 나이다. 겉으로 보이는 모습에 마음을 빼앗길 나이였다. 진영이가 현우를 애초에 버렸을 것으로 생각했다. 당연한 귀결이다. 아들이지만 현우는 어디 하나 잘난 곳이 없었다. 진영이의 방문이 뜸해지면서 서운하긴 했지만 한편으론 안심이었다. 진영이와 멀어지면 현우는 질이 나쁜 친구들과는 어울릴 수 없었다.

　간혹 늦거나 집에 안 들어오기는 하지만 그 이유는 다른 데 있을 거라고 생각했다. 서랍에 있던 물건으로 엉뚱한 짓을 벌이느라 늦는 거라고, 생명을 경시하는 아이는 아니니까 문제는 없었다.

　평범한 아이들과 어울리길 원했다. 따돌림을 당하더라도 그 편이 낫다. 그렇게 생각했다. 친구가 없다면 귀가 시간은 점차 빨라질 거다. 나이가 들어서 현우가 마음을 잡는다면 문제도 말끔히 사라질 거였다.

　진영이와의 관계가 지속되는 건 부모로서 기뻐해야 하는 일일까.

　"최현우."

　남편이 식사 중에 말했다.

　"골고루 먹어야지 뭐 하는 거냐."

　"골고루 먹을게요."

　현우가 말했다. 남편은 못마땅한 모습이었다. 나물은 손도 안 대면서 고기만 먹는 것이 성에 안 차는 모양이다. 그러니까 살이 그렇게 찌는 거야. 남편이 눈으로 그렇게 말하고 있었다. 상대로서는 모멸감을 느낄 만한 표정이다. 남편은 그런 얼굴로 현우를 보고 있었다.

"현우야, 이것도 먹어라. 엄마가 맛있게 했단다."

강연화가 말했다. 현우의 밥그릇에다 시금치를 올렸다.

"알겠어요."

현우가 말했다. 남편은 현우가 시금치를 먹는 모습을 지켜보고 있었다.

"최현우."

남편이 말했다. 현우가 밥을 삼키며 남편을 쳐다봤다.

"네, 아빠."

"너 그 담배꽁초는 뭐냐."

현우가 강연화를 쳐다봤다.

"쓰레기통에 버려진 거 봤다."

"제가 피운 거 아니에요."

"그럼 네 엄마가 피웠다는 거냐?"

최현우가 입을 다물었다.

"어떤 애들하고 어울리는 거야. 저번에는 술을 먹고 오질 않나."

"얼른 죄송하다고 말씀드려."

강연화가 말했다.

"술이랑 담배나 하는 애들과는 멀리해라. 도대체 요즘 애들은 생각이 없어. 내 말을 듣고는 있는 거냐?"

남편이 말했다. 최현우가 그릇을 들고 일어났다.

"잘 먹었습니다. 오늘 늦어요. 저 기다리지 마세요."

"현우야."

강연화가 말했다.

"친구들이랑 약속이 있어요. 그럼 갈게요."

최현우가 집을 나갔다. 강연화는 남편을 바라봤다. 남편은 무덤덤한 얼굴로 식사를 이어갔다.

"조용히 하세요. 일에 집중을 못하잖아요."

부인이 울부짖고 있었다. 뼈를 분리하는 것만으로도 힘에 겨웠다. 소음 때문에 집중하기가 더욱 어려웠다. 테이프로 입을 막아놓은 게 그나마 다행이었다.

"그거 떼면 소리 지를 거 아니에요?"

부인을 쳐다봤다.

"시끄러우니까 조용히 하세요."

부인이 몸까지 앞뒤로 움직이며 울어대기 시작했다. 테이프가 침으로 범벅이었다. 설상가상으로 콧물이 흘러내리고 있었다.

"더러워 죽겠네."

그가 인상을 쓰며 말했다. 막바지였다. 시체를 수습하고 하진에게 선물할 부위를 골라 다듬는 중이었다. 생식을 즐기는 그를 위해서 삶지도 않고 작업을 하고 있었다.

"이름이 미연이라고요?"

다듬고 남은 살점과 뼈를 각각 비닐에 담아 묶었다.

"애가 예쁘던데요. 나보다 나이 많으니까 누나네요."

부인은 우는 걸 포기한 눈빛이었다.

"이렇게 죽기는 아깝죠. 하지만 여기가 범행장소로 가장 적당했어요. 죄송합니다."

거실에서 부인이 지켜보고 있었다. 손과 발이 묶인 채로 몸통은 주방을 향해 틀어져 있었다. 티브이 안에서 여배우가 신음하고 있었다.

식탁에 비닐을 올렸다. 하얀 쓰레기봉투를 들고 부인의 방으로 향했다. 십 분 정도가 흐른 뒤에 다시 거실로 나왔다.

"아직 안 죽일 거예요."

부인을 부축했다. 부인은 순순히 따라 움직였다. 비틀거리며 방으로 향하는 부인의 발치 옆으로 피가 너저분했다.

방으로 들어와서 말했다.

"일요일이면 이틀 남았나. 그 때 내 친구가 당신을 죽일 거예요."

시체가 든 쓰레기봉투를 세 번째 장롱에 넣었다. 부인은 그 모습을 지켜보면서 발작을 일으키듯 이따금씩 떨었다.

"여기 들어가세요."

네 번째 장롱 문을 열면서 말했다. 부인은 들어가지 않고 있었다.

"안 들리세요?"

부인은 멍하니 앉아 있었다.

뺨을 조심스럽게 건드렸다. 찰싹찰싹 소리가 났다. 생선눈깔 같은 눈을 하고서는 정신을 못 차리고 있었다.

부인의 겨드랑이를 잡아 들어올렸다. 열린 장롱 안으로 밀어넣다가 멈춰섰다.

"아냐, 여긴 적당하지가 않아."

다시 부인을 끌어내려서 바닥에 놨다.

"그래, 여기가 중요하다니까. 저기가 적당하지 않을까?"

세 번째 장롱을 열었다. 부인의 시선이 딸의 시체가 담긴 쓰레기봉투로 향했다. 사색이 된 얼굴로 뻐끔거리고 있었다.

"여기로 들어가 계세요. 딸이랑 계셔야 해요. 이 자리는 안 되겠어요."

부인을 장롱에다가 구겨넣었다.

"죄송합니다."

장롱 문을 닫았다. 덜컹거리기는 했지만 열리지 않았다. 여자가 몸통으로 문을 박아대고 있는지 장롱에서 소리가 나고 있었다. 희미한 소리였다.

그는 나가서 공구함이 든 상자를 가져왔다.

"이건 숨구멍이에요. 그 안에 탈취제가 여러 개 있어요. 냄새는 참을 수 있을 거예요."

장롱 문을 살짝 열면서 말했다. 상자는 문 앞에다가 내려뒀다.

진호는 싸움을 잘한다. 조한이는 머리가 좋다. 김지인은 예쁘다. 한진영은 인맥이 넓다. 이혜진은 평범하지만 융화가 빠르다.

나는 뭘 하면 좋지.

"넌 아직도 그런 거 가지고 다녀?"

진영이가 말했다.

"뭘 말야."

"칼 말이야. 샀다면서 들고 다녔었잖아."

"칼은 왜?"

고등학교 입학 기념으로 샀던 칼을 떠올렸다. 도검 소지 허가가 불필요한 칼이었다. 십오 센티가 안 넘는 작은 칼이다.

"조한이한테 한번 들어보라고 하게."

"칼을 들어 보라고?"

김조한이 말했다. 짐짓 놀란 얼굴이었다.

"잘 어울리는지 확인하려고."

한진영이 말했다.

"있으면 빨리 줘."

나는 가방을 뒤져보다가 말했다.

"없는데."

서랍에다 넣어뒀던 기억이 떠올랐다.

"그럼 커터칼이라도 줘. 맨날 가지고 다니잖아."

한진영이 말했다. 나는 필통 속을 뒤졌다.

"넌 어딜 그렇게 봐. 누구 찾는 사람 있어?"

"여긴 밖이야. 보는 눈도 많은데 그런 이상한 짓을 하고 싶진 않다고.

우릴 주시하는 사람이 있는지 보는 거야."

"신경 쓰지 마. 그런데 커터칼은 언제쯤 줄 거야."

한진영이 나를 보고 말했다.

나는 까만색으로 된 큼직한 칼을 건넸다. 한진영이 칼날을 위아래로 움직였다. 날이 서있는 것이 마음에 든 모양이었다. 내키지 않는 얼굴로 조한에게 커터칼을 건넸다. 조한이는 주변을 둘러보고 있었다.

"자꾸 누굴 의식하는 거야? 너답지 않게."

한진영이 말했다.

"칼을 집에다가 둔 거야?"

김조한이 돌아보며 말했다.

나는 그렇다고 대답했다.

"그럼 현우네 집에서 들어 볼게. 그럼 됐지?"

김조한이 한진영을 쳐다봤다.

"여기서는 안 되는 이유라도 있어?"

한진영이 말했다.

"외부에서 그런 걸 꺼내는 건 상식 밖이야. 요즘 안 좋은 사건들도 많은데 시민들이 불안해한다고. 네가 칼을 들어 보라고 하는 이유는 의심 때문이잖아. 의심을 풀기 위해서라도 제대로 된 칼로 이미지를 보는 게 낫지. 커터칼은 종이나 긁어야 할 분위기잖아. 내일 현우네 집으로 놀러 가기로 했지. 그런 이상한 행동은 내부에서 하자고."

김조한이 말했다.

한진영은 수긍하는 모습이었다.

"며칠 전에 액자를 같이 걸었어."

남편이 전화통화를 하고 있었다.

심각한 목소리다. 친구와 대화하는 것 같았다. 남편은 현우의 이상행동을 자기가 고치겠다면서 친구의 도움을 받고 있었다. 정신병원에 강제로 입원 시키겠다고 난리를 칠 때는 언제고. 이제는 의사를 자처하고 있다.

혹시 기억에서 지운 건 아닐까. 모르고 있다. 현우가 동물을 죽여서 집으로 가져왔었던 것도. 그 사체가 썩어서 썩은 내가 진동하도록 방에 내버려뒀던 것도. 행동이 부자연스러워진 것도. 부모 몰래 칼을 구입한 것도. 깜깜한 방에 틀어박혀서 불도 안 키고 생활하는 것도. 모두 자기 탓이라는 의사의 진단을.

남편은 모르겠지만 의사가 강연화에게 전화했었다. 모르쇠로 일관하는 남편 대신에 결과를 알려줬다. 남편의 학대와 꽉 막힌 성격 때문이었다.

"얘기는 별로 못했어. 뭐, 대화가 필요하다고?"

문소리가 들렸다. 현우가 들어온 모양이었다. 강연화는 문틈 사이로 남편을 보고 있다가 걸음을 옮겼다.

오늘 친구들이 놀러온다고 했다.

강연화는 청소를 마치고 기다리는 중이었다.

학원은 일곱 시에 가니까 집으로 먼저 올 터였다. 학교는 네 시가 넘어서 끝난다. 집으로 돌아오면 네 시 삼십 분 정도가 된다. 현우의 친구들은 두 시간 정도를 머물다가 갈 거다. 현우의 친구들이 집으로 방문하는 건 오랜만이었다. 고등학교 이래로는 손가락에 꼽을 수 있을 정도로 방문이 뜸했다.

거실에 앉아 기다리는데 초인종이 울렸다.

강연화는 현관으로 나가서 문을 열었다.

"안녕하세요."

현우의 친구들이 하나씩 들어왔다.

강연화는 현우의 친구들을 맞이했다.

"아주머니, 저 왔어요."

한진영이 말했다.

"빨리 들어와. 방 치웠어요?"

최현우가 말했다.

강연화가 고개를 끄덕였다.

현우는 친구들을 이끌고 방으로 들어갔다.

과일이 담긴 쟁반을 들고 있었다.

강연화는 문 앞에서 망설이고 있었다.

"강준철은 쓰레기야."

현우의 목소리였다.

웃는 소리가 들렸다.

"오늘은 나랑 눈이 마주칠 때마다 빌빌거리면서 아부를 떨었어."

"정말 비참하다."

여자의 목소리였다.

강연화는 유난히 키가 컸던 여학생을 떠올렸다. 생머리에 화장을 조금
한 것 같았다. 이름이 김지인이라고 했다.

"나라면 자살할 텐데."

"복수할 수 있게 해줘서 고마워. 그때 이후로 태도가 확 변했어. 조한
이가 없어도 대놓고 괴롭히지 못하는 거 있지."

현우가 말했다.

"고맙기는. 알면 나한테 잘해."

한진영의 목소리였다.

누군가에게 복수를 한 걸까.

"네 덕분에 소원 성취한다."

아이들이 웃었다.

"그런데 말이야."

이번엔 남자 목소리였다.

진영이의 목소리는 아니었다. 맨 마지막에 들어온 남학생 중에 하나일 거다. 남학생은 두 명이었다.

둘 중에 누구일까. 짐작하기가 어려웠다.

"너네 정말로 할 거야?"

남학생이 말했다.

"뭐를?"

현우가 묻고 있었다.

"위험하잖아. 걸리면 어쩌려고 그래."

"괜찮아. 걱정하지 않아도 돼."

"뉴스에서 떠들썩하던데 조심하는 게 좋지 않을까?"

남학생이 말했다.

"연쇄살인이 극성이야. 괜히 밤에 돌아다녔다가 걸리면 어쩌려고. 경찰을 두고 하는 말이 아니야."

"뭐가 걱정이야. 내가 선수를 쳐서 죽이면 되지."

현우가 말했다.

"나 잠깐 화장실 좀 다녀올게."

"빨리 다녀와라."

현우가 말했다.

문이 열렸다. 김지인이 나오다가 강연화를 보고 멈칫했다.

"여기서 뭘 하세요."

김지인이 물었다. 내심 불쾌한 눈이었다. 강연화의 손에 들린 쟁반을 보고 지인이 말했다. 이리 주세요. 지인은 쟁반을 들고 되돌아갔다.

"화장실에 간다면서."

현우가 말했다.

"너네 아주머니가 문 밖에서 듣고 계셨어."

"엄마가?"

대화가 끊겼다.

강연화는 발길을 돌렸다.

엄마가 서랍에서 칼을 발견했다. 방으로 들어와서 서랍장을 열었다. 칼의 위치가 바뀌어 있었다. 나를 정말로 이상하게 보고 있는 걸지도 모른다. 모두 인과응보다. 수상하게 행동했기 때문에 의심을 받는 거다.

"근데 진짜 위화감 든다."

한진영이 말했다.

"최현우보다 잘 어울리는 것 같아."

김지인이 말했다.

"잘 어울리기는 뭐가. 조한아, 이제 내려놔도 돼."

정진호가 말했다.

칼을 내려놓으며 김조한이 아쉬운 미소를 지었다. 친구들이 그 모습을 보고 시끄럽게 놀려댔다.

현우의 친구들이 집으로 돌아갔다. 친구들과 함께 현우도 나갔다.

강연화는 거실에 앉아 있었다.

티브이를 끄고 일어났다. 현우의 방 앞에서 주춤하며 문을 열었다. 담배연기가 뿜어져 나왔다.

손사례를 치며 안으로 들어갔다. 잘려나간 우유팩에 담배꽁초가 들어 있었다. 바닥과 침대에 옷가지가 널려 있었다. 컴퓨터 모니터는 켜진 상태였다. 담요 두 개는 친구들에게 덮어 주려고 서랍에서 꺼낸 모양이었다.

강연화는 지저분한 방을 치우면서 아이들의 이름을 외웠다. 다섯 명이었다. 진영이는 아는 아이였다. 여자 둘은 김지인과 이혜진이다. 나머지 남자 둘은 김조한과 정진호라고 했다. 문득 이상한 기분에 사로잡혔다.

기우일까.

강연화는 우유팩을 치우고 방으로 돌아왔다.

컴퓨터는 만지지 않고 옷가지들을 치웠다. 담요를 집어 들었다. 방청소를 모두 마치고 세탁기 앞으로 가려는데 무언가 시야에 들어왔다. 고양이 열쇠고리가 바닥에 떨어져 있었다. 강연화가 몸을 숙였다.

가해자와 피해자 중에 고르라면 가해자를 골랐다. 따돌림이나 폭행의 무서움을 잘 알고 있었다. 다른 아이들과는 달리 내겐 선택지가 그 두 가지밖에 없었다.

"일어나지 말고 그냥 앉아."

한진영이 말했다.

양아치들과 함께 누군갈 폭행하는 중이었다. 나는 구경만 하고 있었다. 진호나 다른 친구들은 없었다. 그들은 이유가 없는 폭행을 즐기지 않았다. 한진영과는 다르다.

"힘이 없어서 서기나 하겠어?"

한진영이 말했다.

그의 친구들이 웃었다.

"그래도 일어나라고."

한진영이 발을 뻗었다.

남학생인 뒤로 나자빠졌다. 무릎을 꿇고 앉아서는 이마에 묻은 흙을 털어냈다. 겨우 털어냈을 무렵에 남학생의 머리 위로 모래가 쏟아졌다. 한진영이 만족스러운 얼굴로 브이를 그렸다. 그의 친구들이 박수를 치며 좋아했다.

"너는 재미없어?"

한진영이 말했다.

"그저 그래."

내가 말했다.

어떤 표정을 짓고 있는지는 모르겠다.

"잊고 있었네, 너 애들 괴롭히는 거 싫어했었지?"

한진영이 말했다.

기억을 하는 걸까. 전부터 나는 아이들을 괴롭히는 걸 불쾌해했다.

"사람 괴롭히는 건 유쾌하지 않아."

내가 말했다.

스스로 말하면서도 가증스러웠다. 지금은 방관하고 있지만 나도 가담한 적이 있었다. 복수 때문이 아니었다.

서너 명의 아이들이었다. 그들을 괴롭히는 이유는 단지 즐거움이었다. 즐겁지 않더라도 해야 했다. 진영이에게 흥미를 주기 위해서 해야만 했다. 그땐 나에게 처음으로 관심을 보인 아이와 융화가 되고 싶은 마음뿐이었다. 제법 긴 기간이었다. 오랫동안 괴롭힘에 가담했다. 심하게 괴롭혔다.

내가 못살게 군 아이는 한 명이었다. 사죄하기 위해서 뒤늦게 찾아보려고 했지만 이미 자살한 뒤였다.

내일이다.

엄마가 일요일 날에 다함께 놀이공원에 가자고 말했다. 아빠가 시간을 비운다고 했다. 불쑥 내일 놀러가자는 제의를 받아들여야 할까.

"네가 원하지 않는다면, 가지 않아도 돼. 너는 나쁜 짓 하는 거 은근히 싫어하잖아. 우리는 강요하지 않아. 그런데 너만 안 하면 소외감 들지 않겠어?"

진호가 노래방에서 한 말을 떠올렸다.

나는 심부름을 마치고 집으로 돌아가는 중이었다.

임철용 형사가 자리에 앉았다. 십 분도 안 지나서 음식이 나왔다. 김성재가 맞은편에 앉아 있었다.

음식이 놓이는 걸 보다가 김성재가 말했다.

"이길석 사건은 진행이 되고 있는 거야?"

임철용이 어깨를 으쓱했다.

"연쇄살인은 어때? 두 건이나 되잖아."

알려진 것만 두 건이었다. 이제 곧 연쇄살인의 궤도에 오르려는 걸 합치면 적어도 열 건은 넘었다. 이길석 사건의 범인도 언제 그 대열에 합류할지 가늠할 수가 없었다. 세상이 미쳐 돌아가고 있는 걸까. 살인사건이 심심찮게 발생하기는 했어도 이 정도는 아니었다.

"미친놈들이 극성이야."

김성재가 말했다.

"저번에는 경찰서로 어떤 미친놈이 찾아왔다고. 자기가 사람을 죽였다면서. 중산층 도살자가 바로 자기라고 하더라니까."

김성재는 당시를 떠올렸다.

피부에 검버섯이 핀 남자였다. 남자가 들어와서 말했다. 내가 중산층 도살자요. 남자는 낡은 점퍼를 입고 있었다. 술 냄새가 나지 않는데도 눈동자가 뻘겋다. 술에 취한 것처럼 눈이 풀려 있었다. 낡은 점퍼에서 쉰내가 나고 있었다.

"어떻게 됐어?"

철용이 말했다.

"풀려났지. 훈방조치 받았어. 증거도 안 맞고 여러 번 말을 바꾸니까. 아까운 인력을 쏟아 부을 순 없는 노릇이잖아."

김성재가 말했다.

"거짓 자백하러 오는 놈들도 상당수야. 경찰서에 한 번 들르질 않았으니 몰랐지?"

"알지, 왜 몰라."

임철용이 말했다.

거처가 필요한 사람이 수두룩했다. 절박한 심정으로 감옥에 가서 살겠다는 사람이 나와도 전혀 이상하지가 않았다. 감옥에 있으면 끼니는 때울 수 있다. 이런 심정으로 생계형 범죄가 일어나기도 하는 거다.

연쇄살인범이 되면 독방도 무리가 아니다. 큰 사건인 만큼 가짜 용의자들이 우후죽순처럼 일어서는 건 불가피한 일이었다.

"우리나라는 사실 사형폐지 국가가 아닌가."

김성재가 말했다.

"살인을 가볍게 보는 거야. 그러니 연쇄살인범이라고 떠들 수가 있는 거지. 사형을 선고 받아도 그러려니 넘어갈 거라고."

김성재는 탐탁찮은 모습이었다.

입맛이 없는지 식사를 중단했다가 다시 수저를 들었다.

"무슨 대책을 강구해야 돼."

임철용이 말했다.

단발적인 대책이 아닌 지속적인 해결책이 필요했다. 정신병으로 인한 범죄는 물론 생계형 범죄까지 두루 해결할 수 있어야 한다. 무식하게 처벌만 높여대는 건 부질없다. 범죄가 줄어드는 효과는 기대할 수 없을 거다.

철용은 의사를 떠올리면서 말했다.

"두 유형의 범죄자들이 생겨나는 공통적인 이유가 반드시 존재할 거야."

제법 규모가 있는 주택이었다. 한 층으로 된 집이었다. 평수가 컸다. 담장이 두꺼웠다. 높지는 않았지만 굴곡이 있는 담이었다. 맨 손으로 담을 넘는다면 암벽을 타는 느낌일 것 같았다.

대문은 단단한 창살이 여러 개 얽힌 형태였다. 안이 훤히 들여다보였다. 불은 모두 꺼져있었다. 크기에 비해서 마당은 황량했다. 작은 화단이 전부였다. 다행스럽게도 근처에 개는 보이지 않았다.

"여긴 어렵지 않을까?"

한진영이 말했다.

긴장한 기색이 역력했다.

"겁먹은 거지?"

목소리를 낮춰서 말했다.

"아니거든. 너보다 내가 많이 했어 인마. 넌 처음이라서 모르는 것뿐이야. 무식하다면 용감하다는 말도 모르냐?"

한진영이 발끈해서 말했다.

"둘다 입 다물어."

정진호가 말했다.

주머니에서 뭔가를 꺼내며 말을 이었다.

"비밀번호를 안다고 했지? 들키지 않고 들어갈 수 있으니까 걱정 마. 대문 열쇠를 슬쩍해뒀어."

열쇠구멍에 열쇠가 끼워졌다.

"여긴 CCTV가 없어. 따라와."

대문이 열렸다.

얼이 나가서 보고 있는데 한진영이 흔들었다.

"빨리 따라와. 태연스럽게 들어와라."

진호가 마당을 가로질렀다. 중반까지 가서 돌연 걸음을 멈췄다. 정진호가 나와 진영이를 돌아봤다.

"뭔데?"

한진영이 말했다.

문제가 있는 걸까 걱정하는 눈치였다.

"나는 뒷문을 통해서 갈게. 이 집 딸이 뒷문으로 들어오거든. 현관으로

갔다가 들키면 곤란하니까 내가 먼저 가서 처리할게."

정진호가 말했다.

어디서 꺼냈는지 두건으로 얼굴을 가리고 있었다. 정진호를 보면서 한진영이 만족스럽게 웃었다.

"잘 들어. 비밀번호야. 현관문 비밀번호."

정진호가 딸의 생년월일을 읊었다.

8.7.0.6.1.4

문이 밀려들어갔다. 가족들이 올지도 모른다는 생각이 들었다. 나와 진영이는 뒤를 살피면서 안으로 걸음을 옮겼다.

집은 호화스러운 편이었다. 일이 성공한다면 크게 한 건을 달성할 것이 자명했다.

"집을 뒤지기만 하면 되는 거야?"

내가 말했다.

"조용히 해."

한진영이 작게 속삭였다.

"안에 누가 있는지 확인해야 할 거 아냐."

주방 쪽에서 발소리가 들렸다. 우리는 주방을 주시하며 몸을 낮췄다. 누군가 두건을 풀면서 다가오고 있었다.

진호가 주변을 둘러보며 말했다.

"딸은 역시 없어."

"놀랬잖아. 주방으로 나오기야?"

진영이가 말했다.

"뒷문이 주방하고 가까워. 이 집 구조가 복잡하게 얽혀 있어서 조금 둘러보고 있었어. 가족들은 어디에도 없어. 일단은 성공이야."

진호가 말했다.

"혹시 모르니까 빨리 챙겨서 나가자. 변수라는 게 있으니까."

진호는 아들의 방으로 향했다. 진영이는 딸의 방으로 들어갔다.

나는 주방과 거실을 맡았다.

주방에는 귀중품이 많지 않았다. 거실로 왔다. 거실에는 서랍장이며 고급스러운 느낌의 궤짝이 많았다. 샅샅이 뒤적여봤다. 주방과 다를 것이 없었다. 포기해야 할까. 저금통 하나가 눈에 띄었다. 동전이라도 털어가야겠다. 저금통은 열고 닫을 수 있는 구조였다. 뚜껑을 열었다. 현금과 작은 보석 알갱이들이 가득했다. 간간이 동전도 보였다. 많았다. 조금 가져간대도 티가 안 날 것 같았다. 일부를 퍼서 준비해온 꾸러미에 담았다.

오 분 정도가 지나자 모두들 거실로 나왔다.

"난 다 챙겼어. 보석이 정말 많던데."

내가 말했다.

한진영은 말없이 얼굴만 붉히고 있었다.

"아들이 돈이 많아. 지갑채로 놓고 갔던데. 보석함도 있었어. 남자가 보석함은 꽤 예쁜 걸 쓰더라고."

정진호가 말했다.

"여기 사람들은 보석을 좋아해. 대머리 독수리 같지 않아?"

내가 말했다.

"허탕이야. 속옷만 잔뜩 구경했어."

한진영이 한숨을 내뱉듯 말했다.

나는 키득키득 웃었다.

"이제 다 끝난 건가?"

정진호가 말했다.

"하나 더 남았잖아."

한진영이 안방을 가리키며 말했다. 안방의 문이 조금 열려 있었다. 진영이가 안방으로 향하려고 하자 정진호가 저지했다.

"거긴 내가 봤어."

"어느 틈에?"

한진영이 말했다.

"내가 좀 빠르잖아."

정진호가 말했다.

"실망하지 말고 내가 찾은 걸 조금 줄 테니까. 최현우는 자기가 찾은 돈 전부 가지라고 하자. 쟤는 돈 많이 필요하잖냐."

정진호가 말했다.

현금 삼십 만원과 다이아 반지를 건넸다.

"이걸 주는 거야?"

한진영이 말했다.

조금은 겁을 먹은 모습이었다.

"빨리 나가자. 현관으로 말고 뒷문을 통해서 나가야 해. 현관을 통해서 나가면 집주인과 마주칠 확률만 높아지니까."

한진영은 웃음을 감추지 못했다, 꺼림칙해하던 전과는 달랐다. 금품을 어떤 경로로 팔아치워서 돈을 마련할 건지 떠들어대기 바빴다. 돈을 사용할 우선순위를 매겼다. 즐거움 때문에 경찰에 대한 걱정은 저만치 사라진 것 같다. 이번 여름에 비키니 차림의 아가씨들과 화려하게 놀 거라고 말했다. 진영이는 집 방향으로 사라졌다.

우리는 범행 장소로 되돌아가고 있었다.

"놓고 온 게 있다니 뭐야. 빨리 챙겨."

내가 말했다.

기척이 느껴지지 않았다. 뒤를 돌아봤다. 정진호가 한 곳을 주시하고 있었다.

"현우야, 안방에 들어가자."

정진호가 말했다.

"안방에는 왜?"

내가 말했다.

"들어가자. 네가 좋아할 거다."

"아까 안 갔었던 거야?"

내가 말했다.

어색한 미소를 지으면서 정진호가 안방을 향해 걸어갔다. 귀신에 홀린 듯한 분위기였다. 거부감이 들었지만 일단은 따라갔다.

"뭔데 그래."

내가 말했다.

방에 들어가자 이상한 느낌이 머리를 덮쳤다. 심장이 내려앉았다. 불규칙한 숨소리가 방 내부에 퍼져 있었다.

"진호야."

내가 말했다.

"진정하고 이리로 와."

정진호가 말했다.

침대에 앉아 있었다. 길쭉한 칼을 들고 있었다. 나를 보면서 칼을 든 손으로 오라며 손짓하고 있었다.

"거기로?"

내가 조심스럽게 말했다.

침착하려고 했지만 목소리가 떨려서 나왔다.

"그래, 와."

천천히 걸음을 옮겼다. 중년으로 보이는 여자가 무릎을 꿇고 장롱에 기대어 앉아 있었다. 간신히 눈을 뜨고 있었다. 여자가 문득 고개를 들었다. 눈이 마주쳤다. 등허리를 타고 서늘한 느낌이 들었다.

"네가 좋아할 거라고 했지."

정진호가 말했다.

착각일 뿐인가. 목소리 톤이 높았다.

"이거를?"

내가 말했다.

"넌 이런 거 좋아했잖아."

기쁜 듯한 말투였다.

"내가 언제."

내가 말했다.

"경계를 풀고 이 칼을 받아. 사람을 죽일 수 있는 기회를 줄게."

정진호가 말했다.

내 말을 듣지 않고 있었다.

칼을 받아들었다.

여자와 다시 눈이 마주쳤다. 나와 눈이 마주치자 도리질을 치면서 여자가 뒷걸음쳤다. 옆으로 넘어지더니 움직임을 멈췄다. 칼이 닿지도 않았는데 죽은 걸까. 아니었다. 가슴이 오르내리고 있었다.

"이 집 안주인이야. 예쁘지? 딸도 예뻤어."

정진호가 말했다.

"진호야, 혹시 이 집 식구들을 죽인 거야?"

그는 해맑고 태연하게 말했다.

"남자들을 먼저 죽이고 여자는 다음에 죽였어. 아니지, 여자는 여기 살아 있구나. 얘는 네가 죽일 거야 현우야."

"나는 이 사람을 처음 봐."

내가 말했다.

"어제 처음 봤어. 나도."

말장난을 하는 것 같았다.

나는 칼을 든 채로 여자를 쳐다봤다. 미동도 없던 여자가 새우처럼 튕

기듯 일어나서 바닥을 기어가기 시작했다.

정진호가 벌떡 일어났다. 그는 여자의 머리채를 잡아끌고 안방으로 되돌아왔다.

"어떻게 죽이라고?"

내가 말했다.

"도와줘야 하는 거야?"

정진호가 침대에 앉으면서 말했다.

"그냥 찔러?"

"그건 네 맘이야. 칼을 줬으니 그래야겠지. 당연한 거 아니냐. 그 칼을 들고 멍청이처럼 무사 흉내를 내도 좋아."

정진호가 말했다.

천박한 말투였다. 진호는 그런 말투를 쓰는 애가 아니었다.

나는 우물쭈물했다.

"뭘 하는 거야?"

정진호가 일어났다. 지루한 얼굴이었다.

그가 가까이 다가오자 혐오스러운 느낌이 들었다. 나도 모르게 뒤로 물러났다. 진호는 의아한 얼굴로 멈칫했다. 그러더니 내 손을 감싸서 잡고 여자의 가까이로 걸어가기 시작했다. 금방이라도 찌를 기세였다.

입 밖으로 신음이 흘러나왔다.

"이렇게 잡고 찌르기만 하면 돼. 뭐가 그렇게 어려워."

정진호가 말했다.

몸이 부르르 떨렸다. 진호를 밀쳐냈다.

진호가 이상한 눈으로 나를 봤다.

"문제가 있어?"

정진호가 말했다.

"넌 사람을 죽이고 싶어했잖아."

"그러니까 내가 언제!"

내가 말했다.

"그런 게임도 많이 할 거 같은 애가 왜 그래."

정진호가 말했다.

불만스러운 눈치였다.

"게임이랑 실제랑 같아?"

"입버릇처럼 말했으면서."

안색이 점점 굳어가고 있었다. 불편하고 지겹다고 생각하는 모습이었다. 퍼뜩 불길한 예감이 머리를 스쳤다.

"연쇄살인이 혹시 네 짓이야?"

내가 말했다.

"내 짓이야."

정진호가 말했다.

간결한 대답이었다. 골똘히 생각하는 얼굴로 정진호가 덧붙였다.

"아니 내 짓이 아닌가?"

진호의 얼굴을 살폈다. 내가 알던 정진호가 맞나. 진호가 죄책감 없이 사람을 죽이는 사람이었나. 남자답고 시원한 성격의 아이였다. 연쇄살인범들은 열등감에 휩싸인 상태며 무기력한 경우가 많다고 들었다. 공통적으로 불우한 어린 시절을 지니고 있다. 진호가 그랬던가. 생각해봤다. 스산한 바람이 가슴 속을 헤집었다. 진호에 대해서 아는 것이 하나도 없었다. 2년 정도를 같이 지내면서 집에 방문한 적이 없었다. 주민등록증도 확인하지 않았다.

진호의 얼굴 위로 누군가가 떠올랐다.

"말도 안 돼."

내가 말했다.

천천히 몸을 돌렸다. 그는 생각에 빠져 있었다. 다른 곳을 보고 있었다.

지금 도망을 간다면 승산이 있었다. 안방은 뒷문이랑 직선으로 연결돼 있었다. 뒷문이 보였다. 닫힌 상태다. 잠군 기억은 없었다.

"현우야, 있지. 연쇄살인은 말이야…"

나는 뒷문을 향해 내달렸다.

점심시간이었다. 경찰서에서 경찰관들인 식사를 하고 있었다. 업무 때문에 서를 비우지 못했다. 궁여지책으로 안에서 끼니를 해결하는 중이었다. 낮 동안에 신고 전화가 많았다. 피로가 이만저만이 아니었다.

'차라리 장난전화가 낫지. 그건 아니지.'

지겨운 말싸움을 주고받다가 겨우 잠잠해진 상황이었다.

문이 열렸다. 경찰관들의 시선이 유리문으로 향했다.

"무슨 일로…."

경찰관이 말을 끌며 시선을 올렸다.

이상한 행색을 한 여자가 보였다. 산발한 머리카락에 뭔가 묻어 있었다. 멀리서 봤을 땐 붉은 자국인 것 같았다. 옷에도 마찬가지였다. 검붉은 자국으로 얼룩져 있었다. 여자는 멍한 눈으로 경찰서 안을 둘러보고 있었다.

수저질을 멈추고 가만히 지켜보던 동기가 경찰관의 팔을 찔렀다. 경찰관이 일어나서 여자에게 다가갔다.

경찰관이 말했다.

"무슨 일이십니까."

여자가 흐느낌을 삼키며 말했다.

"신고를 하러 왔어요."

형체를 알아볼 수 없는 시체였다. 임철용 형사는 생각에 잠겨 있었다. 의사의 시신을 보고 난 뒤라서 전처럼 덤덤할 수가 없었다. 이성을 유지하고 시신을 외면하려고 해도 자꾸만 사적인 감정이 고개를 내밀었다.

누군가의 자식이었고 아버지였던 남자다. 범인의 무엇이 많은 사람의 인생을 외면하게 만드는 건가. 그렇게 생각하면 차라리 악인의 존재를 믿고 싶어졌다. 태초부터 악인이라고 생각하면 미워할 수나 있다.

이번 사건은 복수살인이었다. 용의자는 도주 중에 잡혀서 구금됐다.

엽기적인 사건이 급증하고 있었다.

임철용은 미간을 찌푸렸다. 악인과 정신병자를 구분할 필요성이 세상에 대두되고 있다. 살인사건을 포함한 모든 종류의 범죄가 실제로 상승세에 있었다. 갓난아이를 세탁기에 돌리는 남자. 영화의 범죄를 모방하는 아이. 친구의 집을 터는 아이들. 보험금을 얻어내기 위해 가족들의 눈알을 괴롭히는 여자. 이별의 충격을 잊지 못해서 사랑했던 연인의 얼굴에 황산을 들이붓는 남자.

임철용은 고개를 저었다.

"아내와 연락이 됐어."

김성재가 말했다.

"그럼 저걸 얼른 치워버리라고 해."

"아내가 와서 확인을 해야 할 거 아냐."

"꼭 현장에서 만나도록 해야겠어?"

임철용이 말했다.

김성재가 의아한 표정으로 응시했다.

"여기 아니어도 남편을 만날 기회는 있어. 저 참담한 꼴을 보면서 아내의 억장이 얼마나 무너지겠어?"

"아직도 김윤석 사건 때문에 충격에서 못 벗어난 거야?"

"충격 때문이 아니야. 인륜적인 문제라고. 예전엔 몰라서 지나쳤지만 알게 된 지금은 용인할 수가 없어서 그래."

철용이 시체를 건너다봤다. 시체는 나체의 상태였다. 실오라기 한 장

걸치지 않았다. 온몸이 멍자국으로 도배되어 있었다. 흉부에 칼에 찔린 자국이 크게 나 있었다. 돌에 맞는지 머리에 커다란 흉터가 있었다. 직접적인 사인은 과다출혈로 보였다.

"무리한 요구였다는 건 나도 알아."

철용이 말했다.

"화가 나서 이성을 잃은 거야. 못 들은 걸로 해주게."

"여긴 그냥 나한테 맡기고 중요한 일이나 보러 가. 이길석하고 김윤철 사건 말이야. 연쇄살인으로 커지기 전에 자네 선에서 처리하라고 반장님이 전하더군."

김성재가 철용의 어깨를 두드리며 지나쳤다. 시신 앞으로 향하고 있었다.

그를 보다가 걸음을 옮겼다. 갑자기 휴대폰이 울렸다. 철용은 걸음을 멈추고 휴대폰을 확인했다. 관할 경찰서에서 걸려오는 전화였다.

"여보세요."

임철용이 수화기에 대고 말했다.

"형사님, 안녕하십니까. 저, 오성태 형사님이 전해드리라는데요."

경찰관의 목소리였다.

벌써 수요일이었다. 일요일에 집을 나가고 나서 현우는 돌아오지 않고 있었다. 휴대폰으로 전화를 걸어도 연락이 닿지 않았다.

가출일까. 가출이라면 다행이었다.

"당신은 걱정도 안 돼요?"

강연화가 말했다.

"알아서 들어오겠지. 오버하지 마."

남편이 말했다.

그는 리모컨으로 채널을 조정하고 있었다.

"단순한 가출이 아닐 수도 있잖아요."

강연화가 말했다.

"근데 이 사람이!"

"때릴 건가요."

"왜 안 하던 짓을 하고 그래?"

"실종 신고를 하자는 말이에요."

"가출이 맞아. 부끄러운 상황 만들지 말고 연락이나 계속해. 현우 친구들 전화번호도 몰라? 진영인가 뭐시기한테 전화해보면 되잖아."

남편이 말했다.

혼란스러워보였다.

"전화번호 모른다구요. 당신은 혹시 진영이 번호 알고 있는 거예요?"

"낸들 알아. 현우 방 뒤져서 친구들 연락처를 찾으란 말이야."

"아무것도 없던 걸요."

"그럼 학교로 찾아가던가!"

남편이 소리치며 일어났다.

경찰들이 긴장한 상태로 대기하고 있었다. 김조한이 멀리서 걸어오고 있었다. 눈에 띄지 않도록 소수의 인력으로 조한의 집 근처를 포위한 상태였다. 오다가 무슨 낌새라도 들게 하면 안 됐다. 그랬다간 도망쳐 버릴지도 몰랐다. 아무리 어리다고해도 연쇄살인의 용의자였다. 게다가 어린 연령은 이점이 많았다. 체력이 한창일 때다. 여러모로 도주에는 자신이 있을 나이다.

김조한이 가까이 다가오고 있었다. 일행은 없었다. 조속히 일을 진행해야 한다. 오성태가 앞으로 손짓했다.

정원명이 경찰서 안을 들여다봤다.

업무 태만의 경찰들이 나태하게 볼일을 보고 있었다. 그들이 과연 일을 제대로 진행하는 걸까. 한심스럽지만 이익에 부합하니 참아야 했다. 대여섯 명이 몰려다니며 순찰을 도는 건 그래도 시민들의 안녕에 썩 도움이 됐다.

문을 밀고 들어갔다.

이방인이 들이닥치자 경찰들이 무슨 일인가 해서 쳐다봤다. 정원명은 가장 순진해 보이는 경찰에게 걸어갔다.

"제 친구랑 도저히 연락이 안 닿아서요."

정원명이 말했다.

"어떻게 된 건지 알고 싶거든요. 안 좋은 일이 생긴 걸까 해서요. 집으로 전화를 해도 연락이 없고 학교에도 나오질 않네요. 최근에 이상한 얘기를 저에게 했거든요. 누가 자기를 따라오는 거 같다고 불안하다고 그랬는데 혹시 뭔 일이 났나 싶어서요."

"그 친구 이름은 뭐니?"

경찰이 말했다.

망설이는 기색으로 정진호가 말했다.

"최현우요."

경찰이 컴퓨터 자판을 두드렸다.

"여기서 알 수 있는 건가요?"

정원명이 말했다.

경찰은 정원명을 올려다보며 말했다.

"실종자 명단에는 없는데."

"그래요?"

정원명이 말했다.

"알겠습니다. 집으로 찾아가 봐야겠어요. 그럼 수고하세요."

의례적인 말을 던지고 밖으로 나왔다.

일을 마친지는 모르겠다. 기분이 상쾌했다. 최현우는 뒷문으로 달려가는 도중에 볼썽사납게 나자빠졌다. 놈에게 여자를 토막 내게 만들고 목을 비틀어 죽이는 데 세 시간이나 넘게 걸렸다. 정말이지 골치가 아픈 놈이다. 그렇지만 오줌을 지리는 모습을 구경하는 재미는 정말이지 쏠쏠했다.

정원명은 기쁜 마음으로 휴대폰을 들었다. 다급하게 번호를 입력해 전화를 거는데 상대가 받지 않았다. 전화번호를 잘못 입력한 걸까. 휴대폰을 확인했지만 번호는 제대로 입력된 상태였다. 한 시라도 빨리 이 소식을 전해야 했다. 끊어지려던 찰나에 수화음이 멎었다. 한 여성의 음성이 들렸다.

"아주머니 안녕하세요."

정원명이 말했다.

"그래, 너구나."

"조한이 집에 있나요?"

여성은 대답이 없었다.

'혹시 끊어진 건 아닐까.'

한참 후에 여성이 말했다.

"조한이가 지금 경찰한테 잡혀간 거 같구나… 잠자던 틈에 데리고 가버렸어…."

자그마한 목소리였다.

3

"아니라고 말하면⋯."

한숨을 쉬며 아저씨가 말했다.

"내가 너를 풀어줄 거야. 약속하마."

힘이 풀린 얼굴이었다.

"어렵게 생각할 게 아니야."

아저씨가 말했다. 그렇게 말하고는 책상을 손가락으로 두드리며 말을 아끼기 시작했다. 아마도 어떤 식으로 말을 해야, 내가 원하는 반응을 보일 것인지 속으로 가늠해보고 있는 것 같았다. 그는 첫 만남에서도 이런 비슷한 행동을 보였다.

중학교 2학년 때였다. 나는 시험공부를 하고 있었다. 채점을 하기 위해서 펜을 바꿔 집으려는데 갑자기 휴대폰이 울렸다. 액정을 보니 아버지였다. 피곤해서 보지 못했다고 하고 전화를 받지 말까 생각하다가 휴대폰을 들었다. 술기운이 오른 목소리로 아버지는 지갑을 가져와 달라고 부탁했다.

아버지는 모르는 남자와 함께 있었다. 규모가 작은 음식점이었다. 나는 입구에서 서성거리다가 뒤에 기다리는 손님에게 떠밀려 안으로 들어갔다. 아버지가 의자를 뒤로 끌어 자리를 마련해줬고 나는 거기에 앉았다.

함께 있던 남자는 아버지의 대학 동창이었다. 늦게 만났지만 지금은 어린 시절 친구들보다 두터운 관계였다. 여태껏 집에 방문하지 않았던 이유는 순전히 나 때문이었다. 그는 자식이 없었기 때문에 친구의 아들을 마주할 용기가 나지 않았다.

"아저씨."

내가 말했다.

손을 멈추더니 아저씨가 고개를 들었다.

"기억이 나지 않아요."

내가 말했다.

"기억이 없어?"

아저씨가 말했다.

뒤를 쳐다보더니 내게로 시선을 돌리며 목소리를 낮췄다.

"이상할 게 아니지. 너는 아주 힘든 일을 겪었다. 혼란한 상태였을 테니까 기억이 뒤죽박죽인 거야 놀라운 일도 아니야. 누구라도 그런 상황에서는 정신을 잃었을 거다. 하지만 곰곰이 생각해봐라. 너에겐 아무런 혐의가 없다는 걸 기억해낼 수 있을 거야. 그리고 경찰의 주장이 아무런 근거 없는 비약이라고 밝힐 수 있을 거다."

"저도 답답해요. 하지만 기억이 안 납니다."

"알겠다. 그럼 아버지 일은 일단 제쳐두고 다른 걸 가지고 얘기하자."

"죄송해요."

"설마 그것도?"

나는 대답하지 않았다.

할 수가 없었다.

"지금 네 심정은 이해가 된다. 나도 네 나이 땐 그랬으니까. 곤란한 상황이 오면 피하고 싶었지. 그건 누구나 그런 거야. 넌 억울했을 거다. 아버지가 죽고, 이제는 불쾌한 의심까지 받고 있어. 네가 한 짓도 아닌데 말이다. 그게 얼마나 짜증나는 건지 나도 안다. 결백을 주장해봤자 아무도 안 믿을 테고. 그래서 계속 기억이 안 난다는 식으로 일관했겠지. 네가 내뱉는 말들이 잘못 받아들여진다면 그건 되려 상황만 악화시키는 꼴이니까."

"아저씨…."

"하지만 생각보다 간단한 거야. 무죄를 증명할 수 없는 상황이지만 반대로 네가 유죄라는 증거도 없다. 감시카메라에 네 모습이 찍힌 것도 아니니까. 그러니까 너는, 내가 안 했다고 주장하기만 하면 돼."

아저씨가 말했다.

두 명의 남자가 우리의 대화를 엿듣고 있었다.

"제가 안 했어요."

내가 말했다.

"당연히 그렇지. 네가 사람을 죽일 만한 아이가 아니라는 건 잘 알고 있으니까."

아저씨가 말했다.

나는 남자들을 바라봤다. 눈을 마주치려고 들자 그들은 불쾌한 표정을 지었다. 그들을 보면서 말했다.

"연쇄살인이라니 웃기지 않나요. 아버지를 잃은 지 얼마 안 됐어요. 아저씨도 아시죠. 아버지랑은 사이가 좋았어요. 게다가 저는 아직 열아홉밖에 안 된 학생이에요. 제가 뭘 얻고 싶어서 살인을 저지르겠어요."

남자 하나가 웃었다.

"첫 번째 사건이 김윤철이 죽기 전에 있었어. 아버지에게 범행을 들켜서 입막음하려고 죽인 거 아니야. 김윤철은 정신과 의사였어. 네가 이상하다는 건 쉽게 알아차렸겠지. 그래도 그렇지 자기 아빠를 죽여서 쓰나."

남자가 말했다.

"내가 이 말을 하게 될 줄은 몰랐지만. 증거 있나? 무작정 추측으로만 남을 매도하는 버릇은 고칠 수 없어?"

아저씨가 말했다.

나는 아저씨를 바라봤다.

"전 괜찮아요. 오성태 형사님도 다 이유가 있어서 절 의심하는 거예요."

내가 말했다.

힐끗 바라보니 형사님은 어떻게 알았냐는 얼굴이었다. 나는 어머니의 말을 떠올렸다. 아버지의 장례식을 치루고 나서였다. 어머니는 거실에서 전화를 받고 있었다. 매우 흥분한 목소리였다. 대화의 내용으로 보아 누군가 나를 존속살해 용의자로 지목한 것 같았다. 오성태 형사님의 이름은 그때 듣게 되었다.

"오성태 형사님 맞으시죠."

아버지의 장례식 이후로 형사들과는 자주 맞닥뜨렸다. 그런데도 오성태 형사와는 한 번도 마주친 적이 없다고 생각했는데, 그게 아니었던 것이다. 이름으로만 알던 그는 아버지의 죽음을 이후로 계속 나를 미행하고 있었다.

"형사님 옆에 있는 사람은 누군가요?"

내가 물었다.

남자를 바라봤다. 말끔한 양복 차림이었다. 자칫 거만한 사람으로 오인할 표정으로, 나를 마주보고 있었다.

"아버지한테 배운 게 있습니다. 맞춰볼까요."

내가 말했다.

"조심스럽게 추측하건대, 당신은 매우 학구적인 사람이에요. 양복을 입고 있지만 비즈니스나 금융을 하는 사람은 아니구요. 서비스업에 종사하지도 않아요. 성격은 딱딱한 편이구요. 무슨 차를 좋아하냐는 여성의 질문에 실용적인 거라면 뭐든 탄다고 대답하는 사람이겠죠. 여성이 화를 내면서 나가면 그 두꺼운 안경을 치켜세우면서 왜 그런지 모르겠군, 하고 의아해 할 거예요. 하지만 심리에 대해 무지하지는 않아요. 당신은 사람을 관찰하는 것을 좋아하고 즐깁니다."

솔직히 나는 그가 당황하길 기대했다. 그러나 남자는 조금의 감정적인 동요도 보이지 않았다.

"범죄심리학을 깊이 공부했고 프로파일러가 되고 싶으셨겠죠. 하지만 결국은 형사를 택하셨어요."

내가 말했다.

남자가 다가와서 손을 내밀었다.

"조대현입니다."

"제가 연쇄살인범이라면서요. 악수하고 싶으신 건가요?"

내가 말했다.

대현은 손을 거뒀다. 정말 거둘 필요는 없었다.

"저는 살인을 저지르지 않았어요."

나는 아저씨를 쳐다봤다.

그는 피곤한 듯 눈을 감았다가 뜨면서 내게 말했다.

"조금만 참고 버티면 증거불충분으로 풀려날 거다. 기억이 안 나는 건 어쩔 수 없지. 대뜸 작년 몇 월에 뭘 했냐는 질문에 답할 수 있는 사람은 별로 없을 거다. 이제 문제는 피해자 증언이랑 윤철이 사건인데, 노력해 보자꾸나."

아저씨가 말했다.

상황이 마무리되려는 찰나였다.

"잠깐만요. 임철용 형사님. 정말 놀랍군요. 이 학생은 나이가 어리지만 흉악한 범죄의 용의자로 지목됐습니다. 그런 이상은 일단은 범죄혐의가 있다고 봐야 합니다. 풀려나면 무슨 짓을 벌일지 모르는 것이 사실입니다. 용의자 위주로 돌아가는 대화가 무슨 의미가 있겠습니까. 형사님은 정말로 기억이 안 난다는 말을 믿으시는 겁니까?"

조대현은 맞은편 의자에 앉았다.

"저까지 속아 넘어갈 거라고 믿는다면 오산입니다. 전 피해자의 편에서 당신을 범인으로 가정하고 증거를 찾아내고야 말 겁니다."

"난 범인이 아닙니다. 믿어주셔야 해요."

내가 말했다.

그는 조금씩 웃고 있었다. 그 웃음을 보고 내가 죄책감이라도 느끼길 기대하는 것처럼 보였다.

"거짓말이라고 가정하고 있습니다."

대현이 말했다.

"나는 사람을 조금 볼 줄 압니다. 당신 같은 부류를 잘 알아요. 당신은 남을 속이는 말도 진실처럼 꾸며낼 수 있습니다."

"거짓말 아닙니다."

"피해자가 당신을 범인으로 지목했습니다. 몽타주와도 일치하구요. 당신이 어떤 장애를 가졌든 간에 저는 상관하지 않습니다. 하지만 본인의 수사에 있어서는 불리하게 작용할 수 있다는 점을 아셔야 할 겁니다."

조대현이 말했다.

아주 침착한 태도였다.

아저씨는 반대편에 앉아 있었다.

나는 불만스러웠다. 아저씨와 함께 있는 것은 개의치 않는다. 그와는 면식이 있었으며 이로운 관계였다. 아버지의 부름에 얼떨결에 둘만 남은 상황. 그렇게 생각하면 아버지의 친구라는 불편한 꼬리표도 썩 괜찮았다.

조대현이 함께 있는 것이 문제였다. 사무적인 얼굴을 하고서는 그 옆에 앉아 있었다. 나는 그의 존재가 불편했다. 아저씨도 마찬가지인 것으로 보였다.

"2010년 8월 20일, 이 날에 무엇을 했는지 조금도 기억이 없니?"

아저씨가 말했다.

"평상시와 같았을 거예요. 친구들이랑 놀러가거나 집에 일찍 돌아가거나요."

내가 말했다.

"되도록 기억해 내는 게 좋단다. 이 사건의 피해자가 널 지목한 거니까."

아저씨가 사건파일을 펼쳐서 내게 건넸다.

나는 앞장을 내려다봤다.

"넘기면서 읽어도 된다."

아저씨가 말했다.

팔을 움직였다. 등에 채운 수갑 때문에 동작이 힘에 겨웠다. 안되겠다 싶어 고개를 드는데 대현과 눈이 마주쳤다.

"어깨는 안 쓸 겁니다."

내가 말했다.

대현은 대꾸하지 않았다.

"실수를 했구나."

아저씨가 말했다.

종이가 뒤로 넘어갔다. 피해자의 사진이 종이와 함께 클립에 끼워져 있었다. 한 남성의 사진이었다. 성기가 잘려나가고 가슴 부분이 뜯겨져 함몰된 몰골이다.

사체는 먹다가 남긴 생선 뼈대처럼 발라져서 앞에 버려져 있었다. 얼핏 버려진 느낌이었지만 자세히 보면 전시된 모양새였다. 머리와 몸통, 다리로 세 등분돼 있었다. 머리는 땅 위에 세워졌다. 오른쪽에 몸이 보였다. 몸통에 붙은 팔 두 개는 가지런히 가슴 위에 모아져 있었다. 깍지를 낀 채로 손가락이 경직된 듯 했다. 손가락 사이로 머리카락 뭉치가 보였다.

"원초적인 살인마예요."

한참을 생각하다가 고른 단어였다.

"발견했던 당시 그대로의 모습인가요?"

내가 말했다.

나체의 사체였다. 몸통과 머리 주변에 혈흔이 전혀 없었다. 피는 다리 근처에만 집중돼 있었다. 누가 모아다가 뿌려놓기라도 한 걸까. 다리는 도망을 치는 자세였다. 한 쪽 다리가 발바닥을 붙이고 지면에 똑바로 서 있었다. 그에 반해서 반대편 다리는 불완전했다. 범인이 그림을 완성하기 위해서 한 쪽 발가락 부분을 대각선으로 절단한 모양이었다.

"발견 당시의 모습이지."

아저씨가 말했다.

"시체에 스토리가 있어요. 범인은 정의로운 사람입니다."

내가 말했다.

"정의라고?"

아저씨가 말했다. 이런 상황은 예상 못한 얼굴이었다.

조금 전까지는 얼떨떨한 얼굴이었는데 표정이 굳었다. 화가 난 것 같았다. 그는 이해하기 어렵다는 눈으로 나를 바라보기 시작했다.

"피해자는 위선을 일삼는 자였어요. 적어도 범인의 입장에서는요. 혹시 피해자에게 가족이 있었나요?"

내가 서둘러 말했다.

"아내가 있었어. 자식 둘이나 있었지. 한 명은 유치원생이고 한 명은 막 초등학교에 입학했다. 위선자가 아니었어. 사건이 일어나기 전까지는 지극히 행복한 가장일 뿐이었다. 평범한 시민 말이다."

아저씨가 말했다.

"피해자는 위선자가 맞습니다. 혹시 피해자가 교회에 다녔나요?"

내가 말했다.

훈계를 받을지도 모른다고 생각했다. 각오하고 한 말이었다. 무슨 생각을 하는 건지 아저씨는 화가 누그러져 있었다.

"교회에 다녔을 거다. 충실한 기독교 신자였다고 들었으니까. 그나저나 위선자라니. 무슨 말인지 설명을 들어야겠구나."

"결론부터 말할게요. 피해자는 빈번히 불륜을 저질렀습니다. 그걸 속죄하기 위해서 교회에 나갔고요. 범인이 보기엔 적어도 그랬겠죠. 죽어도 되는 인간이었어요. 믿지 못하겠다면 조사해보세요. 아마 맞을 겁니다."

내가 말했다.

아저씨가 파일 한 장을 넘겼다.

"그럼 이 사람도 죽어 마땅한 사람인 거냐?"

여성 피해자였다. 이번에도 나체의 상태였다. 다른 점이 있다면 눈을 뜨고 죽은 정도였다. 언뜻 평범한 살인으로 보였다.

사인은 과다출혈이었다.

"죄 없는 여자가 다량의 피를 쏟으며 죽은 거다."

아저씨가 말했다.

"범인이 보기엔 아니었나 본데요."

"무슨 소리냐."

"여자가 누운 곳을 보세요."

내가 말했다.

여자는 단지 앞에 누워 있었다. 아파트 단지다. 근처에는 공원이 있었으나 여자는 그 안에 들어가지 못했다. 입구에 똑바로 눕혀진 채였다. 사람들이 많이 지나다니는 길목이다. 단지 내에 사는 사람들은 그 앞을 지나쳐야만 한다.

사체의 왼편에는 신발이 있었다. 가지런하게 정리돼 있었다. 여자는 팔짱을 낀 채였다. 오른쪽으로 15도 정도 골반이 돌아가 있었고, 다리는 교차된 모습이었다. 사진은 여러 장이었다.

나는 사진을 모두 확인하고 나서 말했다.

"머리와 목의 출혈이 사망요인이네요. 그런데 이번에도 피는 다리에 몰려 있어요."

"일부러 모아다가 부은 거겠지. 빌어먹을 새끼."

아저씨가 말했다.

"결론부터 말하자면 이 여자는 방관자이기 때문에 죽었습니다. 팔짱을 끼는 행위는 자기보호의 수단이에요. 외부로부터 자기를 보호하는 겁니다.

나서야 할 때에도 그녀는 자기만을 생각해서 침묵을 택했어요. 범인이 생각하는 정의에 위배되는 행동이죠. 그래서 죽인 겁니다. 다리 부분의 피는 일종의 표식일 겁니다. 누구도 자신의 심판에서 도망가지 못할 거라는 일종의 경고에 가깝겠네요."

내가 말했다.

"심판을 한단 말이냐?"

아저씨가 말했다.

"맞아요."

내가 말했다.

나는 사진 속의 여자를 응시했다.

순간 이상한 기분이 들었다.

"파일을 다시 한 장씩 넘겨주실래요? 천천히 보고 싶어요."

내가 말했다.

아저씨가 파일을 넘기기 시작했다.

시선이 느껴지고 있었다.

"역시 다리의 피는 공통된 거였어요. 살인마의 별명이 뭔가요?"

내가 말했다.

"총 다섯 명이 죽었어. 이제 그만 말을 끝내고 처음의 질문에 답해줘야지. 2010년 8월의 기억은 더는 묻지 않으마. 하지만 열흘 전의 일은 기억하겠지. 2011년 4월 21일 목요일 새벽 두 시부터 네 시 사이의 일을 솔직하게 말하면 된다. 집을 나가서 뭘 했니?"

아저씨가 말했다.

"운동을 했어요. 운동 삼아서 동네를 몇 바퀴 돌았습니다."

내가 말했다.

대답이 충분치 않은 듯 보였다.

"범인의 별명을 '심판자'라고 붙이세요. 그는 자기가 완벽하게 신에 가까우며 정의를 구현하는 사람이라고 믿고 있습니다. 통제가 가능한 상황을 좋아해요. 그 속에서 안정감을 느끼구요. 현장은 범인의 기준으로 깨끗하게 정돈된 상태였어요. 계획적으로 증거를 없애는 데 능하고 평균 이상의 지능을 지녔어요. 범행 당시에는 냉정하구요. 지능적인 업에 종사하거나 관심이 많은 사람일 겁니다. 정신병은 없어요. 피해자들의 불륜과 방관 등의 행태는 망상이 아니라 사실일 확률이 큽니다. 범인은 시간을 두고 피해자들을 관찰했을 거예요."

내가 말했다.

"피해자를 관찰했을 거라고?"

아저씨가 말했다.

"피해자들이 다니던 길목마다 설치된 감시카메라를 샅샅이 조사하세요. 그들을 공통적으로 따라다닌 사람이 분명히 있을 겁니다. 범인은 남자일 거구요. 젊은 나이입니다. 그러나 여자일 확률을 배제하지는 마세요. 희박한 확률도 쫓아야 범인을 잡습니다. 이것만 있기 때문에 이 정도밖에 추측할 수 없습니다. 나머지는 아저씨 몫이에요."

내가 말했다.

아저씨는 파일을 자기 쪽으로 돌리더니 천천히 넘겨보기 시작했다.

앉은 채로 가만히 생각을 정리했다.

이상한 점이 있었다. 피해자들의 프로파일은 전혀 일치하지 않았다. 피해 장소도 너무 제각각이다. 동일인의 소행이라면 범인의 기호라던가 범행 구역이 존재해야 한다. 한 개인이 지극히 객관적인 잣대만으로 사람을 죽인다. 그런 게 가능할까?

"4월 21일 새벽 한 시쯤에 잠이 안 와서 밖으로 나왔습니다. 집에서 얼마 안 떨어진 공원으로 가서 조깅을 했어요. 시간이 흐르고, 어머니가 걱정돼서 집으로 가려고 했습니다. 집으로 향하던 도중에 아버지가 생각났습니다."

나는 덧붙여 말했다.

"아버지가 살해당한 자리에 갔습니다. 거기서 동이 틀 때까지 서 있었습니다. 위험한 말이지만, 범인을 보게 되면 복수를 할 생각이었습니다."

"위험한 생각을 했구나. 아무튼 그 자리에 계속 있었다는 얘기구나."

아저씨가 말했다.

"그 근처의 감시카메라를 모두 확인해보세요. 그게 제 무죄를 입증할 겁니다. 피해자가 절 지목한 데에는 뭔가 착오가 있을 거구요."

내가 말했다.

하얀 벽지로 도배된 집이었다. 크고 까만 꽃 한 송이가 거실의 벽지에 수놓아져 있었다. 가구는 대체적으로 작았다. 효율성보다는 미적인 감각을 중시한 인테리어였다. 가구들은 고가로 일반적인 금액대는 훌쩍 넘는 것들뿐이었다.

강연화는 소파에 앉아 있었다.

"차라도 드릴까요?"

이혜진이 말했다.

"커피를 마실 기분은 아니구나."

강연화가 말했다.

이혜진은 강연화의 맞은 편 소파에 앉았다. 딱딱한 질감의 까만 소파였다. 가운데 탁자가 놓여 있었다.

"저도 현우랑은 연락이 안 돼요."

탁자를 보다가 혜진이 말했다.

"실종된 거예요? 가출이라던가. 그런데, 아마도 가출이 맞지 않을까요?"

"왜 그렇게 생각하니?"

"학교에도 나오지 않고 전화도 안 받아서요. 현우 체격으로 보면 실종은 거의 불가능하고. 가출이 아닐까 생각하는데요. 현우가 그 집을 좀 싫어했잖아요."

"문자는 했니?"

"소용없었어요. 어떤 말을 보내도 답장이 안 오던데요?"

혜진의 입장도 별반 다르지 않았다. 강연화는 실망한 기색이었다.

"가출일 거예요. 아마도 돈 떨어지면 집으로 돌아갈 거라고 생각해요. 가출을 해봐서 아는데 일주일 지나면 거의 없어져요."

혜진이 말했다. 자신감이 깃든 목소리다. 현우가 가출을 감행한 거라고 확신하는 걸까. 강연화는 소파에서 일어났다.

"그럼 나중에라도 연락이 닿으면 집으로 돌아가라고 말을 좀 해줄래? 그렇게 해준다면 좋겠구나."

강연화가 말했다.

"밖에 더운데 벌써 가시려구요?"

"여기서는 더 할 게 없구나. 집에서 현우를 기다려야지. 집안일도 해야 하고."

"그건 그러죠. 그럼 안녕히 가세요."

혜진이 말했다.

"만나서 반가웠다. 나중에 다시 만난다면 좋겠구나."

강연화가 말했다.

현관문을 나서서 뒤를 돌아봤다.

친구에게도 연락을 하지 않은 걸까. 가만히 보고 있다가 발길을 돌렸다. 어디서건 현우를 찾을 수 있을 거다. 그런데 언제쯤이면 가능할까. 복잡한 머리를 가까스로 정리했다. 제법 멀어진 혜진의 집을 다시 한 번 쳐다봤다. 순간적으로 커튼이 젖혀진 것 같은 느낌이 들었다.

"착각이겠지."

강연화가 중얼거렸다.

노래방이었다. 김지인은 권태감에 빠져 있었다.

비슷한 일상이 반복되고 있다. 학교가 끝나기도 전에 하교를 한다. 향하는 곳은 술집 외의 유흥가다. 노래방과 음식점을 찾는다. 가끔은 당구장으로도 향한다. 밤이 되면 술을 먹으러 나간다. 찜질방으로 직행하기 지겨울 땐 길거리를 배회한다. 하루라도 집으로 곧장 향하는 경우가 없다. 걱정이 깊어질 틈도 없이 술기운에 정신을 잃는다. 다른 아이들은 이런 생각을 과연 하기나 할까.

"나 밖에 좀 다녀올게."

김지인이 말했다.

아이들이 알았다고 말했다. 고개를 돌려 자기들끼리 쑥덕거리기 시작했다.

한진영의 친구들이다. 같이 다니기는 해도 지인과는 친근감이 없었다. 일상적인 이야기를 나누지만 비밀은 공유하지 않는 관계. 그런 사이였다. 그렇기 때문에 가끔 드는 서운함은 참아야 했다.

지인은 밖으로 나와서 화장실로 향했다.

노래방의 카운터를 기준으로 오른편에 화장실에 있었다. 아이들이 잡은 방은 카운터와 멀리 떨어져 있다. 복잡한 길을 따라서 많이 걸어야만 카운터 앞을 지나친다. 걸음이 더욱 느려진다.

고등학교에 입학했다. 입학하고 며칠 뒤에 진영이가 찾아왔다. 첫 만남이었다. 진영이는 재회라고 말했지만 기억이 남지 않았으니 처음이 맞다. 진영이는 유치원 사진을 한 장 건넸다. 유치원에서 있었던 얘기들을 꺼냈다. 곧바로 전화번호를 교환했다.

무작정 놀 작정으로 학교에 입학했다. 모르는 아이들을 알게 되고 색다른 경험을 쌓았다. 원하던 대로 된 거다.

화장실 안으로 들어갔다. 손을 씻고 거울을 봤다. 밖으로 나왔다.

진영이는 밤늦게 오겠다고 했다. 진호와 혜진이는 오는 중이다. 최현우는 연락이 안 되고 있었다.

문득 의문이 들었다. 최현우는 어디서 뭘 하는 거지.

며칠 때 무단결석이다. 조한에 관한 소문이 있었는데 사실일까. 조한이가 최현우를 잡아다가 죽인 거다.

그렇지만 왜?

아는 바로는 이유가 전혀 없다. 그나마 현실적인 추측은 둘이 공범이라는 거다. 어딘가 이상했던 최현우를 떠올리면 충분히 납득이 됐다.

그러나 유치원 동창생 둘이 연쇄살인범이라니. 가능성이 희박했다. 만에 하나 그렇더라도 상관은 없다. 여자인 친구를 죽이려고 들지는 않을 거다.

6번 방으로 향하고 있었다.

밖에서 계속 시간을 보내는 건 이상하다. 딱히 다른 선택지가 없었다. 화장실에 다녀오는 동안에 친구들이 도착했을까. 자리를 비운 시간은 십 분 남짓이었다.

"그 얘기가 아니야."

어디선가 소리가 들렸다.

김지인은 걸음을 멈추고 옆을 바라봤다.

익숙한 목소리다. 목소리는 계속해서 누군가에게 말을 걸고 있었다. 순간적으로 반가웠다. 그러나 금세 의아해졌다. 6번방에서 흘러나오는 소리가 아니었다. 그렇다고 해서 카운터도 아니다.

방 번호를 확인했다. 9번방이었다. 불이 꺼진 방에서 희미하게 대화 소리가 새어나오고 있었다. 방의 노래방 기계는 멈춰 있었다. 문은 닫혀 있다. 손님이 없다고 단정해도 무리가 없을 모습이었다.

'분명히 들었는데.'

속으로 생각했다. 시끄러운 반주음에 맞춰서 사람들이 노래를 부르는 중이었다. 소란스러웠지만 정확히 들었다. 정말로 확실하냐고 누군가 묻는다면 대답할 자신은 없었다. 그래도 들은 것 같았다.

김지인은 9번방의 문 앞에서 멈췄다. 좁은 유리문을 들여다봤다. 목소리는 어느새 끊겨있었다. 누군가 안에 있는 건가 확인했지만 그 안엔 아무도 없었다. 어두워서가 아니다. 노래방 기계와 테이블 되에는 보이지 않았다.

'환청을 들은 건가.'

김지인은 문고리를 잡았다. 안으로 들어가서 확인을 할 작정이었다. 귀신의 목소리를 들은 거라면 목격도 가능할 거다.

황당무계한 상상을 하며 문고리를 돌렸다. 순간 멈칫했다. 한심한 행동이라는 생각이 문득 들었다. 무의식적으로 6번방에 들어가는 시간을 조금이라도 늦추고 있었다. 꾀를 부리고 있었던 거다.

문이 조금 열려 있었다.

김지인은 문의 틈새를 바라보다가 도로 닫았다.

오성태가 확신하고 있다. 나는 그렇게 생각하고 있었다. 그간 경찰서 내에서 관찰하고 내린 결론이었다. 형사들은 두 가지 태도로 나뉘어 범죄자들을 대하고 있었다. 호의적이거나 적대적이었다. 중요한 범인이 아니거나 무혐의로 판단한 사람들에게는 너그러웠다. 반대의 경우는 적대적이며 종종 공격성까지 드러냈다.

오성태는 티나게 냉담한 얼굴로 나를 대하고 있었다.

"잠은 잘 잤어?"

오성태가 말했다.

"잘 잤겠냐고 반문하고 싶지? 나는 네가 잠을 설쳤길 바란다. 하지만 네 얼굴을 보니 실망이네."

"한 숨도 못 잤습니다."

내가 말했다.

"거짓말인 거 알아."

오성태가 책상 주변을 배회하며 덧붙였다.

"난 너에 대해서 알고 있어. 과거부터 세세하게 알고 있다는 소리야. 너, 폭행 경력이 있던데?"

"그런가요?"

내가 말했다.

무성의하게 들릴 만한 투였으나 정정하지는 않았다.

"피해자 부모가 합의를 해줘서 풀려났군."

오성태가 말했다.

"저는 모르는 일이에요."

내가 말했다.

"집단 따돌림을 심하게 당했다던데."

오성태가 말했다.

사실이냐고 눈으로 묻고 있었다.

"사실이라면요?"

내가 말했다.

"네가 살인을 저지르게 된 배경을 설명할 수 있겠지."

오성태가 말했다.

"네놈들이 왜 잘하는 변명 있잖아. '사회 탓'이에요. 안 그래?"

"안 그래요. 저는 달라요."

내가 딱 잘라 말했다.

"기억도 없다고요."

오성태 형사는 개의치 않은 표정이었다.

"방금 뭐라고 했니? 나도 기억이 안 나는구나."

오성태가 말했다.

한숨이 나온다.

"정말입니다. 저는 괴롭힘을 당한 기억이 정말 없습니다. 사고가 있었어요. 그때 기억을 잃었구요. 그런 것도 조사하지 않았나요?"

"조사했지. 의사도 찾아갔었다. 기억은 언제든 돌아올 수 있다고 하던데. 네가 거짓말을 하고 있을지 어떻게 아냐?"

오성태가 말했다.

"곧 있으면 입시에 들어가요. 고등학교 3학년이라고요. 실업계에 들어온 건 효율적으로 내신을 관리하기 위해서예요. 당신이 조금이라도 내 앞길을 방해한다면 나도 가만히 있지는 않습니다."

내가 말했다.

"네가 자백을 할 때까지 나가지 않을 거다."

오성태가 말했다.

"무식해서 원."

모니터를 보면서 김성재가 말했다.

낮부터 모니터링 했던 터라 스트레스가 말이 아니었다. 답답했다. 김조한은 연쇄살인범이 아니다. 동료와 연고가 있어서가 아니다. 증거가 없었다. 어떤 이유에선지 오성태는 확실시하고 있지만 모두 부질없는 짓이다. 시간을 끈다고 해서 조한을 진범으로 몰아붙일 만한 물증은 생기지 않을 거다.

오성태는 때때로 현실을 등한시하는 사람이었다. 그도 알고 있을 거다. 본인의 행동이 효율적이지 않다는 걸 말이다. 단지 조한이가 범인이기를 바라는 마음에서 이번에도 현실을 무시하고 있는 거다. 조한이가 범인으로 밝혀지면 존속살해에 관한 찜찜함도 풀 수가 있다. 오성태로서는 자존심을 지키고 싶었을 거다.

수사에 진전이 없다. 김성재는 상사에게 담당형사의 교체를 몇 번이고 요청했다. 그러나 마땅한 이유가 있어야 한다면서 퇴짜맞았다.

김성재는 철용에게 전화를 걸었다. 수화음이 이십 초간 흐르다가 끊어지더니 잠시 뒤에 철용이 말했다.

"여보세요."

"지금 어디야."

김성재가 말했다.

철용은 밖이라고 대답했다.

"이길석 사건 제치고 이것 먼저 해결해. 그게 좋겠어. 오성태는 이길석도 김조한이 죽였다고 생각하는 모양이야. 자네 친구의 아들이잖아. 김조한은 어떻게 해서든 우리가 맡자고."

김성재가 말했다.

그는 일어나서 모니터실 밖으로 나갔다.

오성태가 조한을 노려보고 있었다. 모니터 안으로 취조실의 문이 열렸다. 문 안으로 누가 들어오고 있었다.

나는 오성태를 응시했다.

"그 사람이 아니라 절 보셔야 합니다."

조대현이 말했다.

나는 그를 쳐다봤다.

"제가 권력이 있는 사람이었다면 이런 대우는 없었을 거예요."

내가 말했다.

"수갑을 풀어 주십시오."

조대현이 말했다.

오성태는 당황한 얼굴이었다. 무언가를 계산하는 것처럼 가만히 있더니 다가와서는 수갑을 풀었다.

"무슨 짓인가요?"

내가 말했다.

"불편하실 것 같아서 풀어드리는 겁니다."

대현이 말했다.

"제가 나가버리면 어쩌려고 그러는 건가요?"

"살인범도 아닌데 도망친다고 문제가 될 건 없잖습니까."

"맞는 말이지만 상식 밖이라서요."

"제가 원래 상식 안에 갇히는 걸 싫어합니다."

조대현이 말했다.

책상에 손을 대고 있다가 내 앞으로 다가왔다.

"편한 상태로 취조를 하려는 겁니다."

"웃기는 소리 마세요."

내가 말했다.

커다란 회칼이 책상에 놓여 있었다. 시퍼런 날이 대현 쪽으로 기울어 있었다. 자루는 내 앞으로 향해 있었다. 마음먹고 손을 뻗으면 쉽게 잡을 수 있는 거리다.

"이렇게까지 하셔야 되겠습니까?"

내가 말했다.

뻔한 함정 수사로 보였다. 잔뜩 열을 올려서 사고를 치면 그 때 덜미를 잡을 속셈인 거다. 억지논리를 짜 맞춰서 잡아넣을 생각이겠지. 생각을 마치니 정말로 기분이 나빠졌다. 비논리적인 행동을 할 생각이라니, 역겨웠다.

"다치는 걸 두려워하지 않나요."

내가 말했다.

"감수하고자 하는 거지요."

대현이 말했다.

"저는 무섭던데요."

"칼에 찔릴 거라고 상상하면 무섭습니까?"

"정말 무서운 거예요."

내가 말했다.

나는 속으로 바보들의 연극을 떠올렸다. 국어책을 읽듯 죽죽 대사만 읊는 거다. 한 명이 대사를 마치면 다음 사람이 같은 식으로 받아친다.

"당신의 아버지는 불행한 사람입니다. 아들에게 죽임을 당하다니요. 금지옥엽 길러놨더니 커서 대단한 살인마가 되다니 말이에요."

대현이 말했다.

"저는 아버지를 살해하지 않았습니다."

내가 말했다.

"그 말을 하고 다녔겠지요. 알고 있습니다. 당신의 학교에 갔었어요. 학교에 가서 얘기를 들으니 그 같은 의심을 많이 받았다고 하더군요. 세상에나, 어떻게 하면 살인자라는 의심을 받을 수 있는 겁니까? 비법 좀 전수해 주십시오."

대현이 말했다.

나는 말을 멈추고 오성태를 쳐다봤다. 오성태는 방관하고 있었다. 끼어들 생각이 전혀 없는 것처럼 보였다. 대현은 그가 말리기 전까지는 그만둘 생각이 없어보였다. 만족스러운 결과를 얻을 수 있을 거라고 생각하는 것 같았다.

"인간이라면 누구든 화가 납니다. 지극히 자연적인 반응이에요. 지금 이거는 뭘 알기 위한 행동이죠?"

내가 말했다.

말하면서 표정이 점점 굳어가는 걸 느꼈다. 이해하기는 한 걸까. 대현의 표정을 살폈다. 아니 그는 이해하지 못한 게 분명했다. 그렇지 않고서야 칼을 오히려 들이미는 행동은 하지 못한다. 잠시만이라도 그에게 관심을 가졌던 것이 후회가 됐다.

"살인자의 심성을 갖고 있는지 구별하는 겁니다."

조대현이 말했다.

'웃기네요.'라고 말하려다가 나는 생각을 바꿨다.

"성격적인 특성을 보려는 건가요. 충동조절에 장애가 있는지 말예요. 살인자들은 보통 공격적인 성향이 보통 사람보다 비교도 안 되게 높습니다. 조절을 못하니까 참지 못하고 살인을 저지르죠. 지금 그걸 알기 위해서 모의실험을 준비한 건가요?"

나는 미소를 지으면서 말했다.

조대현은 반박하지 않았다.

"그렇다면 헛수고예요. 저는 조절이 가능하거든요."

내가 말했다.

"궤변입니다. 그럴 리가 없어요."

대현이 말했다.

"못 믿으시네요."

내가 말했다.

그는 진심이었다. 간혹 화를 내고 싶은 강박에 사로잡힐 때가 분명히 있었다. 정말이지 짜증이 나는 순간이다. 보통은 그런 순간이 오면 바로 반응한다. 다만 충동을 못 참는 사람들과는 차이가 있다. 그들은 정말로 참지 못해서 자기도 모르게 손을 뻗는다. 조절이 불가능했기 때문에 행동한 후에 곧바로 후회한다.

내 경우에는 강박증에 의한 행동이었다. 행동에 앞서서 잠시 생각을 한다. 강박적인 행동의 결과가 이득이 되는가. 충동조절장애와는 달랐다. 득보다 실이 많으면 때때로 행동을 포기했다. 기분전환을 위한 충동은 조한에게도 장애가 있는 게 분명했다. 그러나 공격적인 행동에 대해서는 누구보다 잘 참을 수 있었다.

"못 믿는다니 안타깝군요."

내가 말했다.

그는 회칼을 내려다봤다. 이런 수준밖에 안 됐다는 증거였다. 조대현은 자기가 무슨 짓을 벌이고 있는지 모르고 있다.

"사사건건 똑똑한 척입니까. 따돌림을 당한 이유를 이제야 알겠습니다. 어린 나이에 이성적인 소리나 늘어놓다니 재수가 없습니다. 틀림없이 학창시절에 영어를 씨부리면서 잘난 척이나 해댔을 겁니다."

대현이 말했다.

"그건 당신의 이야기인가요?"

화가 났지만, 나는 침착한 목소리로 덧붙였다.

"조대현씨는 자기 자신을 혐오하고 있군요. 안타까워요. 정신 좀 차리십시오. 저는 어린 시절의 당신이 아니에요."

"김조한씨는 흉악 범죄의 용의잡니다. 심리학자가 아니에요."

대현이 말했다.

"알고 있어요. 그런데 제가 화를 참아내면 용의선상에서 벗어나나요?"

내가 말했다.

"의심은 줄어들 겁니다."

대현이 말했다.

"예상했어요. 그럴 거 같거든요."

내가 말했다.

대화하기에 앞서, 대현의 모습을 꼼꼼히 살폈다. 그는 정장 차림이었다. 붉은 계열의 머리카락으로 염색한 상태였다. 귀를 살짝 덮는 샤기컷이다. 두꺼운 안경을 끼고 있었다.

직업은 뭘까. 아마도 머리는 부수적인 요소로 빠질 거다. 잘난 머리를 사용하면서도 신체적으로 일하는 직업이다.

'알아냈다.'

나는 대현을 응시했다.

궁금했다. 과연 누가 먼저 폭발할까.

"대현아."

내가 말했다.

잠시 잠깐 정적이 흘렀다.

나는 덧붙여 말했다.

"저 칼 좀 치울래."

"뭐라고 하셨습니까."

대현이 말했다.

"칼 치워."

내가 말했다. 그리고 가능한 활짝 웃었다.

"다시 말씀해 보십시오."

대현이 말했다.

꽉 움켜쥔 주먹이 부들부들 떨리고 있었다.

김조한의 모친이 봉분을 보고 있었다. 봉분은 깨끗한 상태였다. 봄이라 그런지 잔디가 더욱 생기가 있어 보였다.

"이제 봄인데요…."

모친이 말했다.

"겨울이 지나면 나아질 줄 알았어요. 그런데 어쩐지 상황이 더 안 좋아졌어요."

봉분을 보면서 모친이 말을 이어나갔다.

"당신은 조한이가 늘 걱정이라고 하셨잖아요. 무슨 일을 벌일지 모른다면서 불안해하셨어요."

봉분은 말을 붙이지 않았다. 김윤철이 무덤을 가르고 일어나길 바란 건 아니었다. 대답을 기대하지도 않았다. 그래도 야속했다.

"조한이는 풀려날 거예요. 걱정은 마세요."

모친은 묘비 위에다가 꽃을 올려놨다.

공동묘지였다. 사람들은 많지 않았다. 고인을 찾는 것이 소모적인 일이라고 여겨지는 추세 때문일까.

주변을 둘러보다가 앞을 봤다. 모친은 팔에 걸린 흰 천을 만졌다.

"정말 죄송합니다."

의사는 사죄하고 있었다. 조한이는 초등학교 3학년이었다. 사춘기도 지나지 않은 아이가 물끄러미 의사를 보고 있었다. 입에 물기가 묻어 있었다. 불편하게 입을 오물거리며 의사와 피해 학생의 부모를 번갈아봤다.

"우리 조한이가 잘못을 했나 봅니다."

의사가 말했다.

삼십대 중후반으로 보이는 여자에게 연신 고개를 숙이고 있었다. 피해 학생의 부모는 합의할 의사가 없어보였다.

"원래 아이가 폭력적인가요?"

피해 학생의 어머니가 말했다.

"우리 애는 지금 수술 중입니다. 이마를 꿰매야 한답니다."

아버지가 옆에서 거들었다.

"어떻게 하면 합의를 해주시겠습니까?"

의사가 말했다.

피해 학생의 어머니가 불편한 기색으로 말했다.

"저 아이가 우리 아일 다치게 한 걸로도 모자라서 모함까지 했습니다. 우리 아이는 그런 저속한 짓을 하지 않아요. 거짓말해서 죄송하다고 저희한테 사과하도록 만드세요. 그럼 수술비용만 받고 끝내겠습니다."

사과를 했다. 합의가 끝나고 집으로 돌아왔다. 조한이는 신발을 가지런히 벗더니 천천히 방으로 들어갔다. 일부러 그러는 것이라고 생각이 들 정도로 느릿하게 방문이 닫혔다. 일 분쯤 지나서 우는 소리가 들렸다. 울음소리는 매우 작았는데 점차 커지고 있었다. 의사는 아들이 흐느낌 소리를 들으면서 거실까지 걸어가고 있었다.

"후회한다고 하셨나요?"

모친이 봉분을 보며 말했다.

"저도 그 날을 잊은 적이 없어요."

모친은 꽃을 내려다봤다. 수국 한 송이가 놓여 있었다.

진심과 변덕.

수국의 꽃말처럼 진심이 변했다. 남편의 죽음이 슬프지 않았다. 오로지 인생의 큰 부분이 사라졌다는 공허함만 남았다. 남편이 죽자 따라 죽는 아내가 있다고. 그런 사연은 마치 다른 세상의 이야기 같았다.

상실의 크기가 크기 때문에 자체적으로 감당하기를 거부하는 걸까. 아무튼 의사는 수국을 좋아했다.

"이제 갈게요."

모친이 말했다.

발길을 돌리다가 불현듯 멈췄다.

하마터면 잊을 뻔 했다. 물건을 제자리에 두기 위해 온 거다. 감상에 젖어서 중요한 일을 잊고 있었다.

모친은 가방 속을 더듬었다. 한참을 뒤적인 후에야 손에 물건이 집혔다. 그녀는 수국 옆에다가 손에 쥔 물건을 내려놨다.

봉분을 보면서 모친이 중얼거렸다.

"모두 자업자득인 거예요."

하얀 천을 두른 여자가 옆을 지나치고 있었다. 더운 날씨였다. 무더위에 머리를 천으로 싸매고 있다니.

임철용은 무덤 앞에서 걸음을 멈췄다.

"나 왔다."

철용이 말했다.

"정말 면목이 없다."

고개를 돌렸다. 묘비 위에 놓인 수국이 눈에 띄었다. 한 송이였다. 아직 시들지 않은 걸로 봐선 누가 방금 전에 다녀갔다는 표시였다.

철용은 뒤돌았다.

다시 봉분을 바라봤다. 봄이라서 봉분 상태가 걱정됐었다. 손질한 뒤로 시간이 꽤 흘렀다. 그 새 지저분하게 나 있지 않을까 했다.

잔디를 만지다가 철용이 말했다.

"자네 아들이 체포가 됐어."

철용은 의사의 아내를 떠올렸다.

"하지만 걱정은 안 해도 돼."

의사의 아내와 조한이는 무사하다. 속으로 주문처럼 중얼거렸다. 경찰은 마땅한 혐의를 찾아내지 못할 거다. 누명만 벗기면 김조한을 붙잡아둘 명목이 사라지는 거다. 사건의 종결을 위해서 경찰이 비겁한 수를 쓸지도 모른다. 그 때가 오면 무력을 행사할 각오가 됐다.

생각하면서 고개를 들었다. 순간 뭔가 눈에 들어왔다.

문이 아무렇게나 열려 있었다. 김성재 형사가 김조한과 함께 있었다. 형사는 김조한을 바라보고 있었다. 그러다가 시선이 옆으로 향했다. 문 근처에서 철용이 들어오지도 않고 서 있었다. 철용은 김조한을 보고 있었는데 조한은 다른 곳을 응시하고 있었다.

임철용이 김성재에게 말했다. 철용의 목소리를 듣자 조한의 표정이 굳었다. 당장에라도 달려가서 조대현의 목을 조르고 싶어졌다.

"얼굴이 그게 어떻게 된 거야."

임철용이 조한을 보며 물었다.

대답은 없었다.

"김 형사, 어떻게 된 거야."

김성재는 말없이 취조실 밖으로 나갔다.

둘이 남게 되자 임철용 형사가 걸음을 옮겼다. 조한의 앞으로 바짝 다가갔다. 조한은 계속 시선을 움직이고 있었다. 철용은 가까이에서 조한의 얼굴을 살폈다. 생각보다 심각했다. 멀리서 볼 때는 시퍼런 멍자국들이 선명하지 않았다. 감시카메라가 작동하지 않은 걸까.

"그 사람이 날 도발시키려고 했어요."

김조한이 철용을 쳐다보며 말했다.

"조대현이요. 형사라고 하던데요. 김성재 형사님한테 들었어요."

"오성태 형사는 가만히 있었나 보구나. 이런 고생을 하게 하다니 미안하다."

철용이 말했다.

"사람이 정말 극단적이에요. 칼을 하나 가져와서 도발을 하더군요. 누구라도 화가 날 상황으로 몰아가는데 유치해서 혼났어요. 제가 화를 내지 않고 참기만 하니까 이렇게 때리기 시작했어요."

조한이 말했다. 그러더니 갑자기 웃었다.

"그 사람 정직 당하지 않을까요?"

조한이 말했다.

"취조실에 칼 가져온 거 때문에 욕 많이 얻어먹었을 텐데요."

김성재 형사가 안으로 들어왔다. 어두운 표정이다. 일행이 둘이었는데 조한을 구치소로 송치하기 위해서 돌아온 거였다.

김조한이 철용을 보며 말했다.

"이제 가실 거예요?"

임철용이 침묵하다가 뒤돌았다.

이건 시간낭비다. 나는 불만이었다. 엄한 사람을 붙잡아 두고는 벌써 몇 주일이나 시간만 때우고 있었다. 국가의 녹을 축내는 행동이다. 구치소에 감금되고 꺼내져서 취조실로 옮겨지는 잠시, 그런 짧은 시간에도 얼마든지 살인은 일어난다. 이럴 시간에 밖으로 나가서 수사를 하는 것이 효율적이지 않을까. 작은 사건이라도 미연에 방지하게 된다.

"어린 시절에 대한 기억이 없다고 들었는데요."

박길현이 묻고 있었다.

나는 불만스럽게 그를 바라봤다. 범죄심리학 교수. 오성태 형사가 귀띔한 뒤였다.

"오성태 형사님이 보낸 사람인가요?"

내가 말했다.

길현은 미소를 지었다. 친밀해지고 싶은 욕구의 표현인가. 호의적인 미소를 봤어도 기분은 좋지 않았다. 웃고는 있었어도 그는 어딘가 냉소적인 모습이었다.

"나이가 어리니까. 말을 편하게 하지. 오 형사님은 좋은 분이시란다. 수

사과정에서 답답함이 있으셨던 모양이다."

박길현이 말했다.

나는 물끄러미 그를 바라봤다.

제대로 보는 중인지 궁금증이 생겼다. 얼굴에 있는 멍자국이 보이긴 하는 건지 의심스러웠다.

"그러시군요."

내가 말했다.

길현은 화를 내지 않고 웃었다.

나는 단지 그를 노려보고 있었다.

"솔직히 말해서, 네가 범인이라고 가정하고 있단다."

박길현이 말했다.

나는 수긍했다. 그리 억울한 심정이 아니었다. 용의자로서 구속수사를 받으면서 익숙한 대우였다. 나를 믿는 사람은 소수였다. 천성이 나쁜 놈이라서 거짓말을 뻔뻔하게 잘한다고 생각하기만 할 뿐이었다. 그의 모든 행동이 가식적으로 비쳐졌다.

'저런 얼굴로 어쩜….' 이렇게 중얼거리며 지나가기 일쑤였다. 그 때마다 나는 머리를 갈기고 싶은 충동을 억눌렀다.

"사람의 심리를 다루다 보면 사람을 볼 줄 알게 되지."

길현이 말했다.

전에 조대현이 비슷한 말을 했었다. 취조실에서 만난 사람들의 대다수가 그런 말을 했다. 나는 갑자기 이상한 생각이 들었다. 이들 모두가 한통속이 아닐까. 온 힘을 다해서 자신을 방해하려고 드는 거다.

"저는 어떤 류의 사람인가요?"

내가 말했다.

길현은 인자하게 웃으며 말했다.

"매우 적대적인 아이구나. 이성적이고 냉철한 판단을 좋아하지."

'그 부분만은 정답이다.' 나는 생각했다.

"나를 달갑게 여기진 않는구나."

길현이 말했다. 그러더니 멈칫했다.

내 반응을 관찰하려 하는 것 같았다. 이제 말할 차례가 넘어갔다는 의사의 표시로 보이기도 했다.

"내가 살인을 한 것 같나요?"

내가 말했다.

"너는 살인을 저지를 수 있는 아이야."

박길현이 말했다.

조금 실망이다.

애매모호한 대답이었다.

"살인을 저지르고도 태연할 수 있는 아이지. 과시적이고 자기가 이 세상의 신이라고 믿겠지. 수많은 사람들을 죽이고도 미안한 마음은 안 들고. 모든 사람들이 너를 위한 도구로 보일 거다. 부친을 살해한 건 이용할 가치가 사라졌기 때문이겠고. 내 말이 틀렸니?"

박길현이 말했다.

나는 반색했다. 마지막 단어가 나오기만을 기다렸다. 그 말을 듣기 위해서 여태까지 화를 참아온 거다. 조금만 끝맺음이 늦었다면 뭐라도 부쉈을 거다.

"나는 아버지를 살해하지 않았어요."

내가 말했다.

"행위예술 살인마가 맞다면 아버지도 능히 죽일 수 있을 거다. 적어도 의심은 해볼 수 있겠지."

박길현이 말했다.

내가 감금된 이유였다. 배운 적도 없는 행위예술로 의심을 받고 있기 때문이다. 행위예술에는 눈곱만큼의 관심도 없다. 살인을 통해서 행위예술을 꿈꾼 적은 당연히 없다.

일전에 '심판자'라는 이름을 붙이라고 말했다. 심판자라는 번듯한 이름이라면 기분 나쁘지 않았을 거다. 하지만 행위예술 살인마라면 잠정적인 용의자래도 불쾌하다.

"심판자라고 이름을 정정하세요."

내가 말했다.

박길현이 기쁜 얼굴로 말했다.

"행위예술 살인마는 사실 심판을 좋아하는 사람이지."

"저를 프로파일에 적합한 인물로 보시나요."

"적어도 나는 그렇게 보고 있다."

박길현이 말했다.

'자체적인 프로파일.'

"무엇을 근거로 한 거죠?"

내가 말했다.

"너의 성격적 특성과 일치한다는 걸 알았다. 프로파일러는 아니어도 범인을 추측할 수는 있었다. 외향적 특성과 내면 특성이 일치하더구나. 과거의 기록에서도 연쇄살인범의 특징이 보였다."

'허술하다.'

나는 실망한 얼굴로 말했다.

"세상에는 다양한 사람이 있어요. 개개인이 모두 다르다고 할 수는 없죠. 다른 거라고요. 그렇지만 비슷한 사람들도 찾으면 꽤 많아요. 내가 프로파일에 일치한다고 해서 무조건 범인일 리는 없어요. 왜냐하면 나랑 비슷한 사람들이 많을 것이기 때문이죠."

"사건의 피해자가 너를 지목했다. 잊은 모양이구나."

박길현이 말했다.

화가 난 얼굴이었다. 나는 속으로 혀를 차며 바라봤다. '저러면 안 된다.' 교수도 심리학자의 일종이었다. 인간의 심리를 다루는 사람은 인내심이 많아야 한다.

"행위예술가의 피해자가 확실해요?"

내가 말했다.

"행위예술가의 피해자가 맞다니! 네가 행위예술가의 입장으로서 말하는 것처럼 들리는구나. 나의 피해자가 맞느냐고 묻는 거니?"

박길현이 말했다.

"확실히 하자는 소리예요. 피해자가 정신적으로 문제가 있을 경우도 생각해야죠. 정신이상자가 큰 사건의 피해자인 양 행동하는 걸지도 모르니까요."

내가 말했다.

"자해를 했다는 말이냐?"

박길현이 놀란 얼굴로 말했다.

"생각해 보세요. 한 여자가 신고를 했어요. 여자는 살아있었죠. 행위예술가의 피해자라고 주장합니다. 이것 자체가 모순입니다."

나는 참을성 있게 말했다.

"무슨 소리야."

박길현이 말했다.

"연쇄살인의 판단 기준이 뭐죠?"

내가 말했다.

"뚜렷한 범행의 특징이 나타나는 경우."

박길현이 말했다. 뒤늦게 눈치채고는 말을 멈췄다.

"여자의 몸에서 범행 특징이 나타났나요?"

내가 말했다.

여자가 죽었는지의 여부를 묻는 거였다. 피해자가 주장하는 사건에는 사체가 없었다. 그러므로 종결된 사건이 결코 아니었다. 연쇄살인은 완전히 종결된 사건이 연쇄적으로 연결된 형식을 보인다. 몇 가지 크고 확실한 특징을 동반하는데 행위예술 살인마는 잔혹한 수법을 썼다. 모든 시체에 스토리가 있다. 다리 주변에 피가 몰려 있다. 범인의 특징은 그거였다. 그 어떤 요소로도 바뀌면 안 될 것처럼 보이게 하는 스토리의 난해함과 다리 주변의 피다.

연쇄살인의 피해자로 인정을 받는 건 귀신뿐이었다.

"살인범을 목격했다고 했는데 그게 행위예술가인지 피해자가 어떻게 아나요? 어떤 미친놈이 죽이기 전에 내가 행위예술가다 했을지도 모르죠. 그런데 결국은 도망쳤고 무사해요. 피해자는 급박한 상황에 있었어요. 경찰은 이 말을 곧이 믿는 건가요?"

내가 말했다.

"행위예술가의 피해자가 아니다?"

박길현이 말했다.

불안한 눈으로 나를 바라보고 있었다. 조금 재미있었다. 신념과도 같은 것이 부서지기 일보직전으로 보였다. 그 찰나의 순간이 그에게 행복을 가져다주고 있었다. 우매한 사람을 올바른 길로 인도하는 건 유쾌한 일이다.

"방심하면 안 되겠구나. 어쨌든 피해자는 널 지목했다. 행위예술가라고 한 데에도 이유가 있었을 거야."

박길현이 말했다.

나는 속으로 탄식했다.

"전 그 여자를 몰라요. 여자라는 것도 김성재 형사님을 통해 들었어요. 삼자대면으로 얘기해도 좋아요."

내가 말했다.

박길현은 충격적인 얘기를 들은 표정이었다.

"피해자는 정신적인 스트레스를 못 견딜 거다. 신고할 당시엔 제대로 된 의사소통이 불가능한 상태였다."

박길현이 말했다.

"제 탓을 하고 그러세요. 제가 안 그랬다고요."

내가 말했다.

"거짓말이다."

박길현이 말했다.

혐오스러운 얼굴이었다. 과민한 반응이다. 추궁을 받을 이유는 없었다. 기분이 한층 더 안 좋아졌다.

"너는 천성적으로 거짓말을 잘하지. 인격이 틀려먹었어. 장애인이니까."

박길현이 말했다.

"내가 장애인이라고요."

내가 말했다.

"장애인이야."

길현이 확신에 차서 말했다.

"삿대질 좀 그만하세요."

내가 말했다.

"시끄러워."

길현이 말했다.

대화는 중단됐다.

길현이 눈물을 보이려 하고 있었다. 나는 웃음이 나는 걸 참았다. 어린 애가 아닌가. 침착하게 길현을 응시했다. 찬찬히 뜯어봤다.

범죄심리학 교수라고 했다.

"피해자가 직접 몽타주를 그려서 신고를 했다. 며칠을 폐인으로 있다가 겨우 신고한 거다. 둘 중에 한 명은 거짓말이거나 착각일 거다. 피해자의 착각보다는 네가 거짓말을 치고 있을 확률이 높지. 아주 악독한 놈팽이 같으니라고."

박길현이 울면서 말했다.

"너는 그 뭐냐. 그러니까, 반사… 반사…"

더듬거리는 모습을 보자 웃음을 참기가 어려워졌다.

"반사회적 인격장애자요."

내가 서둘러 말했다. 조금 더 늦었으면 포복절도를 했을지 모른다.

"그래, 그 장애인."

삿대질을 하면서 길현이 말했다.

순간 웃음이 터졌다.

"죄송해요. 하지만 제 입장도 이해하셔야죠. 저도 기분 나빴다고요."

"기분이 나빠? 감정이라는 게 뭔지도 모르는 주제에 헛소리를 하는구나. 네가 피의자가 아니더래도 마음 고생했을 피해자를 생각하면 웃으면 안 되지."

박길현이 말했다.

"그 피해자가 여기 있는 것도 아닌데요?"

내가 말했다.

"아무튼 안 된다."

길현이 다짐하면서 덧붙였다.

"너 같은 장애인들은 모두 가둬야 한다. 남의 감정에 정말 공감을 못하는구나. 감정이 무디니까 잔인한 짓도 서슴지 않는 거지. 언젠간 발생할 강력범죄를 막기 위해서라도 미리 철장에 가두거나 격리시켜야 돼."

"모두 가둔다고요?"

내가 말했다.

"감정이 없는 동물은 가둬도 죄가 되지 않는다고 생각한다."

"말씀하신 내용 중에 오류가 있는데요."

김조한이 말했다.

"심리학은 추측의 학문이에요. 지금 누구의 이론을 가지고 얘기를 하시는 건가요. 헤어 박사의 이론인가요. 인간에겐 모두 감정이 있어요. 감정이 없는 인간이란 없습니다. 우선 저는 반사회적 인격장애자가 아닙니다."

나는 책상 위를 둘러봤다.

설명을 위해서는 도구가 필요했다. 잠시 동안 둘러보다가 생각을 접었다. 팔이 묶여 있기 때문에 어차피 무용지물이었다.

"가정을 합시다. 내가 그게 맞다고 쳐요. 저는 세모꼴의 마음을 가지고 있어요. 당신은 동그라미를 가지고 있고 대부분 당신과 같아요. 모형은 절대 변하지 않습니다. 나는 일종의 돌연변이죠. 그러나 우리가 지니고 있는 동그라미와 세모는 영혼 속에 있는 거예요. 결코 꺼낼 수 있는 게 아니죠. 영혼을 볼 수 있는 무당이라면 또 모를까. 당신은 절대로 내 속을 볼 수가 없어요. 우리 모두 자기가 지닌 모형을 꺼낼 수 없죠. 꺼내서 품평회를 하는 것처럼 어디가 어떻게 다른지 요모조모 따지지 못해요. 다른 모형을 가졌다고 추측하게 만드는 건, 겉으로 다른 행동을 보일 때뿐이죠. 여기서 질문을 하나 할게요. 내가 단어에 차이를 뒀어요. 당신과 내가 모형을 끄집어냈을 때 모양이 다를 거라고 확신할 수 있나요?"

내가 말했다.

"비슷한 모형인데 단어만 다르게 했던 건 아닐까요?"

떠 보듯 말했으나 길현은 대답이 없었다.

"한 가지 가정을 더 둡시다. 영혼은 몸이라는 공간에 갇혀 있어요. 몸은 광대한 곳이죠. 외부로부터 받은 기억을 저장하는… 이를 테면 창고예요. 나쁜 기억들만 공중에 떠서 찌꺼기처럼 돌아다닙니다. 영혼 속의 모형은 몸에 돌아다니는 찌꺼기들의 영향을 받아요. 그곳에 부유하는 먼지들은 시도 때도 없이 모형을 공격하죠. 달라붙고 응어리져서는 모형을 변질시켜요. 극심한 상태에 도달했을 때 네모난 도형이 만들어집니다. 원래는 동그라미였는데 네모난 모양이 된 거예요. 원래는 비슷했는데요. 이런 경우도 생각해볼 수 있지 않나요?"

내가 말했다.

그는 어느새 내 손의 움직임만 눈으로 쫓고 있었다.

"우리는 모형에 맞게 행동해요. 먼지가 덜 묻은 사람은 일반적인 행동 양상을 가져요. 심각하게 묻은 사람은 먼지를 떨치기 전까지는 소용도 없죠. 과학이 발달되면 또 몰라요. 먼지에 덮인 모형을 꺼내서 씻는 방법이 생길지도요. 그땐 '어라 비슷했구나?'라고 일부는 말할 거예요. 그건 코메디죠. 사람의 마음도 구별이 가능한가요. 당장에 비교조차도 불가능하잖아요. 그걸 알려준 건 누구죠. 신인가요? 마음이 없는 사람의 존재는 궤변이에요. 그저 성격일 뿐입니다. 일시적으로 고장이 나서 기능이 마비될 수는 있어요. 고치기 어려울 뿐이지 불가능하지 않다고 봐요."

내가 말했다.

설레는 얼굴로 말을 이었다.

"박길현 씨, 딸의 일은 정말 안 됐어요. 하지만 번지수를 잘못 찾았네요. 전 정말 아닙니다. 밖에서 김성재 형사님을 만나신다면 부탁합니다. 오성태 형사님이 거짓말을 했다고 고백하세요. 오성태 형사님과 짜고 교수 행세를 했다고 사실 그대로 전하세요."

곤정고등학교 교정에 섰다. 운동장에서 학생들이 피구 시합을 하고 있었다. 두 학급이 나와서 시합을 벌이고 있었다. 두 교사가 코트 정중앙에 서 있었다. 가운데 서서는 탁구공을 쫓는 것처럼 멀뚱히 지켜보고 있었다.

주변을 둘러봤다. 운동장을 끼고 큰 건물 하나와 작은 건물 두 채가 보였다.

강연화는 큰 건물 안으로 들어왔다. 처음에는 아무런 소리도 들리지 않았다. 의아했다. 그러나 걸음을 옮길수록 두런두런 소리가 들려왔다. 선명하게 들리기 시작하자 깨달았다. 누군가가 수업을 진행하고 있었다.

'현우가 몇 반이었지 현우의 친구들은 당연히 같은 반이겠지?'

막연히 올해에 3학년이라는 것만 알았다. 무슨 과인지는 기억이 안 났다. 기계와 관련된 학과였다. 정확하게 떠올릴 수는 없으나 대충은 그랬다. 과마다 체육복 색이 다르다는 건 제대로 알고 있었다.

한 교실 앞에서 연화는 멈춰섰다.

교사가 유독 큰 목소리로 수업에 임하고 있었다. 그 안에서 현우의 친구를 발견한 거였다. 진영이다. 한진영이 앞자리의 학생에게 장난을 걸고 있었다. 앞의 학생이 뒤로 돌아서 진영을 응시했다. 낯이 익었다. 이름을 떠올리려고 했지만 쉽지가 않았다.

종이 울렸다. 시간이 흐르자 교실 문이 열리면서 교사가 나왔다. 강연화는 서성거리고 있다가 밖으로 나오는 학생을 붙잡고 말했다.

"한진영이라고 이 반 학생을 불러 주겠니?"

학생은 놀란 얼굴이었다. 알겠다고 대답하더니 안으로 들어갔다. 진영이는 여전히 친구와 장난을 치는 중이었다. 학생이 다가가자 진영이는 불쾌한 표정을 지었다. 대화가 진행되면서 표정이 풀리더니 진영이가 밖을 내다봤다.

진영이가 머뭇거리며 일어났다.

"여긴 어쩐 일이세요?"

문턱 앞에서 진영이가 말했다.

난감한 얼굴이었다.

"현우랑 연락이 되나 해서 왔단다."

강연화가 말했다.

한진영이 대답을 꺼리는 동안 누군가 다가왔다. 수업 중에 진영이와 장난을 주고받던 아이였다.

"현우네 아주머니시네요."

그러더니, '안녕하세요. 아주머니'라고 덧붙여 인사를 했다.

"현우 친구 정진호라고 합니다. 저번에도 뵈었죠."

굉장히 살가운 태도라고 생각했다. 강연화는 그제야 떠올렸다. 집에 가장 마지막으로 발을 들인 학생이었다. 현관을 넘기 전에 가지런히 신발을 정리했었다.

"그런데 왜요? 현우한테 무슨 문제가 생겼나요?"

걱정스러운 얼굴로 진호라는 학생이 물었다.

연락이 안 닿는다고 진호가 말했다. 진영이가 맞장구를 쳤다. 그는 어쩔 도리가 없다면서 거듭 미안해했다.

그 모습을 보면서 왠지 모를 위화감이 들었다.

강연화가 눈길을 피하며 말했다.

"바쁠 텐데 미안하구나. 현우에게서 연락이 오면 집에 들어오라고 전해주렴."

진영이가 걱정하지 말라며 약속했다. 공손하게 인사를 올리더니 원래 있던 자리로 되돌아갔다. 그 아이는 상당히 오래 머물러 있다가 돌아갔다. 강연화는 아이들이 모두 돌아가고 나서 복도를 가로질렀다.

복도는 북적거렸다. 강연화는 이상한 혐오감을 떨치려고 노력했다.

"저도 시간 낭비라고 생각해요."

침묵하다가 여자가 말했다.

취조실에 들어온 후로 처음 뱉은 말이다. 전까지만 해도 가만히 시간이나 때우자는 식이었다. 가만히 앉아만 있던 여자의 의견으로는 납득이 되지 않았다.

"경계를 풀어요. 저는 당신을 범죄자로 몰아갈지도 모르지만, 경우에 따라서는 당신의 무죄를 입증해줄 수 있는 유일한 사람이에요."

여자가 말했다.

"전 똑똑한 사람을 좋아합니다."

내가 반갑게 말했다.

아둔한 사람들과의 대화는 쥐약이다. 그들은 본인의 멍청함을 전염시킬 뿐이었다. 그러나 현명한 사람과의 대화는 기쁨이었다.

"대학원을 나온 지는 얼마나 됐나요?"

내가 말했다.

"삼 년이요. 박사 학위를 마쳤죠."

여자가 뜸을 들이다가 말했다.

"이름은요?"

"이정민이에요."

"김조한입니다."

내가 말했다.

"알고 있어요. 김성재 형사님에게 들었습니다."

의외로 평범한 반응이다. 나는 조금 실망이었으나. 만족하기로 했다. 그녀는 충분히 현명하며 나에게 호의적인 태도를 보이고 있다.

"이 곳에 많아야 열 번 정도 올 거예요. 다섯 번에 그칠지도 모르고 조금 더 걸릴 가능성도 있지요."

정민이 말했다.

"역시 현명한 여자군요. 방금 대답은 아주 좋았어요."

내가 말했다.

"아직 학생인데 조숙한 말투를 쓰시네요. 저는 프로파일에서의 연령이 정신연령을 의미한다는 견해를 가지고 있어요. 그런 점으로 보면 이십대 중반에서 삼십대 초반일 거라는 프로파일과 상당 부분 일치하네요."

누군가의 의심을 불쾌하기만 할 뿐이었다. 그러나 다른 사람이었다면 불쾌했겠지만 이정민이니까 달랐다. 이정민은 현명한 사람으로 보였고 그녀는 합당한 의심만을 한다고 믿어 의심치 않았다. 그녀가 의심하는 사실은 인정해야만 했다.

"당신이 나를 의심하는 것도 일리가 있어요. 인정합니다."

내가 말했다.

이정민은 만족한 얼굴이었다.

"좋아요. 그럼 오늘은 어린 시절에 대한 얘기를 할 거예요. 쓸데없는 소리는 하지 않을 거라고 약속합니다."

정민이 말했다.

이 대목에서 나는 깨달았다. 그녀는 방심해서는 안 될 여자다. 단순히 어린 시절에 대한 정보만을 캐내려는 게 아니다.

"어린 시절이요."

내가 되뇌이듯 말했다.

"기억이 얼마 없겠지만 부탁합니다."

"아주 기억이 안 나지는 않아요."

"단편적으로 기억에 남는 게 있나요?"

이정민이 말했다.

무척이나 자연스러운 태도였다. 기분이 점점 좋아지고 있었다. 나는 내색하지 않으려고 기를 쓰면서 말했다.

"작은 기억들이에요. 나는 운동장에 서 있어요. 키가 아주 작은 아이들이 남아있어요. 초등학교 운동장이에요. 방과 후예요. 저는 무언가를 찾고 있어요. 아주 중요한 일인 것 같아요. 어깨가 무거운데 가방을 두 개나 지고 있어요. 한참을 찾았지만 저는 해가 지는 걸 지켜보고 있었죠."

"그리고 또 기억에 남는 게 있다면요?"

이정민이 말했다.

나는 기억을 되짚었다.

교실이었다. 나는 자리에 앉아 있었다. 문이 열리고 한 여자가 들어오고 있다. 아이들이 노래를 부르기 시작한다. 종이가루가 교실에 흩뿌려졌다. 여자는 덤덤한 얼굴로 걸어와서 앉는다. 지겨운 표정으로 일부가 고개를 돌리면 욕을 읊조리는 아이들이 보인다. 나는 시계를 바라보고 있다.

이제 곧 있으면 수업이 시작된다고 속으로 되뇌인다.

담임교사가 들어오자 소란이 멎는다. 조한은 고개를 돌려서 여자를 바라보고 있다.

"노래가 기억이 나요. 엉망인 멜로디였는데 대충 가사가 이랬어요. 김조은은 나가 죽어라. 그녀의 얼굴에 찬물을 끼얹었고. 들어오지 못하게 하라."

기억을 되새기다가 내가 말했다.

"그런가요?"

이정민이 말했다.

"반 아이들은 그 노래를 자주 불렀던 것 같아요. 왜냐하면 익숙해보였거든요. 그 아이는 아마도 따돌림을 당했을 거예요. 종이부스러기가 날아다녔던 게 생각이 나요."

"김조은이라는 아이가 누군지 기억이 나나요?"

이정민은 외향이 어땠냐고 물었다.

기억이 나지 않았다.

"조은이라는 아이를 떠올리면 어떤 기분이 드나요?"

이정민이 말했다.

"그냥 좀 답답해요."

내가 말했다.

"그 외에는요?"

"아무런 기분도 안 들어요."

"중요한 아이였을 거예요. 무리해서 떠올릴 필요는 없어요."

이정민이 머리카락을 넘기며 덧붙였다.

"다른 기억은 없나요?"

"이게 다예요."

나는 불현 듯 홀린 사람처럼 대답했다.

길고 매끈한 목으로 시선이 향했다. 이정민은 유난히 흰 목을 지니고 있었다. 줄이 얇은 목걸이가 목에 걸려 있었다.

"그런데, 목에 그거 선물을 받은 건가요?"

내가 말했다.

"제가 샀어요. 금은방에 들러서 직접 고른 거지요."

이정민이 말했다.

"정말 예쁜 목이네요."

내가 말했다.

홀린 듯한 목소리로 묻자 정민이 당황한 표정을 지었다.

"제 목이 예쁜가요?"

"목걸이도 아주 예뻐요."

내가 말했다.

우리는 마주보고 웃었다.

"예쁜 목을 보인 답례로 한 가지 질문을 더해도 될까요?"

이정민이 머리카락으로 목을 가리며 말했다.

"그냥 두세요. 질문을 받을 테니까 가만히 두세요."

내가 말했다.

이정민은 잠시 고민하다가는 질문을 취소하겠다고 말했다. 나는 아쉬웠지만 얌전히 수긍했다.

"당신은 초등학교 시절에 대한 기억이 없는 거죠. 초등학교 시절은 물론 열다섯 이전의 기억이 없어요. 기억을 상실했는데도 초등학교의 일부 기억이 남은 건요. 아마도 정신적인 트라우마가 강해서일 거예요. 본인은 기억이 없겠지만 당신은 그 시절에 심한 괴롭힘을 당했어요. 다행스럽게도 중학생 때는 괴롭힘이 없었네요."

이정민이 말했다.

"일단은 칭찬해주고 싶어요. 당신은 그런 과거가 있었음에도 살인을 하지 않았군요. 아주 잘한 결정이에요. 아무리 기억을 잊었더라도 요즘은 소년범죄도 극심하니까. 기억을 잃기 전에도 당신은 살인을 할 수가 있었어요. 무의식에 기억이 남아서."

이정민은 열심히 설명하고 있었다.

나는 거의 듣고 있지 않았다.

하얀 목선이 보일 때마다 이상한 기분이 들었다. 도저히 대화에 집중할 수 있는 상태가 아니었다.

"듣고 있어요?"

이정민이 말했다.

간신히 정신을 차리고는 바라봤다. 의아한 눈으로 이정민이 나를 응시하고 있었다.

"조금 피곤해서요."

내가 서둘러 말했다.

이정민이 안심한 얼굴로 웃었다. 그 모습이 매력적이라고 나는 생각했다. 단아한 흑발에 가려진 하얀 목선이 단연 최고였다. 어느새 나는 그녀와의 관계가 지속되길 진심으로 기대하고 있었다.

"무슨 얘기를 하고 있었죠?"

내가 말했다.

"칭찬을 하고 있었어요."

정민이 말했다.

"말 놓으세요. 저보다 어른이시잖아요."

"당신도 한 살만 더 먹으면 성인이에요. 예의를 지켜야죠."

"나는 예의있는 사람도 좋아해요."

내가 말했다.

정민은 쑥스러운 얼굴이었다. 웃는 얼굴이 앳돼보였다. 나이차가 있더라도 열 살은 안 넘을 것처럼 보였다.

"호감은 산 거 같네요."

이정민이 말했다.

나는 그렇다고 대답했다. 백 번도 넘게 말하고 싶었다. 그러나 그렇게 하면 강박증처럼 보일 것 같았다.

"금산초등학교."

이정민이 말했다.

"제가 이 말을 했을 때, 어떤 느낌이 들었나요?"

"느낌이라고요….."

내가 말했다.

마땅히 드는 생각이 없었다. 무슨 느낌을 염두에 두고 하는 말일까. 한참을 뜸을 들이다가 덧붙였다.

"아무 느낌 안 나요. 조금 답답한 거 같기도 해요."

기억이 전무하니 반응이 있을 리가 없었다.

하나의 이미지만 머리를 가득 메울 뿐이었다. 이미지는 매우 잔혹했는데 장소가 그 초등학교 같았다. 여러 명의 아이들이 서로에게 도끼질을 하고 있었다.

말해야 할까 속으로 고민했다.

"김조은이라는 아이를 떠올릴 때와 비슷한 느낌이네요."

이정민이 말했다.

그녀는 어느새 내가 찬 수갑을 응시하고 있었다. 짧게 묶인 수갑이 매우 불편해보이기라도 한다는 듯이. 어찌 됐던, 그녀는 내 고통에 예민하게 공감하고 있는 것 같았다.

"불편하겠어요."

이정민이 고개를 들며 말했다.

"책상을 보던 게 아니었네요."

내가 말했다.

"수갑은 내내 차고 다니는 건가요."

"거의 내내요. 구치소 안에서까지 차고 있는 경우도 있어요."

내가 말했다.

이정민은 말을 아끼고 있었다.

"많이 불편하지는 않아요. 밥도 주고 잠도 자게 해줘요."

내가 말했다.

그녀는 약간의 수치스러움을 내비쳤다.

"오해하지 마세요."

"그런 거 안 해요."

"정말로 아니니까."

이정민이 새침하게 말했다.

나는 그녀와의 대화에 집중하고 싶어졌다. 하지만 방해물이 있었다. 갑자기 떠오른 사념이 집중을 못하게 막아대고 있었다.

노래가 들렸다. '*김조은은 나가 죽어라. 그녀의 얼굴에 찬물을 끼얹고. 들어오지 못하게 하라.*' 김조은이라는 아이가 떠밀려 의자에 앉는다. 그녀가 칠판을 바라보는데. 나는 그 모습을 보고 있다. 차츰 머릿속이 뿌옇게 흐려진다.

노랫소리는 정해진 종착점으로 나를 끌고 간다. '사람들의 몸을 토막 내!'라고 소리친다. 나는 반항하지 않고 무너진다. 무력하게 공상에 빠져들고 만다.

"역시 질문을 해야겠어요."

안개가 걷히는 것처럼 공상이 사라졌다.

나는 이정민을 쳐다봤다.

"살인에 대해서 어떻게 생각하세요?"

이정민이 말했다.

무슨 대답을 해야 좋을까.

"안 좋게 생각해요."

곰곰이 생각하다가 말했다.

그녀는 만족한 모습이었다.

"남자라서 역시 여자를 좋아하는 건가?"

모니터를 보던 김성재가 말했다.

임철용 형사가 잡소리를 들은 것처럼 귀를 후볐다.

"당연하지. 조한이도 어엿한 남자니까."

벨이 울리기 시작했다. 김성재가 철용을 쳐다보다가 고개를 돌렸다.

임철용은 휴대전화를 확인했다. 조한의 휴대폰이었다. 이름이 없는 발신자였다. 아득한 심정으로 전화를 받았다.

"교무실에서 번호 받았단다. 현우 친구 조한이가 맞니."

여자가 수화기 속에서 말하고 있었다.

임철용 형사가 강연화를 마주봤다. 강연화는 처음 만나는 여자였다. 갈색머리가 어깨선에서 끊겨져 있었다. 생머리 같았지만 어딘가 부스스했다. 검은색 점퍼 차림이었다. 그녀는 일본 여자처럼 다소곳이 앉아 있었다.

"형사님이신가요?"

강연화가 말했다. 기운 없는 목소리였다.

"그런데 어떻게 해서…."

형사 신분인 사람이 전화를 받게 된 경위를 물으려는 것 같았다.

"조한이가 여행을 가는 도중에 두고 갔습니다. 그 애 부친이 제 친구입니다. 여행 중에 돌아올 수가 없어서 맡아두는 중입니다."

임철용이 말했다.

"차라리 잘 됐네요. 사람 인연은 신기하다더니."

강연화가 말했다.

"제 아들이 실종이 됐어요."

그녀는 불안하게 숨을 들이마셨다.

충혈된 눈으로 덧붙였다.

"다른 사람들은 모두 가출이라고 합니다. 하지만 저는 그렇게 생각하지 않아요. 현우는 착한 아이에요. 절대 가출을 감행할 리가 없어요. 일주일이나 지났습니다. 어쩌면 더 됐을지도 모르겠어요. 형사님 제발 우리 아이를 찾아주세요. 요새 연쇄살인이 극성이라고 들었습니다. 드러나진 않았지만 살인사건도 많겠죠. 실종신고를 해도 제대로 조사가 진행될 수 없단 걸 알아요. 그래도 우리 아이에게도 신경을 좀 써주세요. 조한이와 친한 친구랍니다. 만에 하나라는 게 있잖아요. 실종된 이유가."

차마 말을 잇기가 어려운 듯 했다.

"형사님 제발요. 밤마다 제 아이가 난도질당하는 악몽에 시달리고 있습니다."

강연화가 말했다. 거의 비는 자세로 손바닥을 비비고 있었다.

"알겠습니다. 실종수사에도 신경을 쓰겠습니다."

임철용 형사가 말했다.

사람들이 주시했다. 강연화는 흐느끼고 있었다.

"불고기버거가 제일 좋아요."

내가 말했다.

이정민은 웃음을 터뜨렸다.

"정말로 좋아하나 봐요."

"크기도 알맞고 좋거든요. 양상추가 느끼한 게 정말로 맛있죠."

실수를 하지 않으려고 노력했다. 하면 안 될 말까지 꺼내는 짓은 하고 싶지 않았다. 그건 정말로 바보 같은 짓이다.

하지만 이미 실수를 저질렀다는 걸 인정해야 했다.

"양상추가 느끼해요?"

이정민이 말했다.

하얀 이를 드러내면서 웃고 있었다.

'아무려면 어때.'

"맛은 있잖아요."

내가 말했다.

"어디까지 얘기했는지 기억이 나요?"

이정민이 말했다.

입에 묻은 소스를 닦으면서 나를 보고 있었다.

"성선설에 대해서 말하고 있었어요."

내가 말했다.

"맞아요."

그녀가 말했다.

햄버거를 입에 욱여넣었다. 그녀는 음식을 모두 삼키고서는 덧붙였다.

"우리는 의견이 비슷했었지요."

"다른 점이 있었어요. 정민씨는 인간은 본래 선하다고 봤어요. 저는 선택이라고 봤습니다. 물론 태어나는 모양은 모두 비슷해요. 선한 면과 악한 면을 지니고 있죠. 정신이 자라면서 우리는 선택에 놓여요. 선이냐 악이냐 하는 문제죠. 선을 택하면 정의를 수호하는 사람이 되기 쉬워요. 악을 택한 사람들은 범죄의 유혹에 빠지기 쉽죠. 중간 입장이란 없어요. 선과 악은 기름과 물이라서 언젠가는 둘 중 하나를 버려야 해요. 버리지 않으면 나중에는 자기가 어떤 사람인지 알 수가 없게 될 거예요. 대부분은 스스로 선택을 해요. 그렇지 않은 경우가 있죠. 한 가지는 인격이 분리되는 현상이에요. 나머지 하나는 살인 같은 극단적인 범죄를 저지르는 경우고요."

'실수를 한 걸까.'

이정민의 안색이 좋지 않았다.

'그래, 실수를 한 거다.' 마지막 말이 문제였다. 내가 연쇄살인의 용의자라고 못 박는 꼴이 됐다.

"살인이 악을 선택하게 만드는 건가요?"

그녀가 말했다.

나는 안심했다.

"아직 선택을 하지 않은 사람들에 해당해요."

"이유가 뭐죠?"

"인간은 두 가지를 가지고 태어나지만 천성적으로 악을 더욱 좋아해요. 사회화를 거치면서 아무리 착한 사람으로 길러져도 마찬가지죠. 태도를 굳히지 않았다면 당연히 악에 끌릴 수밖에 없어요. 다른 쪽으로 방향을 돌린 사람이 살인을 저지르면 보통 자살을 해요. 그러나 선택을 하지 않은 경우는 달라요. 막을 방도가 없어요. 필연적인 결과였다는 것을 스스로 증명하게 됩니다."

내가 말했다.

이정민은 호기심 어린 눈으로 나를 봤다.

"이게 살인이 최악의 범죄라고 칭해지는 이유에요. 막을 수가 없거든요. 요즘처럼 인성이 나빠야 잘사는 세상에서는 말이에요. 정말로 착하게 살겠다는 사람들은 찾기 어려워요. 당연히 선택을 할 생각을 못하죠."

"그럼 살인을 막으려면 어떻게 해야 하나요. 아니 어떻게 생각하세요?"

그녀가 물었다. 기대에 부푼 얼굴이었다.

나는 가슴이 두근거리고 있다는 걸 알았다. 마음 속 깊은 곳에서부터 그녀를 원하기 시작한 거다.

"살인이 왜 발생한다고 생각하세요?"

"위협에 대한 대응이요."

이정민이 말했다.

"위협을 가하는 대상을 없애려는 심리는 자연스러운 방어기제에 속해요. 위협이 한 사람에게만 한정될 땐 그 사람만 죽이면 되죠. 그러나 모두가 위협이 된다고 느껴질 땐 그들 모두를 죽여야 합니다. 연쇄살인이 발생하는 이유예요. 분노도 포함이 돼요. 분노는 대상에 대한 증오죠. 얻고 싶지만 못하는 데서 오는 애증도 있겠고요. 단순히 해를 끼치는 사람들에게 향하는 분노도 포함이 돼요."

"그렇군요."

"사람이 매우 화가 난 상황에서도 살인을 하지 않는 이유는 뭘까요?"

"뭔데요?"

그녀가 묻고 있었다.

갑자기 장난을 치고 싶어졌다.

"말 안 할래요."

이정민은 허를 찔린 얼굴이었다. 울컥한 것처럼도 보였다. 자기를 놀리고 있다고 생각하는 걸까.

나는 웃으면서 설명했다.

"사회에 섞이고 싶은 욕구 때문이에요. 인간은 무리생활을 해요. 혼자 있길 좋아하는 사람은 없어요. 갖은 핑계로 외롭지 않다고 중얼거려도 다 허튼 소리죠. 두려움 때문에 일부러 틀어박힌다면 모를까. 살인은 사람들과의 단절을 끊겠다는 사회적인 자살 행위죠. 자살하기 싫기 때문에 살인을 하지 않는 거예요."

"사회적인 욕구가 사라지면 살인을 벌인다는 거군요."

"충동범죄를 빼고 말이죠."

내가 열정적으로 말하고 있는 이유가 궁금했다.

결론을 냈다. 그녀에게 좋은 점수를 받고 싶기 때문이다.

"살인을 막기 위한 방법은 특별하지 않아요. 모두의 인식 변화예요. 태도의 변화. 좀 더 이른 시기에 선을 택하게 만드는 길이죠. 다를 건 없지만 어려운 방법이에요. 모두가 변해야 해요. 문제를 인식하고 힘을 합치지 않으면 어림도 없어요."

내가 말했다.

이정민이 가만히 눈을 맞추고 있었다.

"저보다 더 심리학자 같네요."

그녀가 말했다.

범죄심리학자라면서 모르고 있던 사실은 아닐 거다. 정말로 감명을 받은 걸까. 나는 그녀의 의도를 추측하기가 어려웠다.

"저는 남들보다 일찍 대학에 들어갔어요."

그녀가 말했다.

"자기 잘난 맛에 살았어요. 열두 살 때 대학에 들어가고 대학원 박사과정까지 마쳤어요. 삼 년이 지나고. 제가 나이를 말했나요? 올해 스물넷이에요."

"오 년 차이요?" 내가 말했다. 나는 정말로 놀랐다.

"너무 놀라시네요. 그렇게 어리게는 안 보이나요?"

"아니에요. 그냥."

나는 얼버무렸다.

"동안이라고만 생각했어요. 대개 심리학자들은 연령이 높으니까요."

"처음으로 저와 관련된 얘기를 하나 했어요. 이제 뭘 뜻하는지 아실 거라 믿어요. 다음에는 당신이 비밀을 털어놓아야 해요."

나는 고개를 끄덕였다.

그녀가 원하는 것이 내가 원하는 거였다.

김성재 형사가 들어왔다. 이정민도 함께였다.

"오늘은 사건 이야기를 할 거예요."

그녀가 말했다.

이런 상황이 올 거라고 생각했었다. 그러나 이렇게 시기가 빠를지는 몰

랐다. 최소 다섯 번이라고 했다,

"조한아."

김성재 형사님이 불렀다.

"형식적인 거니까 부담 갖지 마라. 아래를 봐야지."

우리는 책상 위의 사진을 내려다봤다.

이정민도 사진을 보고 있었다.

"지금 무슨 생각해요?"

내가 물었다.

그녀가 무슨 생각을 하는지 신경이 쓰였다.

"제가 한 거 아니에요."

피해자 중에는 알몸의 여자가 있었다. 그걸 보면서 이상한 생각을 하는
건 아닐까. 걱정이 돼서 말해봤다.

사실 우스운 상황이었다. 우리 셋은 사진을 들여다보고 있다. 사체는
가지런히 나열이 돼 있었다. 우리는 목을 거북이처럼 빼고 있다. 말도 안
하고 그것만 보고 있었다. 다들 무슨 생각을 하고 있을까. 나름 재밌는
상황이라고 생각했다. 하지만 내가 웃으면 분위기가 이상해진다.

"알고 있어요. 그런데, 이 사진들을 보면 무슨 생각이 들어요?"

이정민이 물었다.

예상 답안을 만들었다. *'맛있을 거 같다. 아무 느낌도 안 든다. 범인의
유치함에 혀가 빠질 것 같다. 정육점에서 보던 고기처럼 생겼다.'*

물론 농담이다.

"좋은 기분은 아니에요."

내가 말했다.

이정민은 나를 바라보고 있었다.

"정말이에요?"

"거짓말 아니에요."

"그럼 다음 질문할게요."

빨리 끝내려는 걸까.

"머리 스타일 바꿨어요?"

무리수를 던졌다.

시간을 끌려고 던진 건데 먹혀들지는 몰랐다.

"어떻게 알았어요?"

이정민이 놀라서 말했다.

"앞머리를 잘랐어요. 아주 조금 잘랐는데."

남자들은 여간해서 눈치 못 채는데. 이정민이 중얼거렸다.

"잘 어울려요."

내가 말했다.

이정민은 사진을 치우기 시작했다. 김성재 형사님이 그녀를 도왔다. 행위예술가의 혼이 담긴 사진들이 책상에서 밀려났다.

김성재는 이길석과 우리 아버지의 사진을 책상에 올렸다. 옆에서 이정민이 '또 있나요?'하고 물었다.

김성재가 쳐다보자. 그녀는 사과했다. 깜빡 잊은 모양이다.

"이러고 싶진 않지만 확실히 해두고 싶어서."

김성재 형사가 말했다.

"조한씨, 아버지가 죽던 날 기억해요?"

이정민이 말했다.

기억하고 있었다. 그 날 아버지가 피자를 사오신다고 하셨다.

"그 때를 떠올려 봐요."

무언가 바닥에 놓여 있는 게 보였다. 사람이라는 생각이 들었다. 설마 아버지는 아닐 거라고 생각했다. 가까이 다가갔다. 사람 주변에 물기가 흥건했다. 이른 시간인데도 주변은 어두웠다. 어두웠지만 바닥에 묻은 것은 물이 아닌 피라는 확신이 들었다.

"어떤 기분이 들어요?"

이정민이 말했다.

그녀는 나를 주시하고 있었다.

"불쾌해요. 이상한 기분이에요. 아주 불쾌합니다."

뜸을 들이다가 말했다.

"당신의 아버지를 죽인 사람도 연쇄살인범이에요. 아직은 아니지요. 하지만 이길석 사건과 동일범으로 보이기 때문에 이미 두 번의 살인을 저지른 자예요."

'그렇구나.'

무언가 약하게 가슴을 때리기 시작했다.

"제 말을 들으니까 기분이 어때요?"

"불안해요."

"왜 불안하죠?"

"모르겠어요."

내가 말했다.

나는 사실 알고 있었다. 범인을 잡고 싶은 거다. 아버지는 내게 많은 도움을 주셨다. 아버지를 앗아간 범인을 잡다가 죽이고 싶은 거다.

"행위예술 살인범의 유가족들도 그런 느낌일 거예요."

"범인을 죽이고 싶다고요."

"그래요. 그게 분노라는 거예요. 조금 전의 피해자들도 가족이 있었어요. 지금 조한 씨의 기분은, 그들을 잃은 유가족들이 느낀 감정과 비슷해요."

이정민이 말했다.

"조한 씨는 살인에 대해 안 좋게 생각한다고 했어요. 그렇다면 살인자는 어떤가요? 사연이 어떻든 그들은 악을 택한 사람들이잖아요."

살인자를 어떻게 생각하냐고 물었다. 나는 괘념치 않았다.

"남에게 해를 끼치는 사람은 사회에서 격리시켜야 합니다. 평생 남에게 피해만 주며 살 거예요. 진즉에 사회에서 사라지게 만들어야 합니다. 착하고 선량한 사람들이 다치는 일은 없어져야 해요."

"행위예술가와 비슷한 주관을 가지셨네요. 범죄자를 옹호하는 건 아니지만 일정 부분은 동감해요."

이정민이 말했다.

"아버지가 죽던 날의 일을 설명해줄래요?"

"기억이 끊겨 있어서 모르겠어요. 필름이 끊긴 것처럼 말이에요. 현관에서 어머니께 인사했던 것 같아요. 아버지께 전할 말이 있었어요. 밖으로 나갔는데 아버지가 보이지 않았어요. 왼쪽을 봤어요. 가로등에 불이 들어와 있었어요. 그 쪽으로 갈까 하다가 오른쪽으로 갔어요. 왜냐하면 어둑어둑했거든요. 그리고 왠지 다른 길로 가고 싶었죠."

"아버지에게 전할 말이 있었나요?"

"꼭 하고 싶은 말이 있었어요. 아버지가 돌아오신 후에 전할 수도 있는 말이었죠. 그렇지만 곧바로 전하지 않으면 안 될 것 같았어요."

"아버지의 시신에 손을 댔나요?"

"흔들어 봤습니다. 죽은 게 맞는지 확인해야 했어요. 믿고 싶지 않았어요. 아버지가 죽었다니 충격이었어요."

골목길이었다. 불량한 아이 두 명이서 장난을 치고 있었다. 귀에 이어폰을 끼고 있었다. 아이들은 강아지를 괴롭히고 있었다. 하얀 털을 가진 마르티즈다. 귓밥을 파겠다며 나뭇가지로 강아지의 귀를 쑤셔댔다.

최진웅이 아이들의 옆을 지나치고 있었다. 손에는 큰 도끼를 들고 있었다. 도끼가 피를 방울방울 흘리고 있었다. 기척을 느낀 아이들이 고개를 들었다. 최진웅은 히죽 웃으면서 도끼를 떨어뜨렸다.

마르티즈가 진웅을 올려다봤다. 진웅은 이강준을 떠올렸다. 이강준은 사람은 물론이고 개까지 무차별하게 죽여댔다. 인간이 어쩜 그리 냉정할 수 있을까. 도무지 이해할 수가 없는 남자였다.

최진웅은 손바닥을 펴서 강아지를 쫓아냈다. 멀뚱멀뚱 보던 마르티즈가 종종걸음으로 뛰어갔다.

'나는 사랑을 할 수 있다.' 최면을 걸었다. 암시를 주다 보면 언젠간 사랑을 하게 될 거다. 상상을 했다. 공상 속의 나는 감수성이 풍부하다. 사람들과 진심으로 관계를 맺는다. 사랑하는 사람과 행복을 공유한다. 슬픔과 기쁨을 공유하며 깊게 관계를 맺는다. 그 속에서 만족감을 얻는다. 자연스럽게 교감한다. 머리로 상상한 내 세상은 반짝반짝 빛이 난다.

어디까지나 상상일 뿐일까. 상상 속의 나는 여지껏 밖으로 기어나온 적이 없다. 그 속의 나는 매우 착하다. 현실에선 이기적인 생각만이 곧바로 떠오른다. 내 자존심을 조금도 건드리지 말라고 되뇌인다. 내 세상에 멋대로 들어오지 마. 나를 방해하지 마. 경고를 어기는 사람은 죽여야만 할 것 같다. 불안하기 때문일까. 불안해서 외부의 자극에 민감한 걸까. 나는 언제나 불안함은 매우 강하게 느꼈다.

사랑을 하고 있다. 다섯 살 차이가 나는 범죄심리학자. 두뇌가 명석하다. 얼굴도 예쁘다. 내가 좋아하는 긴 생머리를 하고 있다. 진한 흑발이다. 깊은 눈매를 가졌다. 그 눈으로 나를 관찰한다는 생각이 들면 부끄러워진다.

성욕을 느끼고 있다. 그녀의 가슴을 상냥하게 어루만지고 싶다. 기뻐했으면 좋겠다. 내 혀가 닿는 자리는 민달팽이의 간지러움으로 그녀에게 다가갔으면 좋겠다.

나는 죄책감을 느껴야 한다. 그녀를 상대로 가학적인 상상을 하고 있다. 나와 그녀는 알몸 상태다. 나는 그녀의 가녀린 목을 질식하기 직전까지 조른다. 그녀는 나에게 살려달라고 빈다. 나는 그녀를 짓밟는다. 머리채를 잡아끌며 사랑한다고 외친다. 그녀의 하얀 목을 칼로 긋는다. 피가 흘러나올 정도로만. 나는 그녀의 목에 입을 맞춘다. 흘러나오는 피를 소중하다는 듯이 마시면서 그녀를 애무한다. 피는 사이다 맛이 날 거다. 상상 속에서 나는 그녀를 죽인다. 그녀의 마지막 숨을 내가 거두고 싶다. 최악의 사디스트다.

사랑을 하면 죽이고도 싶다던데.

그러나 나는 그녀를 죽일 수 없다. 그녀가 죽길 바라지 않는다.

나는 때때로 살인충돌에 사로잡혔다. 머릿속에서 나는 고기 써는 칼로 무자비하게 사람을 토막낸다. 그들의 몸에 구멍을 내서 관계를 하는 몽상에 빠진다. 그들의 살점을 먹고 피를 마시며 파티를 벌이는 상상을 한다. 내가 원할 때에 그들을 고문하고 괴롭히고 죽일 수 있는 천국을 꿈꾼다. 영혼 깊은 곳에서 악을 갈망한다는 느낌을 떨치기 어렵다.

그녀는 아니다. 이정민은 내 곁에서 살아 있었으면 좋겠다. 시체처럼 고분고분한 상태도 좋지만 시체는 언젠가 버려야 한다. 온기가 사라지고 딱딱하게 굳어서 썩어가기 시작한다. 그걸 보면서 묘한 쾌감을 느낄지도 모르지만 역시나 싫다.

매일 방문하지 않았다. 이틀이나 사흘에 걸러 한 번씩 찾아왔다. 그녀는 나와 오랜 시간 머물지 않았다.

그 외의 시간은 구치소에서 틀어박혀 보냈다. 나는 독방에서 지냈다. 경찰서 안의 사람들은 내가 밥을 먹으면 신기해했다. 저런 사람도 밥을 먹는구나 생각하는 표정이었다. 일반사람들이 하는 행동을 내가 따라한다고 여기는 것 같았다. 나는 그녀가 찾아온다는 생각만으로 기분이 좋았다. 짧은 만남이지만 그래도 만남 자체에 만족했다.

"살인을 할 것처럼은 보이지 않아요."

이정민은 때때로 그렇게 말했다.

"하지 않았으니까요."

나는 그렇게 대답했다.

이정민은 수긍했다.

어렴풋이 알고 있었다. 그녀는 나를 완전히 믿지 못한다.

내가 눈을 뜬 날 아버지가 말했다. 너는 사고를 겪었다. 끔찍한 사고였다. 어느 학교의 옥상에서 떨어져서 머리를 심하게 다쳤다. 기억이 안 날지도 모른다고 의사에게 전해들었다. 의사는 걱정했지만 나는 안심이구나.

아버지는 내가 기억을 되찾을 걸 염려했다. 사고가 벌어진 현장에는 접근도 하지 말라고 경고했다. 얼마나 심하게 괴롭힘을 당했던 걸까.

초등학생 시절을 떠올리면 아무런 느낌도 들지 않는다. 의문이었다. 아버지의 말이 맞을까. 나의 무의식 안에는 좋지 않은 기억들만 도사리고 있다고 했다. 해가 되기만 할 뿐 결코 득이 될 기억은 아니라고 했다. 굳이 찾고 싶은 마음도 없었다. 아버지와 약속했다. 시도도 하지 않겠다고.

그러나 의구심이 든다. 살인충동은 분노의 표현이다. 스트레스를 견디지 못하면 인간은 배출구를 찾는다. 극단적인 경우가 살인이다. 살인을 배출구로 택할 때 자기만의 특성을 바탕으로 인간은 이상심리를 만든다. 살인을 갈망할수록 초자아(超自我)[1]는 붕괴가 일어난다. 비로소 원초아(原初我)[2]가 모습을 드러내서 공격적인 성향이 만들어진다.

나는 살인충동을 느끼고 있다. 시시때때로 그것을 느낀다. 이미 초자아가 무너지고 원초아가 지배적인 상태. 나를 이 지경으로 내몬 스트레스의 원인은 무의식에 잠겨 있다. 이상심리는 무의식이 만든다. 의식으로 끄집어낸다고 한들 악화가 될까.

오히려 나아질 거다. 나에 대해서 이해를 마치면 대응책을 마련할 수

---

1) 초자아 (super-Ego) ; 프로이트의 정신분석이론 중 하나인 '성격구조이론'에서 나온 용어. 인격을 형성하는 부분 중 가장 상위의 자아로서 선악이나 사회가치, 양심, 이상(理想) 등 사회적 구성요소를 무의식적으로 판단하게 만드는 성격형성요소.
2) 원초아 (Id) ; 프로이트의 성격구조이론에서 '초자아(super-Ego)', '자아(Ego)' 보다 낮은 영역의 성격형성요소로서, 도덕성 개념이 없는 본능적인 쾌락만을 추구하는 생물학적 구성요소를 의미함.

있을 거다. 문제의 원인을 알아야 해결이 가능하다.

사고가 나기 전에는 정상이었을 가능성이 있다. 내 마음을 병들게 한 원인을 알아내면 가능할지도 모른다.

좀 더 명확한 감정.

남들의 감정이 단순히 알기만 하는 것이 아닌. 나에게도 옮는다는 경이로운 체험.

이것들을 얻는다면 이 생각도 사라질 거다. '깊은 감정은 평생 상상 속에서밖에 체험할 수 없어.'하는.

내일은 이정민이 오기로 한 날이었다.

"오늘이 우리가 만나는 마지막 날이에요."

이정민이 말했다.

그녀의 옆에 한 남자가 앉았다. 남자는 서류 봉투에서 무언가를 꺼내려고 했다. 이정민은 남자를 저지했다.

"만약에 풀려나게 되면 연락을 해도 좋아요."

'진심일까.'

이정민이 명함을 내밀었다.

"무슨 일이 생기면 전화하세요."

나는 명함을 손에 쥐었다.

망설이다가 말했다.

"저에 대한 혐의가 사라진다면요."

남자가 봉투를 내려놨다.

검사가 시작됐다.

"이상한 냄새가 납니다. 마치 시체가 썩는 냄새처럼요."

중년 여자의 말을 떠올렸다.

경찰관은 문이 열리기만을 기다리고 있었다. 신고를 한 여자는 찜찜한 얼굴이었다. 근방에 사는 주민이라고 했다.

수리공이 말했다.

"다 됐습니다."

경찰관이 주택 안으로 들어갔다.

집에서 악취가 나는 것은 분명했다. 냄새는 집 전체에 퍼져 있었다. 정확히 어디서 나는 냄샌지 파악하기 어려웠다.

일단은 눈에 보이는 방에 들어갔다. 정돈이 잘 돼 있었다. 벽 가운데에 액자가 있었다. 액자에 사진이 꽂혀 있었다. 서른 남짓으로 보이는 남자의 사진이었다.

경찰관은 밖으로 나왔다. 조금 전의 방보다 거실에서 냄새가 심했다.

이번엔 안방으로 들어갔다.

역한 악취가 진동하고 있었다. 직감했다. 이 방에서 시작된 냄새다. 조심스럽게 방을 살피다가 장롱 쪽으로 다가갔다. 장롱은 벽 하나를 모두 차지하고 있었다. 문은 네 개였다. 장롱의 문으로 손을 뻗었다.

악취와 함께 비닐더미가 쏟아졌다. 비닐은 묶여 있지 않았는지 안의 내용물을 모조리 토해냈다. 부위별로 갈라진 사체가 바닥에 뒹굴었다. 깨끗한 사체에서는 김이 피어올랐다.

남자가 자리에서 일어났다.

"끝났나요?"

내가 말했다.

"고생이 많으셨어요."

이정민이 말했다.

"전 나가있겠습니다."

남자가 말했다.

150

그는 취조실 밖으로 나갔다. 밖으로 나간 남자에게 김성재 형사가 말을 붙이는 게 보였다. 둘은 대화를 나누기 시작했다.

이제 우리도 대화를 나눠야 한다.

"잘 됐나요."

내가 말했다.

"풀려나면 곧바로 집으로 갈 거예요?"

이정민이 말했다.

어디로 가야 할까.

"모르겠어요."

내가 말했다.

이정민은 의자를 뒤로 끌면서 말했다.

"명함 잘 가지고 있어요. 저도 이만 갈게요."

4

나와 닮은 네가 좋아.

그녀에게 항상 말했다. 겉으로 드러나는 외형적인 모습을 두고 하는 말이 아니었다. 좀 더 깊고 은밀한 곳에 존재하는 무엇. 그걸 두고 자주 이야기했다. 어쨌든 그렇게 말하면 그녀는 좋아했다. 일단은. 미소를 지은 다음엔 이런 의문을 던졌다. 우리가 어디가 닮았는데.

나는 그녀의 목소리 톤을 사랑했다. 약간 가벼운 느낌의 둔중한 목소리. 그녀가 말을 하면 귀와 가슴에 동시적으로 어떠한 울림이 퍼졌다. 목소리가 주는 중압감은 낯설고 기묘했다. 구석구석 몸에 묶인 밧줄로 희롱을 당하는 느낌이었다.

그녀가 화를 내면 배는 고통스러웠다. 웃기만은 바랐다. 울거나 화를 내거나, 짜증을 부리는 모습을 좋아하지 않았다. 나에 대해서 부정적인 평가를 내리는 건 아닌지 머릿속이 어지러웠다. 안색이 어두워지면 서둘러 말을 붙였다.

"수업을 빠져도 되는 거야."

그녀가 말했다.

"아버지 권력 앞에선 아무 말도 못하는 사람들이야."

내가 말했다. 야외 수업이 진행 되고 있었다. 우리만 교실에 남아 있었다.

"좋긴 한데⋯."

그녀가 말했다. 심드렁한 표정이었다. 무슨 생각을 하고 있는 걸까. 그녀의 눈을 가만히 바라봤다. 조바심이 들었다.

"아무도 없는 교실은 처음이지? 수업 시간에 농땡이 부리는 것도 은근히 재밌지 않아?" 내가 말했다.

"조용해서 좋아." 그녀가 말했다.

"밖은 아닌 것 같은데." 내가 말했다. 운동장에서 아이들이 축구 시합을 벌이고 있었다. 여자아이들은 옹기종기 모여서 스탠드에 앉아 있었다. 2학년 8반을 외치면서 남자아이들을 응원하고 있었다. 특정한 이름을 외치는 여자아이도 더러 있었다.

"나도 나가고 싶다." 그녀가 말했다.

'후회하는 걸까.' 속으로 생각했다. 주의를 다른 곳으로 돌려야 한다.

"우리 3학년 때도 같은 반이었으면 좋겠어." 내가 말했다. 시계를 쳐다봤다. 10분 뒤가 쉬는 시간이었다.

"그래." 그녀가 말했다. 나를 쳐다봤다.

"왜 내가 교실에 남아 있자고 한 줄 알아? 궁금하지." 내가 말했다.

"응, 궁금해." 그녀가 말했다.

"하고 싶은 말이 있었거든. 마지막이니까 하는 말이야." 내가 말했다.

"무슨 말인데." 그녀가 말했다.

"안 놀라네." 내가 말했다.

"우리는 친하지도 않았잖아. 그 정도는 예상했어. 뭔가 다른 용무가 있어서 나를 남겼을 거라고." 그녀가 말했다.

"오해하는 거 아니지." 눈치를 보며 내가 말했다. 순간적으로 두근거렸다. 금방 사그라질 줄 알았던 두근거림이 끊이지 않고 있었다.

"무슨 오해." 그녀가 말했다. 긴 속눈썹이 아래위로 움직였다.

"친하지도 않으면서 단 둘이 있으려고 하는 건 이상하잖아. 오해하는 거 아니냐고 그러니까. 내가 너한테 이상한 감정을 갖고 있다거나…."

내가 말했다. 종이 울렸다.

"그래서 하고 싶은 말이 뭔데." 그녀가 심드렁하게 말했다. 복도가 시끄러워졌다.

"심각한 얘기는 아니야, 그냥." 내가 말했다.

"뭐가 그렇게 어려워." 그녀가 말했다. 아이들이 교실 쪽으로 몰려오는 것 같았다. 가까워지다가는 다시금 발소리가 멀어지고 있었다.

"네가 좋아." 내가 말했다.

"뭐라구?" 그녀가 말했다. 웃음을 터뜨렸다.

시간이 멈춘 것 같았다.

시간이 멈추길 바랐다.

잠시 시간은 멈춘 것 같았지만 결국 바늘은 돌아갔다.

그녀는 곁에 없다. 지금 내 옆엔 새까만 사내놈들뿐이다.

나는 고개를 돌렸다.

"진호야."

류만호가 말했다.

우린 야외 스탠드에 앉아 있었다.

"네가 보기에 그 살인자 놈은 언제 잡힐 거 같냐?"

술에 찌들어서 초췌한 몰골이었다.

"모르겠어요."

내가 말했다.

"형은 그나마 나은 거예요."

한진영이 말했다.

"애인은 또 사귀면 되지만, 저는 죽마고우를 잃었어요."

"최현우는 어떻게 죽은 거냐."

류만호가 말했다.

"어제 현우 부모님이랑 통화했어요. 경찰은 자살로 추정하고 있대요. 자세히 조사하고 연락을 다시 주겠다고 했다는데요."

한진영이 말했다.

잠깐 내 쪽을 쳐다봤다.

"기주도 자살이라더라."

류만호가 말했다.

"자살이 아니라고 보세요?"

내가 말했다.

"내 생일이었어."

류만호가 말했다.

한 대 때릴 것처럼 나를 봤다.

"생일이었다고. 기주가 사람을 죽이고 자살할 애로 보였어?"

류만호가 말했다.

"저는 잘 모르죠."

내가 말했다.

"여자 둘을 상대로 기주는 도끼질 못해. 누가 시킨 거야. 자기가 그 둘을 죽여놓고 누가 기주한테 자살하라고 협박한 거라고."

류만호가 말했다.

"누가요?"

내가 말했다.

"살인자지. 누구긴 누구겠어. 그런데 김조한은 어디로 사라진 거야. 너는 조한이랑 연락되냐?"

류만호가 말했다.

"연락 안 돼요."

한진영이 말했다.

류만호는 의심스러운 눈초리다.

"어제 저랑 연락했어요. 아줌마랑 싸워서 방에 틀어박혀 있다던데."

내가 말했다.

"아빠가 죽고 걔도 많이 힘들겠지."

류만호가 말했다.

한숨을 쉬더니 비틀거리며 일어났다.

진영이가 재빨리 부축했다.

김조한이 밖으로 나왔다.

오성태가 긴장한 얼굴로 차에서 몸을 일으켰다. 조한은 주변을 살피다가 외투에 달린 후드를 눌러 썼다. 수상한 걸음걸이로 천천히 다가오더니 걸음이 빨라졌다. 오성태는 운전석 밑으로 몸을 숨겼다.

삼 초 후에 일어났다.

오성태는 소리에 특히 신경을 쓰며 차에서 내렸다.

김조한은 큰 도로로 나갔다. 택시를 잡을 작정인지 도로면을 서성거렸다. 끝내는 버스정류장으로 향했다. 카드를 찍으며 올라타는 조한의 뒤로 오성태가 따라서 탔다.

집에는 인기척이 없었다. 어머니가 출근을 나가셨나. 김조한은 주방 옆에 자리한 방으로 들어갔다. 물건의 위치와 배열이 바뀌어 있었다. 책상 앞으로 다가가서 서랍장을 뒤지기 시작했다. 최근에 정리했는지 말끔했다. 덕분에 찾는 것이 한결 수월해졌다.

김조한은 앨범을 꺼내 바닥에 놨다. 초등학교와 중학교 졸업앨범과, 사진앨범이었다.

사진앨범을 편다. 작년 부모님과의 여행을 끝으로 앨범 정리를 하지 않았다. 아주 천천히 앨범을 넘겼다. 뒤로 갈수록 사진 속 연령이 높아졌다. 중반쯤 다다라서 손을 놨다. 초등학교 4학년 단체사진이다. 눈으로 읽었다. 금산초등학교 현장학습 기념.

오후 다섯 시쯤이었다. 힐끔거리며 김조한이 나왔다. 옷으로 몸을 숨기려는 듯 꽁꽁 싸맨 차림이었다.

김조한은 오른쪽 길로 향했다.

음식점이었다. 대화를 나누고 있었다. 비생산적인 대화다. 밥을 먹는지 수저를 집어먹는지 모를 분위기다. 주제는 수시로 바뀌고 있었다. 불필요한 에너지방출만 막아도 뇌가 전달 받을 수 있는 산소량이 늘어난다.

나는 그들 사이에서 침묵을 유지하고 있었다.

"음식이 조금 짠 것 같지?"

한진영이 말했다.

"싼 게 비지떡이지."

그의 불량한 친구가 말했다.

다섯 명이 일행이었다. 나와 한진영을 포함해서 세 명이 더 있었다. 김지인과 이혜진은 쇼핑을 하겠다며 시내로 나갔다.

"저번에 갔던 곳은 음식 솜씨 좋았잖아."

한진영이 말했다.

"다음에는 거기로 가면 되지."

불량한 친구가 말했다.

그는 내게도 말을 걸었다.

"진호, 너는 어때?"

"좋지."

내가 말했다.

간단한 대답이다. 불량한 친구가 만족스럽게 웃었다.

"내가 만들어도 이것보단 낫겠다."

불량한 친구가 말했다. 두 명이 동의했다.

"못 먹을 정도는 아니잖냐."

내가 말했다.

말을 마치자마자 고개를 돌렸다. 민감한 소리가 들렸다. 유리문이 열리고 있었다. 한 무리의 남자들이 들어오기 시작했다.

"맞아, 음식은 남기지 말고 다 먹어야지."

한진영이 말했다.

그들은 우리 쪽으로 걸어오고 있었다. 주시했다. 그들이 우리에게 다가올 거란 착각이 들었다. 나에게만 든 착각은 아닌 것 같았다. 나처럼 대놓고 보지는 않았다. 한진영은 그들을 힐끔대고 있었다.

"누가 그러냐."

불량한 친구가 말했다.

"정진호가. 그렇지 진호야?"

한진영이 말했다.

어색한 목소리였다.

"음식을 남기면 벌 받는다."

내가 말했다.

"들었지?"

한진영이 말했다.

"지옥에 가면 생전에 남긴 음식을 짬뽕해서 먹인대. 다 먹을 때까지 환생할 수 없다는데 말만 들어도 지옥이지 않아?"

친구 두 명 중 하나가 말했다.

"한진영씨 되시죠."

날렵하게 생긴 남자가 말했다. 어떠한 낌새를 느꼈는지 진영의 안색이 갑자기 어두워졌다. 수저질을 멈추고는 그들을 쳐다봤다.

"그런데요."

한진영이 말했다.

"CCTV에 네 모습이 찍혔어."

김성재가 말했다.

"나쁜 짓인 거 알아요. 아는데 진짜 전 아니에요. 최현우랑 빈집을 털러 들어간 건 인정할게요. 어제 남은 돈 모두 돌려드렸잖아요."

한진영이 말했다. 억울한 표정이었다.

"최현우는 그곳에서 죽은 채로 발견됐어. 빈집털이 수준이 아니야. 특수절도로 모자라 살인까지 보태지면 어떻게 될까 궁금하냐?"

김성재가 말했다.

"자살이라면서요. 현우네 아줌마한테 들었어요."

한진영이 말했다.

"최현우는 심장에 마비가 와서 죽었다. 칼이 꽂히기 전에 이미 사망했을 거라고 결론이 났어. 칼날은 최현우의 복부에 깊숙이 들어가 있었어. 손잡이 부분까지 완전히 박히려면 보통의 힘으로는 안 되지. 자살 도중에 심장마비가 올 정도로 간이 작은 놈이 혼자의 힘으로 할복을 해? 말이 안 된다고 너도 생각하지?"

김성재가 말했다.

"자살이든 아니든 저랑은 상관없어요. 아저씨도 저를 범인으로 모는 건 무리라고 생각하시잖아요."

한진영이 말했다.

"분명히 현관으로 들어갔는데 밖으로 나오는 모습이 보이지 않았어. 너는 뒷문으로 도망을 갔을 거야. 거기엔 감시카메라가 없었으니까."

김성재가 말했다.

"지금 탐정놀이 하세요?"

한진영이 말했다.

"너랑 최현우가 들어간 이후로 카메라에 찍힌 사람은 없다."

김성재가 말했다. 딱 자른 말투였다.

"범인이 집에 숨어 있었을 가능성도 있잖아요."

"집을 샅샅이 뒤지지 않았어?"

김성재가 말했다.

"그렇긴 하지만 저는 그 집 딸애 방밖에 안 들어가 봤어요. 나머지는 최현우가 둘러보고 돈을 나눈 뒤에 그대로 나왔습니다. 안방에 장롱이 있었던 거 같은데 범인이 거기에 숨어있었을 거예요."

한진영이 말했다.

"장롱에는 시체가 들어 있었어."

김성재가 말했다.

"억울해요. 아저씨 말이 맞아요. 뒷문으로 나온 건 맞지만 집 근처까지 현우랑 같이 걸어갔다구요. 욕심이 나서 혼자 되돌아간 게 틀림없어요."

한진영이 말했다.

불쾌한 기색이 역력했다.

"뒷문을 통해서 다시 들어갔다고?"

김성재가 말했다.

"뒷문으로 나올 수 있다면 들어가는 것도 가능하잖아요."

한진영이 말했다.

집으로 가는 길목의 감시카메라를 확인하면 된다. 형사에게 따져서 말하고 싶었지만 그럴 수가 없었다.

한진영이 고개를 저었다.

"지금까지 한 말에 거짓말이 없다는 거냐?"

김성재가 말했다.

"없어요. 살인혐의를 벗겨 주시면 제가 유족들이랑 합의를 볼게요. 훔친 금품을 판 것도 아니고 현금도 얼마 안 썼어요. 전부 배상할 수 있어요. 맹세하는데 사람을 죽이지는 않았어요. 전 아무것도 모릅니다. 현우가 죽은 건, 저랑은 무관한 일이에요."

한진영이 말했다.

"그게 모른다고만 우겨서 해결될 게 아니야!"

김성재가 소리쳤다.

"현우는 제 친구고 죽일 이유가 없어요. 그 날, 어떤 일이 일어났었는지 저는 모릅니다. 헤어지기 전에 학교에서 다시 보자고 했어요. 훔쳐서 얻은 돈으로 여름에 바캉스나 가자고 했는데 현우가 죽었다는 연락을 받은 거예요. 저도 자살이라고 믿고 싶지는 않습니다. 친구를 의심하긴 싫어요. 범인이 있을 거라고 생각합니다. 그런데 잘 생각을 해보면 현우한테 이상한 점도 많았고… 아무튼 애가 뭔가 이상하긴 했어요. 사람을 죽이고 죄책감 때문에 자살을 했을지도 모르는 거 아닌가요?"

한진영이 말했다.

"네 말이 사실이래도 무관하진 않을 것 같은데."

"몰아세우는 이유가 뭔데요?"

한진영이 말했다.

"조한이랑 친구라고 하더구나. 우리가 잡아두고 구속수사를 진행하고 있었어. 연쇄살인 용의자로 서에 머물렀었다."

김성재가 말했다.

"김조한이 여기 있다고요?"

한진영이 말했다.

"며칠 전에 풀려났지."

김성재가 말했다.

"언제요?"

한진영이 말했다.

"학교에 안 나왔어?"

김성재가 말했다.

"안 나왔어요. 이상한 소문만 돌고 감감무소식이었어요. 그런데 그게 소문이 아니라 진짜였구나. 안 믿었는데."

한진영이 말했다.

"어쨌든 밖으로 나가야겠어요."

그 당시에, 김조한은 주택가 앞을 서성거리고 있었다. 두꺼운 겉옷을 따뜻하게 여미며 주택을 바라봤다. 시선을 떨구고 주변을 두려봤다. 까만 비닐봉지를 든 남자가 멀리서부터 걸어오고 있었다. 조한이 뒤돌아섰다. 남자가 사라질 때까지 기다렸다. 금속성의 대문이 땅바닥에 끌리는 소리가 났다.

랜턴을 켜서 바닥을 비췄다. 아직 핏자국이 가시지 않았다. 검시관이나 경찰관계자가 그렸을 법한 시체의 포즈가 바다에 적나라하게 찍혀 있었다. 붉은 자국을 보며 김조한은 아버지를 떠올렸다. 딱딱하게 굳은 것처럼 보이던 시체의 모습이 선명하게 머릿속을 파고들었다. 누군가 말했다. 죽은 자는 입을 움직일 수가 없다고. 정말로 그랬다. 아버지는 아무 말도 없으셨다. 바닥에 붙은 생선 꼴로 가만히 얼어 계셨다.

김조한은 흐릿해진 바닥의 선을 봤다. 네 달에서 다섯 달 정도가 지났다. 눈이 내리고 빗물이 고였다. 시간이 지나 빗물은 증발했다. 아버지처럼 자국도 사라져가고 있었다.

슬프다.

아버지는 도움을 많이 주셨다. 그와는 실질적으로 이로운 관계였다. 좋은 미래를 위해서 반드시 필요한 동반자였다. 정신과 의사, 아버지의 직업을 화목한 가정을 이루는 데 크게 일조했다. 그는 사람의 심리를 파악하고 있었다. 덕분에 일반 가정보다 불화가 적었다.

내면의 진심을 터놓은 유일한 사람이었다. 그와의 상담은 흥미로웠다. 단순히 재미만으로 그치지 않았다. 그는 문제에 따른 합리적인 방법을 제시했다. 때때로 하나의 주제를 가지고 토론도 벌였다. 그러나 아버지와의 대화가 얼마나 재미있었는지에 대한 사실은 이제 중요하지 않다. 사실은 변하지 않는다. 고민을 들어 줄 사람은 사라진 뒤다.

162

뒤를 힐끔 돌아봤다. 오성태 형사다. 블록이 꺾이는 지점에 숨어있었다. 아직도 의심하는 걸까. 그의 행동을 보면 답답하다. 왜 생각을 못하는 건지 이해할 수가 없다. 범인이 눈앞에 있다면 밟아죽이고 싶은 건 피차 마찬가지다. 반드시 나눠야 한다면 같은 편이다. 적이 멀쩡하게 살아 있는데 같은 편끼리 싸운다니 소모적인 일이다. 그러고 보면 형사라는 직업도 딱히 바쁘지만은 않은 것 같다.

입이 지저분했다. 거울로 확인하지 않아도 알 수 있었다. 이물감이 느껴졌다. 덩어리가 진 것들이 입 주변에 묻어 있었다. 이마에도 붙은 것 같았다. 불쾌한 촉감이었다. 냄새도 났다. 실처럼 얇은 것이 입을 감싸고 있었다. 혐오스럽고 간지러운 느낌에 팔을 휘저었다.

팔에 쓸려서 그것이 얼굴에서 떨어졌다.

"내가 안 그랬어."

나는 중얼거렸다.

중얼거리면서 수돗물을 틀었다.

"그랬다고."

침을 모아서 뱉었다. 몇 번을 모아서 뱉었으나 침샘은 계속해서 분비됐다. 목에 힘을 주고 가래를 모았다. 위액이 넘어왔다. 쓴 맛과 함께 비릿한 냄새가 올라왔다. 손가락을 집어넣어 목젖을 건드렸다.

나는 변기통 앞으로 달려갔다.

모조리 토해놓고 나서야 내용물을 확인했다. 조금 전까지 위에 남겨 있던 것들이다. 믿기 어려웠다. 세면대를 붙잡고 몸을 웅크렸다. 언제까지 이렇게 살아 있어야 할까. 갑자기 정신이 아득했다. 어쩔 수 없다. 그녀를 위해서 대가를 치러야 한다.

"현장을 둘러보고 올게."

김성재 형사가 말했다.

찜찜했다. 아무리 인력이 모자라도 그렇지. 파트너를 떨어뜨려서 수사를 진행하는 건 무리였다. 이길석과 김윤철 사건 때는 어쩔 수 없었다. 개인적인 일이었다. 임철용은 트라우마가 심했다. 개인플레이는 불가피했다. 팀장이 따로 행동해도 좋다고 허락할 때만 해도 바쁜 상황이 은혜롭게 느껴졌다. 한가한 상황이었다면 파트너는 욕을 한 바가지 얻어먹었을 거다. 형사로서의 자격이 없다면서 마음 약한 애 취급을 받게 됐을 거다.

상황에 따라 마음이 수시로 변하다니. 인간이라면 당연한 섭리지만 팀장은 속이 뻔히 보이게 행동하고 있었다. 변덕의 기준은 상황이 아니라 인간적인 배려가 돼야 하지 않을까. 그래도 어쩌겠나. 인간적으로 사건이 지나치게 많다. 끝까지 파트너와 함께 하겠다고 우기는 것이 더욱 웃긴 일이다. 따로 행동하라고 한다면 해야 한다.

"특별한 점이 있으면 보고나 해줘."

임철용 형사가 말했다. 개의치 않은 얼굴이었다.

"혼자서 괜찮겠어?"

김성재 형사가 말했다.

임철용이 고개를 끄덕였다.

"임철용 형사님이세요?"

한진영이 말했다.

"조한이랑 친구라고 들었다."

임철용이 말했다. 의자를 끌어와서 진영의 앞에 앉았다.

"조한이랑은 절친한 친구예요."

김성재가 나가는 모습을 지켜보다가 한진영이 말했다.

"언제부터 둘이 친해진 건지 말할 수 있겠니."

임철용이 말했다.

"언제 친해졌냐고요?"

한진영이 말했다.

뜸을 들이다가 덧붙였다.

"고등학교 입학하고 친해졌어요. 눈에 띄는 애잖아요. 그래서 친해지게 됐어요."

"조한이 첫인상은 어땠어?"

"엄청 착했어요. 솔직히 성격이 좀 있을 거라고 생각했는데, 반전이었어요."

"지내니까 어떠니. 조한이랑은 조금 알고 지냈지만 학교생활은 궁금하구나."

"아는 사이셨어요?"

한진영이 말했다.

놀란 눈치였다.

"조한이 아버지랑 친구라서 가끔 만났다."

임철용이 말했다.

"여전히 착해요. 우리한테는요. 잘 웃는데다가 똑똑하고. 안 친한 애들 앞에서 내숭을 떨기는 하지만 그래도 성격은 좋은 것 같아요."

한진영이 말했다.

"누가 먼저 말을 걸었는지 알 수 있을까?"

임철용이 말했다.

"왜 그런 걸 물으세요?"

한진영이 말했다.

주저하더니 대답했다.

"조한이가 먼저 절 찾아왔는데요."

"같은 학과가 아니라고 들었는데?"

임철용이 말했다.

"같은 과가 아니래도 안면을 트는 경우가 많아요. 학교에서 유명해지면 다른 학과 학생들이랑도 친구를 먹거든요. 과에 마음이 맞는 애가 없을 경우도 있으니까요. 그걸 대비해서 미리 발을 넓히는 거예요. 과가 서로 달라도 눈만 마주치면 바로 친구가 돼요. 친구가 되면 방과 후에 같이 만나서 놀기도 하고 반으로 찾아가기도 하고. 그렇게 하다 보면 인맥은 자연스럽게 넓어져 있으니까 학교에서 영향력도 떨칠 수 있고, 생활이 꽤 편해지거든요."

한진영이 말했다.

"조한이가 와서 뭐라고 했는지 기억나니?"

임철용이 말했다.

"잘 기억이 안 나는데."

한진영이 말했다.

눈동자를 위로 굴리면서 미간을 찌푸리고 있었다.

"일부러 기억할 필요는 없단다."

임철용이 말했다.

"얘기를 듣고 왔다고 했던 것 같아요."

한진영이 말했다.

"얘기를 듣고?"

임철용이 말했다.

"누구한테 제 얘기를 들었다고 했어요. 조한이랑 친해지고 싶다고 친구한테 말한 적이 있었거든요. 아마도 그 소리를 듣고 찾아왔을 거예요."

한진영이 말했다.

골목은 건물과 길이 갈리는 지점에 위치한다. 따지자면 골목길은 수없이 많다. 사람들은 골목길을 지날 때에 대개 긴장한다. 골목이라는 곳은 하나같이 어둡고 좁다. 감시카메라가 있든 없든 안심할 수 없는 공간이다.

불량배가 판을 치고 은밀한 범죄가 성행한다. 연인들의 키스 따위는 안심하고 할 수 없는 공간이 됐다.

중학생 두 명이 시신으로 발견됐다.

"아이들이 자주 골목에서 놀았다구요."

김성재가 말했다.

"거의 일주일에 세 번은 보는 것 같았어요. 하두 많이 오길래 가출 청소년인가 했는데 교복을 입고 있을 때가 많더라구요. 그냥 불량한 학생들이 밤마다 오는구나 생각했어요. 근처에 사는 건 아닌 거 같았는데 굳이 여기까지 와서 놀더라구요."

주민이 대답했다

"둘이서만 자주 왔습니까?"

김성재가 말했다.

"다른 사람들은 모르겠지만 전 그 학생들 두 명만 봤어요. 다른 친구들과 있는 건 본 적이 없어요."

주민이 말했다.

"혹시라도 특별히 기억나는 게 생긴다면 전화 주십시오."

김성재가 명함을 건네며 말했다.

살인마는 도끼를 이용해서 사람을 죽이고 있었다. 도끼를 이용한 골목길 살인이 처음 모습을 드러낸 건 작년이었다. 해가 넘어와서 두 차례의 골목길 살인이 추가로 벌어졌다. 대량살인에 연쇄가 붙었다.

수사과정에서 한 여학생에게 혐의가 돌아갔었다. 혐의를 받은 여학생은 죽은 뒤였다. 그녀가 작년에 이은 또 한 건의 살인을 저지르고 자살을 한 거라고 결론이 났었다. 잠정적인 결론일 뿐 뚜렷하게 밝혀진 게 없었다. 공범이 있을 거라는 주장이 우세한 채로 일단락되었다. 여학생은 범인이 아닐 거라고 누군가 그랬지만 결론은 바뀌지 않았다. 범인 한 명이 죽고 공범이 살아남아 있다.

같은 수법으로 며칠 전에 남학생 두 명이 목숨을 잃었다.

"난 조한이를 의심하지 않았다."

임철용이 말했다.

화제를 바꾸니까 역시나 하는 표정이다. 그럴 줄 알았다는 얼굴로 한진영이 쳐다봤다. 그러나 꼬리를 빼지는 않았다. 사적인 대화라면 조금 전까지 충분히 나눴다. 사담이나 나눌 정도로 한가하지 않다는 사실을 둘 다 충분히 헤아리고 있었다.

"최현우와도 친구라고 들었는데."

임철용이 말했다.

"현우 일은 저도 안 됐다고 생각해요."

한진영이 말했다.

"전 김성재 형사님한테 이미 말했어요. 사건에 대해서 묻지 마세요."

"친구들 세 명이서 연쇄살인의 용의자라니 유쾌하지는 않구나. 최현우는 죽었고 조한이는 풀려났다."

임철용이 말했다.

"그 건은 애초에 현우의 제안이었어요. 우리 둘이서만 그 집을 털자고 했어요. 인원이 많아지면 각자에게 돌아가는 양이 많아지니까요. 현우는 집안 형편이 어려워요. 학원비도 다른 사람이 대신 납부하는 형편이라서. 돈이 많이 필요했대요. 이제 풀어주세요. 나가서 조한이한테 연락을 해야 한다고요."

한진영이 말했다.

신경질적으로 머리를 헝크러뜨렸다. 머리카락 사이로 뭔가 보였다. 오른쪽 이마에 가로로 하얀 흉이 올라와 있었다.

"알았다. 협조한다면 나가게 도와주마. 어찌됐든 조한이랑 친구 사이니까."

임철용이 말했다.

"풀어주시는 거예요?"

한진영이 말했다.

"그런데 이마에 상처가 있구나."

임철용이 말했다.

"이건 초등학교 때 생긴 상처인데요."

한진영이 덧붙여 말했다.

"다툼이 있었는데 그 때 생긴 상처예요."

"심하게 다쳤구나. 누가 그랬는지 기억하니?"

임철용이 말했다.

"아주 예전에 있던 일이라 이름은 기억 못 하는데…. 하지만 기억할 필요도 없는 애였어요. 어릴 때 일은 벌써 다 잊었어요."

한진영이 말했다.

어디 가느냐고 모친이 물었다.

"외출이요."

김조한이 말했다.

모친은 자세히 묻지 않았다. 물어볼 태세로 서 있다가는, 잘 다녀오라며 한 마디 하는 게 다였다. 조한으로서는 고마운 일이었다. 진실을 말할 수는 없고 부모님에게는 거짓말을 하기 싫었다. 말없이 나가는 건 죄를 짓는 게 아니다. 필요 이상의 말을 던져서 불편한 상황을 야기하는 것보단 이 편이 낫다. 약간 무관심하게 느껴진대도 훨씬 이로운 거다.

사진의 글씨를 토대로 유치원의 위치를 찾았다. 유치원은 생각보다 가까운 곳에 위치해 있었다. 어릴 적에 집을 한 번 옮겼다. 멀리까지 이사를 온 것은 아니어서 어린 시절을 보낸 기관은 제법 가까운 데 있었다.

택시를 타고 갔다. 길을 찾는 것은 어렵지 않았다.

"그나저나 그 꼬맹이가 벌써 이렇게 컸구나."

찻잔을 내려놓으며 원장이 말했다.

"죄송해요. 저는 기억을 못해서."

김조한이 말했다.

"아니야. 어릴 때의 일인데 기억 못하는 게 당연하지."

원장이 말했다. 사십대를 안 넘긴 여자였다.

"그 때가 교사일 때였지. 아이를 좋아하지도 않으면서 시작한 일이었어. 애기들 보는 게 여간 귀찮은 일이 아니었는데. 내가 너는 열심히 돌봤던 거 알아? 애기가 하도 예쁘장하게 생겼으니까 혹했던 거지."

원장이 말했다.

"지금도 여전히 예쁘장한 얼굴이구나. 여학생들한테 인기 좋지?"

"그렇게 많지는 않아요."

김조한이 말했다.

"겸손하기도 하지. 어렸을 때 선생님이 되겠다고 했던 게 기억나네. 아직도 선생님이 되고 싶은 거니?"

원장이 말했다.

"대충은 비슷해요."

김조한이 말했다.

"어릴 때 얘기를 해달라고?"

원장이 말했다.

"사고로 기억을 잃었거든요. 학교 옥상에서 장난을 치다가 떨어졌대요. 그 전의 기억이 거의 사라져서 없어요. 이제라도 찾아보려고 한 군데씩 방문하는 중이에요. 여기서 나가면 다른 곳들도 방문할 생각이구요."

김조한이 말했다.

원장은 당황한 얼굴로 말을 멈췄다. 조한의 찻잔을 내려다봤다. 다시 고개를 들어서 김조한을 응시했다.

"옥상에서 떨어졌다고?"

170

원장이 말했다.

"오래 전의 일이라 기억할 수 있는 게 얼마 없는데…."

"괜찮아요."

김조한이 말했다.

원장은 재미난 일화에 대해서 떠들었다. 생일잔치와 작은 장난이 빚어낸 사고에 대해서 말했다. 특별한 일이 있었느냐고 계속해서 물었다. 그녀는 기억이 없다고 했다. 무슨 대답을 원하는 건지 모르겠다면서 말문을 닫았다.

김조한은 같이 다니던 친구들에 대해서 물었다. 유치원 동창을 주제로 한진영이 말이 많았다. 궁금했다. 기회가 왔으니 확인할 생각이었다.

"진영이라는 애가 있었는데 장난이 심해서 기억한단다. 그 후로 십여 년째 일하고 있는데도 그 애 같은 아이는 없었어. 지금 생각해도 유난히 말썽을 많이 부렸지. 다른 애들이 더 있었는지는 모르겠구나."

원장이 말했다.

그녀는 더 생각나는 것이 없다고 했다. 대화를 마치고 유치원을 나왔다. 부모로 추정 되는 여자가 유치원 안으로 들어갔다.

다니던 초등학교가 가까이에 있었다. 유치원을 졸업한 뒤에 바로 앞의 학교로 전학했다. 먼저 그 곳으로 갈까. 부모님이 쉬쉬하며 말을 아끼던 곳이었다. 형사들이 귀에 박히도록 얘기하던 장소이기도 했다. 그들이 제시한 자료에 따르자면 그 곳에서 소위 따돌림의 대상이었다. 하루가 멀도록 심한 폭행과 폭언을 받았다고 그랬다.

'어디로 먼저 가지.'

초등학교는 바로 앞에 있었다. 많이 걸어야 재학했던 중학교가 나온다. 사고가 발생한 중학교도 멀리에 떨어져 있었다. 지리상으로는 초등학교가 제일 가깝다. 합리적으로 보면 그 곳에 먼저 방문하는 게 현명하다. 그러나 그러기는 싫었다. 먼 길을 돌아가는 셈이 되지만 중학교를 둘러본 뒤에 가고 싶었다.

"이제 궁금증은 풀렸니?"

교사가 말했다.

"그럼요. 고맙습니다."

김조한은 교무실에서 나왔다.

유성중학교. 사고가 나기 전까지 다니던 학교였다. 사고 이후에 검정고 시로 중학교를 졸업하게 됐지만 말이다. 복학을 하는 건 시간낭비기 때문에 어쩔 수 없는 선택이었다. 중학교 재학 중에는 심한 괴롭힘이 없었다고 교사가 말했다. 딱히 문제가 있던 것도 아니었다. 조금 겉돌 뿐이지 교우와는 무난한 관계를 유지했다. 이 곳에서 졸업까지 했다면 어땠을까 하는 가벼운 감상에 빠졌다.

학교에서 나가기 전에 잠시 2학년 교실에 들었다. 오후 다섯 시쯤이었다. 복도에 학생들이 간간이 보였다. 반에는 아무도 없었다.

연정중학교에는 아직 다녀오지 않았다. 사고가 있었던 학교다. 그 곳에 가도 사건의 정황을 듣지는 못할 거다. 단지 사고가 벌어졌다는 사실만 확인할 수 있을 거다.

아무튼 다행이었다.

의자에 앉아서 눈을 감았다. 안정적으로 침묵이 흐르고 있었다. 그 안정감은 마음속의 불안감을 묵묵히 걷어내고 있었다.

한참을 눈을 감고 있다가 문득 의문이 들었다. 기억을 찾기 위해서 왔으면서 기억하는 것을 두려워하는 건가. 이상한 기분이었다.

백화점 안이었다. 한가하게 시식 코너를 돌고 있었다. 일용직 직원이 어설프게 구워내는 소시지를 입에 넣었다.

지난밤의 만찬이 떠올랐다.

침이 고였다. 버무려진 살점을 입에 넣을 때의 기분은 상상을 초월했다. 소시지를 먹는 것 따위와는 비교도 안 되게 질감이 좋았다. 씹을 때의 느낌이 특히 최고였다. 질기다는 느낌은 전혀 없었다. 이빨과 혀를 이용해서 몇 번을 오물거리다가 그냥 삼켰다. 철분의 비릿한 맛도 좋았다. 특유의 피 냄새와 혀에 감기는 맛은 일품이었다. 끈적하고 매끈한 액체가 식도를 넘을 때면 소리를 지르고 싶어질 정도로 기분이 좋았다. 자리를 박차고 일어나서 덩실덩실 춤이라도 추고 싶은 기분이 된다.

사람을 잡아먹는 것은 포기할 수가 없다. 이유가 있었다. 식인은 맛뿐만이 아닌 묘한 짜릿함을 선사했다. 매 순간, 악행을 저지른다는 사실이 머릿속에서 선명해지면 짜릿함은 오르가즘으로 변해서 돌아온다.

역시 타인의 피와 살을 갈망하는 건 멈출 수가 없다. 악한 행동이겠지. 이대로 가다간 지옥에 떨어질 거다. 죽은 뒤에는 지옥불에 담궈져서 사경을 헤매게 될 거다. 죽지도 못하고 고통을 받으며 살아갈 예정일 게 분명하다.

상관없다. 이미 저질렀다. 용서를 받을 거라고 기대 따위는 안 한다. 적어도 그 정도의 양심은 남아 있다. 그러나 지옥행 티켓을 끊은 이상. 될 수 있는 한은 많이 저질러야 한다. 그래야 지옥에서 후회가 남지 않는다.

'귀신은 저런 놈들을 안 잡아가고 뭐하나'

범죄자들을 보면 사람들이 가끔씩 그렇게 떠든다. 특히 사람을 죽이는 인간들에 대해선 매몰차게 말한다. 그들은 살인자가 죽일 놈으로 보이는 걸까. 물론 나도 가끔씩 살인자가 경멸스럽다. 하지만 정작 그들과 마주치면 호의적으로 행동이 나온다. 살인자들도 대개는 내게 호의적으로 대한다. 동족 간에 쌀쌀맞을 이유가 없단 걸 우리들은 은연중에 안다.

그들에겐 살인자가 죽일 놈으로 보이겠지만, 난 다르다. 생각이 다르다. 숨은 포식자들보다 더한 죽일 놈들은 앞에서 나대는 부류다. 대놓고 남을 경멸하고 무시하며, 내리누르는 족속들이다. 자기가 세상에서 최고인 줄 아는 족속들. 그런 놈들이야말로 죽어 마땅하다. 정말로 그런 놈들을 보면 취향이건 뭐건 다 때려죽이고 싶어진다. 아무도 먹어 주는 사람이 없더라도 그들은 죽여야 한다. 맛의 여부와 상관없이 일단은 도살해야 한다. 고깃덩이가 외로이 썩어가는 불상사가 발생해도 그 편이 낫다. 세상을 위해서 말이다.

살기 위해서 사람을 죽이고 있다. 그렇지 않으면 삶에서 만족감을 얻을 방법이 없다. 짐승들이 그러는 것처럼 나 역시 남을 잡아먹지 않으면 살아가지 못한다. 마음에 들지 않아서 사람을 죽이는 인간들과는 그 부류가 다르다.

조직원들은 세상을 정화시키는 작업에 일조하고 있다. 이기적으로 삶을 살아가는 놈들을 제거한다. 내가 조직원들을 사랑하는 이유다. 가끔씩 내게 선물도 준다. 동료애가 싹트지 않고는 못 배기는 상황이다.

다음 계획은 뭐지, 하고 생각했다. 내 일도 아닌데, 뭐.

생각하기를 멈췄다.

김조한은 6학년 교실에 앉아 있었다. 이 반 교실이다. 색색의 종이가 예쁘게 접혀서 교실의 뒤쪽 게시판에 붙어 있었다.

아이들이 하교를 마친 뒤였다. 수위가 혼자서 복도를 돌고 있었다. 교실은 조용했다. 정적 위에 시끄러운 소음이 덧칠되기 시작했다. 희미하게 옛 생각이 흘러나오고 있었다.

김조한은 기억을 떠올렸다.

모욕적인 추억이 머리에서 되풀이됐다. 그녀에 대한 일들이 조금 기억이 났다. 조은이는 아무런 잘못도 하지 않았다.

"진영이는 어떻게 된 걸까?"

이혜진이 말했다.

"그 새끼 얘긴 꺼내지도 마."

누군가 말했다.

"너는 진영이랑 친했잖아."

이혜진이 말했다.

"처음부터 난 걔가 맘에 안 들었어. 남자새끼가 이리저리 살살대면서 촐랑거리기나 하고. 그런 혐의까지 받다니 정말 싫다. 같이 다니던 친구를 죽였다면서. 돈 때문이잖아. 자기가 더 많이 차지하고 싶어서 죽인 거 아니야? 절친한 친구도 쉽게 죽이는 애한테 내가 친구겠냐. 그런 애는 내쪽에서 거절이다."

노려보면서 누군가 말했다.

"조한이네 아버지도 걔가 죽인 거 아니야? 조한이는 착하잖아. 한진영이 한 거를 조한이가 뒤집어썼던 걸 거야. 요새 안 보이던데 한진영이 죽인 거 아니냐. 그 새끼 왜 이렇게 무섭냐. 질이 안 좋은 줄은 알았지만 이 정도일 거라곤 생각도 못했다."

"그래, 진영이가 계산적으로 사람을 대하긴 했어."

이혜진이 덧붙였다.

"조한이는 확실히 사람을 죽일 애가 아니지. 의리도 있고. 진영이는 몰라도 조한이는 살인자가 아닐 거야."

누군가는 고개를 끄덕이며 말했다.

"네 말이 백 번 맞다."

"하지만 진영이가 했다고 밝혀진 것도 아니잖아. 정말로 진영이가 그랬다고 생각하는 건 아니지?"

김지인이 말했다.

"그러고 보니까 너는 진영이랑 꽤나 친했지. 여자랑 남자 사이에 그러기 쉽지 않은데. 니네 둘이 사귀는 거 아니냐는 소문도 있었는데 알고 있었냐. 이 참에 확실하게 하자. 네가 우리랑 친해진 계기가 그거잖아. 진영이가 다리를 놔 줘서. 맞지, 이의 없지? 진영이 멤버들이래도 나머지 애

들은 우리끼리 모두 친하니까 진영이가 없어도 잘 지내. 그런데 넌 아니
잖아. 솔직히 네가 얼굴 반반한 거 빼면 뭐가 남냐? 진영이랑 이렇게 된
판국에 같이 어울리는 거 좀 불편하다. 계속 진영이 감싸면 너랑도 계속
지내는 거 생각해 봐야 할 거 같은데, 우리가 한진영 욕하게 될 때마다
불편해서 어디 참을 수 있겠냐."

누군가 말했다.

아이들은 한 뜻인 것처럼 보였다.

"행위예술 살인마 진행상황은 어떤가."

2반 반장이 말했다.

"김조한은 살해혐의가 없다고 밝혀져서 풀려났습니다."

임철용이 말했다.

"그건 알아. 그런데 이길석과 김윤철 사건과도 무관한가?"

2반 반장이 말했다.

"혐의가 없는 걸로 결론 내렸습니다."

김성재가 말했다.

"자네들한테는 미안하네. 골치 아픈 연쇄살인을 두 건이나 맡다니. 이럴
때는 서로 도와야하는데 우리 전문분야가 살인 쪽이 아니라서. 한 건 맡
고 있는 것도 벅차군."

"우리 팀원들의 일인데 네가 뭐가 미안해."

3반 반장이 말했다.

"2반이 맡은 놈은 어떻게 되고 있어. 골목길에서 사람 죽이고 다니는
놈 있잖아. 우리가 맡을 땐 어떤 여자애가 용의자로 올라왔는데 지금은
그럴듯하게 진행이 되는 중이야?"

"추가로 밝혀낸 게 아직까지는 없네. 현장 조사도 철저하게 했다고 생
각하는데 아무것도 나오는 게 없어."

176

"탐문에 초점을 맞춰 봐. 증거가 없을 땐 오히려 그런 데서 단서를 얻을 가능성이 높아."

"말로는 쉬워도 그게 생각처럼 되지가 않네. 제대로 된 목격자를 찾는 건 하늘의 별따기니까. 김조한과 닮은 놈이나 추적해 보게. 비슷하게 생긴 그 놈 때문에 한참을 헤맨 셈이 됐잖나. 피해자의 말을 무시할 수는 없는 노릇이고. 보나마나 얼굴이 비슷하게 생겼을 거야. 체격까지는 모르겠지만 그래도 대충 프로파일을 작성해 보도록 하게."

2반 반장이 말했다.

"1반이랑 공조 수사를 하는 건가."

3반 반장이 말했다.

"기껏해야 골목길 살인마랑 기타 자잘한 살인만 담당하고 있네. 골목길 살인도 3반 형사들의 도움을 받고 있잖나. 요새는 복수를 위한 살인보다 원한관계 전무한 기괴한 살인사건만 늘어서 문제야. 우리쪽 업무도 많이 밀려있어. 제대로 손도 못 대고 있는 상황이네. 다른 경찰서와 합동수사를 한다는 소리는 어떻게 됐나."

2반 반장이 말했다.

"시간을 좀 늦추기는 했는데 어떻게 될지 잘 모르겠는데요."

1반 반장이 말했다.

"잘했어. 되도록 합동은 하지 말고 우리 선에서 끝내자고. 처음부터 우리 사건이었어. 골치가 아프기는 해도 우리 일이니까. 손을 벌리는 건 아니라고 생각해. 다들 나랑 비슷한 생각이겠지?"

3반 반장이 말했다.

형사들이 그렇다고 대답했다.

시간이 지나도 끝이 날 줄을 몰랐다. 다른 곳으로 떠넘기고 싶기도 했지만 이제는 자존심의 문제가 됐다. 점수가 욕심이 나기는 했다. 그러나 어디까지나 나중의 문제였다.

골목길 살인마를 뺀 연쇄 살인범들에게는 공통점이 있었다. 피해자의 신체 일부를 조금씩 절단해서 가져가고 있었다. 수집인가, 카니발리즘인 가.

카니발리즘은 연쇄살인범에게서 종종 발견되는 특징이었다. 중요한 단서다. 주로 노리는 신체 부위가 무엇인지에 따라 그들의 심리가 어떻게 다른 건지 알 수 있다.

살인의 이유가 식인 또는 수집인지 알아야 했다. 그들의 기묘한 심리를 파악해야 한다. 범인의 실마리를 잡게 될지도 모른다.

"반장님들 말씀 중에 할 말이 있는데요."

2반 형사가 말했다.

"중요한 말이면 말해 보게."

2반 반장이 말했다.

"아무래도 마음에 걸리는 점이 있습니다."

2반 형사가 말했다.

조심스러운 목소리로 덧붙였다.

"3반의 일이기는 하지만. 중산층 연쇄살인이랑 행위예술 연쇄살인 있잖습니까. 뭔가 연관이 있는 것 같습니다. 예감이라는 게 있잖아요. 제 촉이 자꾸 말을 합니다. 두 사건 사이에 분명히 관련이 있다고 말입니다. 제가 괜히 이러는 거는 아니고. 어느 정도 정황이 있거든요. 그러니까 이건 별개의 사건이 아니고. 공범이라든지 무슨 범죄단체라든지 아무튼 그거일 겁니다. 지존파 같은 조직이 왜, 전에 하나 있었잖습니까."

"연관성이란 건 처음 듣는 소린데?"

3반 반장이 말했다.

반장이 김성재를 쳐다봤다.

"사건 파일을 둘러보다가 석연찮은 점을 발견하긴 했습니다. 사건 모두 연관이 된 게 아니라서 그냥 지나친 거 같은데…. 얼마 안 지났지만 사건들마다 비슷한 물건이 올라와 있었습니다. 현장에 남아있던 걸 주워서 온 거라고 생각했는지 증거에서 빼뒀더라구요. 그런데 그게 두 사건에만 해당하는 게 아니라요. 골목길 살인마의 사건과도 겹쳤습니다."

김성재가 말했다.

"증거가 겹쳐?"

3반 반장이 말했다.

"일부 사건의 사건현장에서 수집한 목록 중에 비슷한 물건이 있었습니다."

김성재가 말했다.

"무슨 열쇠고리라고 들었는데 제가 자세히 알아오겠습니다."

2반 형사가 말했다.

"비슷한 시기에 일어났고 아직 잡히지 않았다는 점에서 동일한 점이 많아. 어쩌면 정말로 범죄 조직의 소행일 가능성이 있겠는데. 그러면 일단은 세 개의 연쇄살인이 모두 비슷한 놈들의 짓이란 가정 하에 조사를 하자고."

3반 반장이 말했다.

"일이 한결 수월해지겠군. 3반에서 용의자 한 명 붙잡고 있다고 들었네. 자세히 캐내도록 하게. 주요 목격자로라도 써 먹어야 한다고 생각할 거라 믿네. 전체가 연결돼 있는 거니까, 시간 낭비할 필요 없이 한 사건만 파도 돼. 최면이든 뭐든 수단과 방법을 가리지 말고 용의자한테 얻을 수 있는 정보는 최대한 모두 알아내도록 하자고."

2반 반장이 말했다. 임철용 형사를 쳐다봤다.

"알겠습니다."

임철용이 말했다.

이철민과 만나기로 했다. 약속장소로 향했다. 이철민은 조금 늦게 도착했다. 그가 무슨 일이냐고 물었다. 어디 갈 데가 있다고 대답했다. 그렇게 말하니까 고분고분 따라왔다. 약속 시간에 늦었기 때문에 미안해하고 있었다.

그가 내게 미안할 건 전혀 없었다. 그렇지만 조금 토라진 것처럼 행동하며 택시를 탔다. 택시기사에게만 들리도록 조곤조곤 행선지를 말했다. 문득 내가 한 행동이 비밀스럽다고 느껴졌다. 이철민은 더욱 궁금해진 얼굴로 나를 바라봤다.

택시는 행선지에 도착했다.

우리는 내려서 도착한 곳을 바라봤다.

"여기는 내 모교인데?"

이철민이 말했다.

"왜 온 거야? 초등학교도 모교라고 부르는 거 맞나. 아무튼 여긴 내가 나온 곳이야."

우스꽝스러운 말투였다.

"보여줄 게 있어."

내가 말했다.

"이런 데까지 와서 보여 줄 거라니?"

이철민이 말했다. 무슨 깜짝 파티라도 기대하는 모양이었다. 맞다. 깜짝 파티가 맞다. 그는 기대할 자격이 충분히 있는 사람이다.

나는 호의적으로 웃으며 그를 이끌었다.

"여기야. 마음껏 기대해라."

내가 말했다.

들고 온 가방이 무거웠다. 내려놓고 싶었다. 옆을 쳐다봤다. 이철민이 내 가방을 몰래 훔쳐보고 있었다. 뭐가 들은 건지 궁금한 표정이었다. 더욱 무겁게 느껴졌다. 가방을 내려놓고 싶었다. 당장 짐을 풀고 싶었다. 안 된다. 조금 더 참아야 한다.

한 가지 사실이 인내심을 끌어내리고 있었다. 우리는 CCTV가 없는 길목을 걸어가는 중이었다.

금산초등학교의 경비가 학교를 둘러보고 있었다. 오후 여섯 시였다. 한참 성장기인 아이들은 집으로 돌아가고 운동장이 썰렁했다.

앞을 보다가 근거리에 남자 둘이 보였다.

뒤뜰을 향해 가고 있었다. 경비를 보지 못한 것처럼 지나쳐서 걸어가고 있었다. 들어가지 말라고 붙잡아야 할까. 아니다. 시간이 되면 알아서 나갈 거다. 며칠 전의 악몽을 떠올렸다. 수상한 행색이라고 생각해서 출입을 막았다가 골치 아픈 일로 번졌다.

지나가는 소리로 들었다. 그들은 옛 생각에 심취해서 놀러온 모양이었다. 사고를 칠 가능성은 많지 않아 보였다. 불길한 예감은 괜한 노파심일 뿐이다.

경비는 시선을 돌렸다.

"이거에 대해서 아는 게 있냐."

김성재가 말했다.

"저택에서 발견된 것과 비슷한 건데, 최현우의 옆에 떨어져 있었던 거야. 뭔가 생각이 난다면 말해다오."

임철용이 말했다.

열쇠고리가 들어 있는 비닐팩을 책상 위로 올렸다.

"열쇠고리네요."

들여다보다가 한진영이 말했다.

"이게 왜요?"

"아는 게 있는 거구나."

임철용이 말했다.

한진영이 껄끄러운 얼굴로 입을 닫았다.

"행위예술 살인마의 피해자 이경신. 골목길 살인마의 피해자 권기주. 그리고 중산층 도살자의 피해자 최현우까지. 이들의 시신 옆에 이 열쇠고리가 떨어져 있었어. 첫 번째 시작은 이경신이었고, 권기주와 최현우가 차례로 죽었지."

임철용이 말했다.

"권기주요?"

한진영이 말했다.

놀란 눈치였다.

"아는 사이가 맞지?"

김성재가 말했다.

"셋 다요. 모두 금산초등학교에서 처음 만났는데."

한진영이 말했다.

머뭇거리다가 덧붙였다.

"그 열쇠고리 제가 아는 친구가 가지고 다녔어요. 열쇠고리를 핸드폰에 달고 다니길래 특이하다고 생각했었어요. 게다가 그게 여자 거 같아서 더 잘 기억하고 있어요. 정진호라고. 고등학교 친구예요. 빈집을 털러 들어갈 때 사실 진호도 같이 있었어요. 제가 말했다고 하면 안 돼요."

"어려운 결정을 해줘서 고맙구나. 일단은 나가 보마."

임철용이 말했다.

층계를 내려왔다. 업무 중인 경찰관에게 다가갔다. 정진호라는 이름을 대며 검색을 해 보라 일렀다.

"93년생 정진호라구요? 잠시만 기다리세요."

경찰관이 말했다.

"그 열쇠고리. 또 발견된 장소가 있었잖아. 그 얘기 반장님한테는 언제쯤 말할 셈이야."

김성재가 말했다.

"나 혼자서 처리할 테니까. 기다려 달라고. 조한이를 또다시 끌어들이고 싶지 않아. 뭔가 관련이 있다는 건 알게 됐으니까. 조사를 해 보면 되겠지. 내 입으로 얘기하기 전에는 고자질하기 없기야."

임철용이 말했다.

"입이 근질거리기 전에 알아내야 할 거야."

김성재가 말했다. 경찰관이 곤란한 표정으로 고개를 들었다.

"어떻게 나왔어."

임철용이 말했다.

"일치하는 사람이 없다고 나오는데요."

"일치하는 사람이 없다고?"

김성재가 말했다. 한진영이 거짓말을 한 걸까. 석연찮았다. 거짓말하는 얼굴은 아니었다. 뭔가 착오가 있는 게 아닐까.

"다시 검색해 봐."

김성재가 말했다.

"똑같은데요."

"제대로 다시 해 보란 말이야."

경찰관이 난색을 표했다.

"여기서 한진영 잘 보고 있어. 어디 다녀올 데가 많을 것 같아."

임철용이 말했다.

한진영의 집이다. 형사들이 한바탕 난리를 치고 간 뒤였다. 용의자의 거처에 있는 물건은 모두 증거자료다. 용의자로 지목이 되면 집의 물건을 샅샅이 조사하게 된다. 피할 수 없는 과정이다.

부모는 불안한 눈이었다. 형사라는 말을 듣자마자 아들에 대해 물었다. 잘 있다고 안심을 시키니까 겨우 진정했다.

"많이 놀라셨다는 거 압니다. 하지만 살인사건과 관련이 적지 않다는 점으로 양해를 부탁드립니다. 작은 사건도 아니니 풀려나기 위해선 시간이 걸릴 겁니다. 운이 좋아서 혐의가 빨리 풀린다면 좀 더 앞당겨질 수는 있을 겁니다."

임철용이 말했다.

"협조만 하면 된다는 말이세요?"

부모가 말했다.

"일부러 꾸며서 말할 이유가 없습니다."

임철용이 말했다.

"그렇게만 된다면 다신 도둑질을 못하도록 혼을 내겠습니다. 느낀 게 있을 거예요. 철이 없어서 그렇지, 말하면 들을 겁니다."

부모가 말했다.

그를 부엌으로 안내했다. 부모는 그에게 의자에 앉을 것을 권했다. 차를 한 잔 타서는 철용에게 건넸다.

"경찰과는 충분히 대화를 나눴는데. 도움을 드릴 수 있는 게 더 남았나요?"

부모가 물었다.

"진영이에 대해서 여쭐 것이 있습니다. 진영이와 친하게 지내는 아이들에 대해서 아는 대로 말씀하시면 됩니다."

임철용이 말했다.

"아는 대로라고 해도, 별로 모르는걸요. 요새 부모 자식 관계가 다들 그렇잖아요. 심한 사람들은 자기 자식이 몇 학년 몇 반인지도 모르고. 진영이가 친하게 지내는 친구들이라면 거의 알지만… 모두 알고 있다고는 말 못해요. 정말로 도움이 될 수 있을까 모르겠어요… 좋아요, 그래도 말을 안 하는 것보단 나으니까 말씀드릴게요. 어디서부터 말하면 되나요. 생각이 나는 대로 무작정 말을 하면 되는 건가요?"

부모가 말했다.

"어렵게 생각 마시고 천천히 말씀해 주시면 됩니다."

임철용이 말했다.

"기억나는 애라면 기주랑 철민이가 있어요. 현우는 초등학교 때부터 아주 친했어요. 현우가 죽었다면서 아이가 무척 상심했어요. 웃기지 않나요. 그런 우리 애가 현우를 죽인 장본인이라니요."

부모가 말했다.

"알고 있습니다. 아드님을 의심하는 게 아닙니다."

임철용이 말했다.

"형사님만 믿을게요. 요즘은 전처럼 경찰들을 믿을 수가 없네요."

부모가 말했다.

"적극적으로 도와주실수록 아드님은 빨리 혐의를 벗을 겁니다. 둘 말고 더 없습니까?"

임철용이 말했다.

"그 아이는 친구들에 대해서 잘 말하지 않아요. 깊은 관계라기보다는 품으로 어울려 다니는 것 같던데. 특별히 친한 친구들은 제게 말해요. 고등학교 들어서 자주 친구들 얘기를 했어요. 김조한이랑 이혜진, 그리고 지인이 얘기를 주로 했어요. 좋은 친구들이라면서요. 다른 아이들 얘기를 하기도 했지만 중요한 애들은 아닌 것 같더라구요. 이름도 까먹었습니다. 아무튼 너무 표면적으로만 친구를 사귀는 건 아닌가 했지만. 고등학교에 와서는 진심도 터놓는 친구들을 많이 사귀더라구요. 안심이었습니다. 입학을 하고 나서 한동안 엉뚱한 이야기를 하기에 걱정을 조금 했지만 그래도 다행이었죠. 특별히 큰 문제도 아니었으니까요."

"진영이가 엉뚱한 얘기를 했습니까?"

임철용이 말했다.

"어느 날부터 갑자기 유치원 얘기를 하더라구요. 부쩍 말을 꺼내놓는

횟수가 늘어갔어요. 급기야는 어디서 찾았는지 어릴 때 찍은 사진을 액자에 끼워서 책상에 올려 뒀어요. 물어보니까 유치원 동창을 만났다고 대답을 하더라구요. 사람 인연이라는 게 정말 신기하다면서 즐거워했어요. 부모가 된 입장으로 아들이 좋아하니까. 이상하게 여기면서도 그대로 내버려 뒀습니다."

부모가 말했다.

"유치원이요."

임철용이 말했다.

"그런데 정말로 이상했어요. 원래도 엉뚱한 구석이 있었지만 그렇게까지 극성스러운 성격은 아니었거든요. 액자에 사진을 끼우고 나서 며칠 뒤였나. 한 친구에 대해서 이야기를 하기 시작했는데. 자랑을 많이 하니까, 언제 한 번 데려와 보라고 말했어요."

부모가 말했다.

생각이 잘 안 나는 모양이었다.

"이름이 뭐였더라. 제일 친한 애라면서 자주 얘기를 했었는데."

부모가 말했다.

"이름이 혹시 정진호가 아니었습니까."

임철용이 말했다.

"맞아요! 그 이름이었어요. 그 아이를 아시나요?"

부모가 말했다.

확실해졌다. 정진호라는 이름은 가명이다. 신원이 불확실해진 이상은 나이가 같을 거란 보장은 없다. 그러나 범인의 윤곽이 나타난 것만으로도 큰 수확이다. 조금씩 그림이 완성되고 있었다. 할 일이 많다. 김조한과 비슷한 인상을 지닌 사람도 찾아야 한다.

이철민은 옹알거렸다.

"뭐라고 하는 겁니까?"

내가 말했다.

"뭐라구요? 들리게 말씀을 하셔야죠."

이철민은 계속 옹알거리고 있었다.

난 젠틀한 사람이다. 인내심이 많다. 설령 상대가 언어장애를 수반하고 있어도 기다려 줄 수는 있다. 심한 사람도 한 문장을 한 시간 걸려 말하지 않는다. 그러나 이철민은 달랐다. 갓난아기와 대화하는 편이 훨씬 용이할 듯하다.

"빨리 좀 말할 수 없으신가요. 부탁드립니다."

내가 말했다.

이철민은 개미 목소리로 '알았다'고 말했다.

"그러게 어쩌다가 그 놈한테 원한을 사서는."

내가 중얼거렸다.

이철민은 입에서 피를 토해냈다. 눈을 찌푸렸다. 더럽다. 대화 도중에 결례되는 행동이다. 그가 신사가 아니라는 증거일까. 그녀와 그에게 잘못을 해서 원한을 산 것도 마음에 안 들었다. 헌데 신사가 아니기까지 하다니. 경멸스러웠다. 이런 자인 줄 알았다면 더 세게 많이 찌르는 건데. 결례가 된 그의 몸을 봐도 더는 불쌍하지 않았다.

"들렸어요?"

내가 말했다.

이철민은 움직이지 않았다. 옹알거리지도 않았다. 김이 빠졌다.

"다음 생에서는 착하게 좀 사세요."

내가 말했다.

이철민은 듣지 못했다.

고양이 열쇠고리를 조심스레 내려놨다. 이래야 장식이 된다. 정원명이 이런 행위를 하겠다는 이유는 즐거움 때문일 거다. 시체 옆에 데코레이션을 해놓는 거다. 그는 복수 때문이라고 말했지만 내가 보기엔 아니다. 단순한 재미다.

누군가의 기척이 들렸다.

고개를 돌렸다. 건물 벽을 따라서 누군가 걸어오는 것 같았다. 누굴까. 여러 명은 아닌 것 같았다. 한 명인가. 많아 봐야 두 명이다. 들키면 어떻게 되는 거지. 상상했다.

당황한 내가 목격자를 죽인다가 1번. 똑같이 당황한 목격자가 도망가며 신고를 한다가 2번. 도전정신 강한 목격자가 나와 겨룬다가 3번.

어느 것도 신변에 이롭지 않았다. 상황이 긴박해지니 왠지 기분이 좋아졌다.

소리는 점점 커지고 있었다.

할 일이 남았다. 아직은 들키면 안 된다. 반대편으로 도망을 갈까. 아니 그럴 수는 없다. 그 길로 가면 감시카메라에 내 모습이 남는다.

숨을 만한 곳을 찾았다. 소각로 옆에 자그마한 틈이 보였다.

"그러니까 지금 나가고 싶다고요."

한진영이 말했다.

"아까 안 된다고 말했잖아."

경찰관이 말했다.

전부터 요지부동이었다. 어떤 말로도 넘어오지 않았다. 하다못해 간단한 일이라도 순서가 있는 법이라고 엄포를 놨다. 협상을 하려고 들면 곤란하다고 말했다. 알고 있었다. 경찰관의 태도는 충분히 이해가 가능했다. 불만이라면 진득하게 기다리라는 경찰관의 대답이었다. 얼마나 더 기다려야 하는 건지 알 수가 없었다. 괜한 문제를 일으켜서 분란을 만들면 되레 손해다. 그렇지만 감옥에라도 갇힌 것 같은 기분은 참을 수가 없었다.

한진영은 주변을 둘러봤다.

바로 앞에 자길 주시하는 경찰관이 있었다. 자신과 비슷한 신세로 갇힌 두 명의 남자도 보였다. 같은 방이었다. 한 명은 사십대 후반으로 보였다. 희끗한 머리가 드문드문 보이는 남자였다. 무스를 발랐는지 앞머리가 뒤로 고정되어 있었다. 그는 화가 난 얼굴로 손목시계를 내려다보고 있었다. 다른 한 명은 이십대 중반으로 보였다. 안절부절 못하면서 밖을 흘깃거리고 있었다. 태도는 다르지만 억울한 심정은 비슷한 것 같았다.

틈으로 쳐다봤다. 누군가 시야에 들어왔다. 낯이 익었다. 옆모습으로 보니 남자였다. 연령대가 비슷한 것 같았다. 남자는 이철민의 시체 앞으로 걸어가고 있었다. 시체를 쳐다보더니 걸음을 멈췄다. 내가 있는 쪽을 돌아봤다.

나는 몸을 숨겼다. 몸을 숨기고 바라봤다. 역시나 아는 사람이었다. 반가운 마음에 인사를 하려고 했다. 순간 누군가를 발견했다.

이를 뿌득뿌득 갈며 방해꾼을 노려봤다. 방해꾼은 멀리서 남자를 훔쳐보며 걸어왔다. 기척을 숨기며 남자를 관찰하고 있었다. 오랫동안 남자의 뒤를 따라다닌 모습이었다. 몰래 남자의 뒤를 밟다니. 갑자기 불쾌해졌다.

나는 겉옷을 벗었다. 가로로 길게 말고 기다렸다. 남의 뒤를 쫓아가는 변고를 당할 수밖에 없다는 사실을 알려 줘야 한다. 계획에 없던 일이지만 너무 화가 났다. 때로는 계획에 없던 사건이 발생할 수밖에 없다.

남자는 시체 옆을 서성이다가 걸음을 옮겼다. 남자가 건물의 뒷문으로 바삐 들어갔다. 방해꾼은 대놓고 움직이기 시작했다. 남자를 따라 잡으려는 것처럼 걸음이 빨랐다. 나는 긴장한 채로 대기했다. 방해꾼이 내 앞을 지나쳐 걸었다. 둘둘 말린 겉옷을 그의 목에 걸었다. 있는 힘껏 잡아당겼다.

"피해자 이경신과는 친한 동료 사이셨다는 거군요. 이경신은 한진영과

조한이의 담임교사였구요."

임철용이 말했다.

수첩에 대화 내용을 메모하고 있었다.

"맞아요. 형사님 전화 받고 나서 찾아 봤는데요. 조한이, 진영이, 혜진이, 현우. 모두 경신이가 처음 담임을 맡던 반의 학생들이 맞아요. 그리고 전근을 가고 나서도 알고 지낼 정도로 경신이와는 친한 사이였구요. 동갑이었고 마음도 잘 통했으니까요."

교사가 말했다.

금산초등학교 교사였다.

"학교 일로 사적인 대화도 나누셨겠군요."

임철용이 말했다.

"많이 나눴죠. 학급의 문제에 대해 경신이가 말이 많았어요. 처음 맡은 반인데 속상하다고 제게 그랬어요."

교사가 말했다.

"학급 내의 따돌림 때문입니까?"

임철용이 말했다.

"경신이가 맡은 반에서만 문제가 생겼어요. 다른 학급은 안 그랬거든요. 유독 그 반만 그랬어요. 경신이는 자기가 능력이 없기 때문에 아이들을 이끌지 못한 거라고 자책했어요. 피해 학생들을 도와주고는 싶은데 그랬다간 해코지를 당할까 봐서 무서워했죠. 전근을 가고 나서도 두고두고 후회했어요. 아무런 도움도 주지 못했다구요. 운이 없었던 것뿐인데 죽기 전까지도 괴로워했어요. 제가 그 반을 맡았더라도 비슷했을 텐데 말이에요."

교사가 말했다.

"따돌림을 당하던 아이들에 대해서 기억하십니까? 김조한과 이혜진, 한진영이랑 최현우가 이경신의 반 학생들이었지요?"

임철용이 말했다.

"그렇긴 한데요. 진영이는 따돌림을 당하지 않았어요. 오히려 반대였죠. 문제가 많기로 유명한 아이였는데 조사하면서 듣지 못하셨나 봐요. 현우도 마찬가지예요. 현우는 진영이랑 아주 친했거든요. 둘이서 매일 말썽을 부렸어요. 우리 교사들은 다 알고 있었어요. 아마 전교 학생들이 모두 한 번쯤은 구경을 왔을 거예요."

교사가 말했다.

"구경을 말입니까?"

임철용이 말했다.

"학교에서 집단 따돌림이 발생하면요. 다른 반의 학생들도 모두 구경을 가요. 그때도 그랬어요. 진영이랑 현우는 가해자에 속했으니까요."

교사가 말했다.

"가해자라면 현우와 진영이가 누군갈 따돌렸다는 겁니까?"

임철용이 말했다.

"알고 오신 거 아니셨나요. 그 둘이 조한이와 혜진이를 따돌렸어요. 요즘에 부쩍 학교폭력이 심각해졌다고는 해도. 지금 아이들보다 더욱 심하게 괴롭혔는걸요. 조한이랑 혜진이 외에 몇이 더 있었는데. 기억이 잘 안 나네요. 하여간 보는 제가 다 안쓰러울 정도였어요. 모욕을 주는 건 그렇다고 쳐도요. 신체적인 학대가 특히 심했어요. 도저히 장난으로 봐 줄 수가 없더라구요. 한 번은 또 어떤 짓궂은 장난을 친 건지. 구급차가 올 정도로 큰 사고가 있었거든요. 그 때 진영이가 많이 다쳤어요."

교사가 말했다.

이상한 일이었다. 조한이와 혜진이는 둘과 친하게 지내고 있었다. 기억을 잃은 조한이야 그렇다고 쳐도 혜진이는 이해가 안 됐다.

"이마를 다친 게 맞습니까?"

임철용이 말했다.

"몇 바늘 꿰맸다고 들었어요. 이마가 맞을 거예요. 경신이가 살아 있다면 정보가 자세했을 텐데. 저는 별로 도움이 못 되는 것 같네요. 정말 불쌍한 앤데 살해를 당했다는 게 아직도 전 믿어지지 않아요."

교사가 말했다.

볼 일이 있다면서 교사가 교실을 나갔다. 의자에 앉은 채로 생각을 정리했다. 아침 일찍 도착해서 내내 기다렸다. 발품을 팔아서 얻은 정보가 제법 있었다. 이경신은 방관자였다. 행위예술가는 이경신에게. 중산층 도살자는 최현우에게. 나름대로의 복수를 했다. 두 범행은 여러모로 겹치는 점이 많다.

김성재에게 전화를 걸었다.

"교사랑 대화를 해 봤어."

임철용이 말했다.

"어떻게 됐어?"

수화기 너머에서 김성재가 말했다.

"거기 있는 한진영이 김조한하고 사이가 안 좋았나 봐. 이혜진과도. 학교폭력의 가해자와 피해자였어. 최현우도 가해자야. 반에서 따돌림이 있었는데 이경신은 돕지 않았어. 그래서 죽인 거고. 범인이 복수를 하고 있는 건 확실해. 살인자들끼리 서로 아는 사이일 거야."

임철용이 말했다.

"조한이는 진영이랑 친하잖아. 한진영이 기억을 못하는 거야? 자기가 괴롭혔던 상댄데 기억을 못하겠어?"

김성재가 말했다.

"일단 이혜진이라는 애를 찾아. 찾아서 얘기를 나눠 봐."

임철용이 말했다.

아들이 죽은 지 두 주가 넘었다. 15센티 정도의 칼이 명치에 깊이 박혀 있었다. 과다출혈로 죽었나. 임철용 형사의 전화를 받는 동안 무서운 얼굴을 한 남자들이 집에 들이닥쳤다 그들은 현우의 죽음을 깊이 애도한다고 했다. 그러면서 아들의 방으로 들어가 쑥대밭으로 만들었다. *'당신의 아들은 살인 혐의를 받고 있습니다.'* 그 말만 남기고 그들은 돌아갔다.

아들이 살인자라는 증거를 찾기 위해서 왔구나… 그 때 알았다. 아들은 연고가 없는 곳에 들어가 죽음을 맞이했다. 임철용 형사가 며칠 뒤에 말했다. 아들은 범행을 저지르기 위해서 빈 집에 들어간 거였다.

세 시간에 한 번 꼴로 경찰과 연락했다. 수사의 진행 상황을 전해 들었다. 피해자의 일가친척들에게서 십 분이 멀다 하고 전화가 왔다. 친구 진영이의 부모와는 이야기가 끝났다고 했다. 일억 원을 요구했다. 여윳돈이 없었다. 조금만 시간을 달라고 사정했다. 하루가 지나고 진영이의 부모와 연락이 닿았다. 그녀는 진영이가 경찰에 잡혀갔다고 말했다. 현우와 진영이 중에 살인자가 있다고 했다. 진영이는 결백하며 죽은 현우에게 혐의가 있을 거라고 몰아세웠다. 자기는 절도에 대해서만 일가친척들과 합의를 봤다고 했다. 조금 있다가 전화가 올 거라면서 그녀는 수화기를 내렸다. 지금은 누구의 전화도 받지 않고 있다.

강연화는 소파에 다소곳이 누워 있었다. 텔레비전에서 뉴스 앵커가 떠들고 있었다. 몸이 소파 아래로 한없이 가라앉는 것만 같았다.

아들의 죽음을 전해듣고 남편은 변했다. 처음엔 교육을 어떻게 시킨 거냐며 무섭게 화를 내기만 했다. 다음 날부터는 화를 내지 않았다. 그는 차츰 말수가 줄어들더니 친구와도 더는 통화를 나누지 않았다. 잠에서 깨면 남편이 없을 때가 많아졌다. 밖으로 나오면 그는 언제나 술잔을 기울이고 있었다. 며칠 째 그러고 있었다. 강연화는 남편의 모습을 보고도 굳이 말리지 않았다.

졸음이 밀려왔다. 강연화는 눈꺼풀을 서서히 아래로 내렸다.

버스 안이었다.

오늘 이철민이 죽었다. 그녀가 기뻐할까.

"기뻐했으면 좋겠다."

나는 작게 중얼거렸다.

그녀를 위해서 하는 일이다. 나 혼자만의 복수극은 아니다. 그래도 그녀가 내게만은 고마워했으면 좋겠다. 알아주길 바란다. 그녀를 위해서 어떤 고통을 감내하고 있는지. 지금 당장은 그녀에게 찾아가 전할 수 없다.

언젠가는 알게 되겠지. 어떠한 것들을 희생했는지 털어놓을 거다. 그녀의 발치 아래에 엎드려서 위로를 받을 수 있을 거다.

얼마나 힘들었냐고. 그 한 마디면 위안을 받을 수 있다.

나는 지난날의 불안에 대해서 생각했다. 우리는 안정적이지 못했다. 주변의 방해가 극심했다. 그럴 줄 알았으면 들키지 말았어야 했다. 그들은 질투가 심했다. 명백하게 우리의 관계를 질투하고 있었다. 말은 하지 않았지만 알고 있었다. 나는 알고 있었다. 그들이 시시때때로 그녀를 노린다는 걸 알았다. 화가 치밀었다.

연정중학교에서 나왔다.

경찰 조서에는 목격자가 두 명 있다고 쓰여 있었다. 한 명은 교사였고 하나는 학생이다. 학생을 알아봤다. '정원명'이라는 아이였다. 나는 그의 얼굴과 조한이의 얼굴을 대조했다. 외관상으로 둘은 전혀 닮지 않았다.

서에다가 전화했다. 정원명의 주민번호는 말소된 상태였다. 그는 이미 죽은 사람이었다. 생각하다보니 출출했다.

밥을 먹고 시작하자.

임철용은 주변을 둘러봤다.

연정중학교 옥상이었다. 사고가 발생했던 장소다. 옥상을 둘러본 뒤에 계단을 내려왔다. 누구에게 물어야 할까. 고민하며 돌아다니다가 교무실로 들어갔다. 기웃거리며 내부 관계자들을 살폈다. 업무에 열중하느라 조한을 쳐다보지 않고 있었다. 그런 사람들 틈에서 한 남자가 계속 흘깃거리고 있었다.

조한은 그 남자에게 걸어갔다. 다가가서 말을 붙였다. 남자는 당황한 얼굴로 미적거리더니 일어섰다. 밖으로 나왔다.

기억하고 있다고 말했다. 남자는 조한이 떨어지는 장면을 목격한 사람이었다. 늦게까지 학교에 남아 있다가 밖으로 나왔다. 경비를 빼고는 아무도 없어야 하는 시간이었다. 운동장을 가로 질러서 걷고 있었다.

남자의 말에 따르면 목격자가 한 명 더 있었다. 옥상에서 조한을 내려다보고 있었다. 경찰이 도착했다. 옥상에 있던 사람은 학교 학생으로 밝혀졌다. 아마도 아는 사이일 거다. 그러면서 남자는 이름을 말해줬다. 목격자는 당시에 학교에 적응이 어려운 상태였다. 이름이 정원명이라고 했다.

"현우가 죽어서 많이 슬프겠구나. 친구가 그런 일을 당하다니 속상하겠어. 마음고생이 심했을 텐데 지금은 어떠냐."

김성재가 말했다.

"많이 괜찮아졌어요. 지인이도 처음엔 충격을 받았지만 안정됐고요. 현우의 행방이 묘연했을 때 아주머니가 절 찾아 오셨어요. 현우가 어디 간 건지 아느냐고 제게 물었는데. 전 가출일 거라고 대답했어요. 그게 마음에 걸려요. 죽은 사람보다는 남겨진 사람들이 더 아프잖아요. 아주머니가 걱정이 돼요. 친하지 않았던 저도 현우를 잃어서 이렇게 슬픈데. 아주머니는 어떻겠어요. 아들을 잃은 거잖아요. 아주머니는 무사하신 거죠?"

이혜진이 말했다.

걱정스러운 목소리였다.

"정말로 슬프냐고 묻진 않겠다. 아주머니에 대해선 나도 잘 몰라."

김성재가 말했다.

"그래서 하실 말씀이 뭐예요? 아르바이트를 알아보러 가야 해요. 면접도 있는데 시간이 많지 않아요. 저도 돕고는 싶지만 형편이 이래서. 빨리 끝냈으면 좋겠어요."

이혜진이 말했다.

"진영이의 일은…."

김성재가 말했다.

"알고 있어요. 진영이가 잡혀 갔죠."

이혜진이 말했다.

"지금 우리가 맡고 있어. 절도를 빼고는 아직 정확히 밝혀진 게 없어. 공범인 최현우가 죽었는데, 그 아일 살해한 게 한진영이 아닐까 의심하는 중이지. 조한이도 우리가 맡고 있었다. 중산층 도살자와 행위예술 살인마가 친밀한 사이일 확률이 높아졌어. 조한이와 진영이는 친밀한 관계지. 둘 다 어떤 혐의점도 없어서 오래 묶어둘 순 없어. 심증은 가는데 물증이 전혀 없는 상황이다. 정황을 보면 둘이서 다정하게 범행을 저지르고 있다고 볼 수 있지. 그렇지만 조한이는 이미 풀어줬고. 이제 한진영도 놓아줘야 할 거다. 의심을 풀기에는 둘 다 이상한 점이 많아."

김성재가 덧붙여 말했다.

"내가 이런 걸 알려 주는 이유가 궁금하지 않은 것 같은데."

"이유가 있어서 하는 말씀이시죠."

"네가 수사에 도움을 줄 수 있을 거라고 생각하고 있다."

"제가 수사를 도와요?"

"수사를 돕는 거야. 친구들을 도와야지. 내가 너의 친구들을 붙잡고 살인마라고 떠들고 그러면 기분 나쁠 게 아니냐."

김성재가 말했다.

196

"무슨 수로요."

이혜진이 말했다.

"대답만 똑바로 하면 돼. 초등학교 삼학년 때 기억하지. 진영이와 현우가 너랑 조한이를 포함해서 다른 애들을 괴롭혔을 거다. 그런데 지금은 아주 친하게 지내는 것 같더라고. 진영이는 자기가 누굴 괴롭혔는지 기억이 없는 것 같던데. 너도 모르고 있었어?"

김성재가 말했다.

"진영이랑 현우가 저를 괴롭혔다구요? 물론 잊지 않았어요. 아직까지 트라우마로 남아 있는 걸요. 하지만 어린 시절이었고 과거의 일이잖아요. 진영이는 워낙에 심하게 괴롭혔던 애라서 말하기가 껄끄러웠어요. 현우한테는 말했어요. 그때 괴롭힘 당하던 애들이 사실 우리였다고요. 현우가 미안하다고 사과를 했어요. 그리고 우리끼리 화해했어요. 진영이한테는 말하지 말라고 했죠. 전에는 오해가 많아서 나쁜 애라고 생각했지만. 친해지니까 괜찮은 애였거든요. 괜히 말해서 불편한 사이로 되기 싫었어요. 이미 친해진 뒤였어요. 고등학교에서 진영이를 처음 봤을 땐 그냥 동명이인일 뿐이라고 생각했어요. 성격이 달랐으니까요."

이혜진이 말했다.

"그러면 최현우가 죽던 날에, 그들의 범행을 미리 알았는지 알고 싶은데…."

김성재가 말했다.

"같이 다니던 애들은 모두 알고 있었어요. 며칠 전부터 계획하고 있었는 걸요."

이혜진이 말했다.

"진영이 말로는 한 명이 더 있었다는데. 최현우랑 한진영 말고 누가 더 갈 예정이었냐. 숨기지 말고 얘기해라."

김성재가 말했다.

"진호 말인가요?"

이혜진이 말했다.

"한진영도 그 이름을 대던데. 진호랑은 어떻게 아는 사이냐."

"학교 친구예요. 고등학교에 와서 알게 됐어요. 진영이랑 친하고요."

"진호라는 이름은 가명일 거다. 그 애랑 정말 고등학교 때 처음 안 사이야?"

김성재가 말했다.

"가명이요?"

이혜진이 뜸을 들이더니 덧붙였다.

"가명으로 학교에 입학하는 게 가능한가요? 저는 진호를 고등학교 때 처음 만났다고 생각하는데요. 가명으로 학교에 들어올 애라면 조금 그렇네요. 제가 모른다고 해도 진호는 저를 알고 있을지도 모르고. 진영이도 처음엔 알아보지 못했으니까. 하지만 맹세컨대, 제 기억에 그런 애는 없었어요."

"진호 갈 만한 곳으로 짐작 가는 데가 있냐."

"진영이랑 친했지. 진호는 저랑 많이 안 친했어요. 성격이 비슷하긴 해요. 진호가 말이 없었거든요. 같이 어울리면서 가끔 대화만 하는 관계였어요. 진영이가 잡혀가고 나서부터는 이제 연락도 안 되는 걸요."

이혜진이 말했다.

혼란스러운 표정이었다.

진영이가 나올까. 나는 애타게 기다리고 있었다. 안 나오면 어쩌지. 문이 열렸다. 누군가 나왔다. 진영이다.

뒤를 따라 걸었다.

찜찜한 기분에 돌아왔다. 담을 따라서 걸었다. 잠시 어디 다녀오는 중에 그들이 밖으로 나갔을까. 확인해야 했다. 하여간 외부인의 출입은 어디로 보나 불편하다. 수시로 경계할 수밖에 없으니 귀찮음이 이만저만이 아니다.

경비가 발을 내디뎠다. 뒤뜰로 들어왔다. 이상한 냄새가 났다. 천천히 고개를 돌렸다. 뭔가 보였다. 사람으로 보이는 형체였다. 폭삭 눌린 모습으로 땅에 붙어 있었다. 죽은 걸까. 가슴 부위에 피가 조금 맺혀 있었다. 한 사람이 더 있었다. 상체 부위에 피가 흥건했다.

음식점 안으로 들어갔다.

"수상한 점을 말하라면 없는 건 아니지만 이혜진은 결백해. 빈집털이를 제안한 건, 정진호였고. 둘이 그 집에 들어갈 때 정진호도 옆에 있었어."

수화기 너머로 김성재가 말했다.

손님들이 고개를 돌려 쳐다봤다. 구석 자리에 테이블이 하나 남아 있었다.

"정진호가 옆에 있었어?"

임철용이 테이블 의자에 앉으며 말했다.

"아무튼 정진호라는 애가 있었던 건 확실하고. 한진영이 거짓말을 한 건 아니야. 정진호는 가명을 사용해서 학교에 입학했어. 이혜진은 정진호와 고등학교 때 처음 알았어. 자기 기억에는 그렇대. 최현우가 이혜진한테 괴롭혀서 미안했다고 사과했다는데. 이건 확인할 방법이 없으니 단정지을 순 없고."

김성재가 말했다.

"더 알아낸 거는?"

임철용이 말했다.

"정진호와 한진영이 특히 각별했다는 것 정도야. 한진영이 정진호를 잘 따랐다고 하던데. 진영이가 정진호 말이라면 껌뻑 죽었다고 해. 처음에 최현우랑 둘만 범행을 저질렀다고 진술했던 것도. 결국엔 정진호를 감싸 주려고 했던 거야. 이혜진은 남자들과 그렇게 많이 친한 사이가 아니었대. 더 캐려고 했지만 이혜진이 시간이 없다고 먼저 갔어."

김성재가 말했다.

"길게 층을 낸 머리였어요. 남자치고는 예쁘장한 얼굴이었습니다. 고등학생내지 대학생처럼 보였고요, 검은 티셔츠에 청바지를 입고 있었어요. 목걸이를 걸고 있었어요. 목걸이 줄에 특이한 장식물이 걸려있었고요. 더는 자세히 기억할 수가 없습니다. 우락부락한 타입은 아니었어요. 민첩하게 생긴 체구였습니다. 키가 컸어요. 한 180은 넘어보였습니다."

경비가 말했다.

"감시카메라를 확인할 수 있을까요?"

경찰관이 말했다.

"거긴 감시카메라가 없는 구역입니다."

경비가 말했다.

"사고가 났던 장소에 가 봤어요."

김조한이 말했다.

모친은 묵묵히 젓가락을 옮겼다.

"궁금하지 않으세요?"

김조한이 말했다.

모친이 벽시계를 바라봤다.

늦은 오후였다. 아들은 일곱 시가 조금 넘은 시각에 귀가했다. 아침 일찍부터 나가서는 밤 늦게서야 돌아온 셈이다.

"많이 먹어야지. 아버지도 안 계신데 속상하게 그러지 마라."

모친이 말했다.

"죄송해요."

김조한이 말했다.

"공부는 어떻게 할 거야. 학원을 알아보려고?"

모친이 말했다.

기계적인 말투였다.

"독학으로 하려구요. 그렇게 어렵지도 않다고 하니까요. 전 경험도 있잖아요."

김조한이 말했다.

담벼락 뒤로 몸을 숨겼다. 방해꾼이 나타났다. 경찰들이다. 단순한 순찰이라고 보기엔 분위기가 이상했다. 경계심 어린 눈빛으로 사람들을 살피고 있었다. 사람이라고 해 봤자 몇 없었다. 다섯이 안 넘는 수다. 나까지 포함하면 넘을지도 모른다. 경찰들은 한진영의 옆을 지나쳐서 걸어오고 있었다.

짜증이 치밀었다. 오늘따라 방해 공작을 부리는 사람이 많았다. 고지가 코앞이다. 완성까지 얼마 남지 않았다. 굳이 남의 앞길을 막으려는 이유가 뭘까. 그렇게 생각하니 더욱 기분이 나빴다. 누구나 방해를 받으면 이빨을 세운다. 경찰들도 마찬가지일 거다. 필요에 따라 그들도 범죄를 저지른다. 비리 경찰들이 괜히 있는 것도 아니다. 가증스러웠다. 착한 척을 하고 있다니. 그들은 법의 수호 아래에서 범죄를 저지르며 남을 방해한다.

경찰들이 다가오고 있었다. 한진영은 점점 멀어지고 있다. 집으로 가는 건가. 집 방향은 아니었다. 무시하고 뒤를 쫓을까. 고개를 저었다. 금산초등학교의 경비가 나와 이철민의 얼굴을 봤다. 그 뒤로 시간이 많이 흘렀다. 시신이 발견됐다고 해도 이상하지가 않다. 경찰들이 나를 붙잡으려고 들지도 모른다.

사잇길로 걸어갔다. 경찰들의 눈에 띄어서 좋을 게 없다는 결론이었다.

이 길로 가면 진영이의 뒤를 더는 쫓지 못한다. 그러나 선택권이 없다. 경찰에게 붙잡혀서 다음 기회마저 박탈당하는 실수는 저질러선 안 된다.

코너를 돌면서 옆을 봤다. 경찰들 무리가 보였다. 조금 전까지 내가 있던 장소에 경찰들이 머물러 있었다. 그들은 대화를 나누고 있었다.

나는 걸음을 옮겼다.

탈주는 아니다. 그의 성격에 그런 짓을 감행할 리가 없다. 진영이는 아마도 휴대폰을 갖고 있을 거다. 그렇다면 간단하다. 경찰을 따돌린 뒤에 진영이에게 전화를 걸면 된다. 오늘 만나지 못한다면 다음 날이 있다. 생각보다 기회는 많다. 문제는 기회를 얻기 전까지 잡히지 않는 거다. 마음이 급할 때일수록 신중해야 한다.

손님들이 빠져나가고 음식점은 한산했다. 수첩을 꺼내놓고 밥을 먹고 있었다. 처음에는 시끌벅적한 분위기 때문에 엄두가 안 났다. 생각을 정리하려면 어느 정도 정적이 필요했다. 썰렁해진 지금은 가능했다.

임철용은 수첩을 응시했다.

정진호라는 아이가 범인일 가능성이 높았다. 의심스러운 점만 있던 전과는 다른다. 그를 범인으로 두면 모든 정황이 맞아 떨어진다. 가명을 써서 학교에 들어갔다. 한진영과 최현우에게 범행을 제안한 건 정진호였다. 범행을 마치고 한진영은 그 집을 나왔다. 최현우와 정진호 함께 있었다. 한진영과 헤어지고 둘은 범행 장소로 되돌아갔다. 최현우는 거기서 죽은 채로 발견됐다.

곤정고등학교에 전화해서 알아 봤다. 문서상의 기록들은 전부 조작된 거였다. 연락처로 전화를 걸었으나 모두 결번이었다. 주소지도 엉뚱한 곳으로 돼 있었다. 정진호는 조한이와 비교적 닮은 외모를 지녔다. 초상화를 들고 찾아왔던 피해자의 진술과도 일치한다. 그가 행위예술 살인마다.

원한 살인이 맞을까. 이경신과 권기주, 최현우는 금산초등학교와 관련이 있다. 용의자로 지목됐던 김조한과 한진영도 그 학교 학생이었다. 죽은 권기주와 최현우는 학교폭력의 가해자였다. 이경신은 학교폭력을 알고 있었으면서도 방치했다.

이혜진은 최현우가 알고 있었다고 말했다. 초등학교의 일에 대해서 알았다. 이혜진과 김조한에게 미안한 감정이 있었을 거다. 알면서도 한진영에게는 말하지 않았다. 혜진의 부탁을 들어주기 위해서였다. 혜진은 사이가 틀어질까 염려했다.

범인들은 의도적으로 증거를 남겼다. 일부러 빵 조각을 뿌려 두는 것처럼 말이다. 증거가 남은 사건의 피해자들은 금산초등학교와 관련이 있었다. 그들은 복수가 이어지고 있다는 사실을 외부에 알리려 하고 있었다. 누구에게? 경찰은 아닐 거다. 길거리에 지나다니는 사람들도 아니다. 죄의식을 가져야 하는, 금산초등학교와 관련된 사람들이다. 그들이 다음 표적일 거다. 이경신의 학급을 제외하고는 문제가 되는 학생들은 몇 없었다.

임철용은 빈 그릇을 바라봤다. 수저질을 멈췄다.

한 가지 의문이 남는다. 정진호로 추정되는 아이는 그 반에 존재하지 않았다. 눈을 씻고 찾아도 없었다. 그가 행위예술 살인마라면 어떻게 이경신을 알았을까. 누군가의 복수를 대신하고 있는 걸까. 공범을 위해서 사람을 죽이는 건지도 모른다.

따돌림을 당하던 아이 중에 공범이 있을 거다. 교사는 김조한과 이혜진 외에도 몇이 더 있었다고 말했다. 정진호라는 아이는 그 공범과 각별한 사이였을 거다. 공범이 괴롭힘을 당하는 것을 곁에서 지켜봤거나 전해 들었다.

김조한이 사고를 당하던 날 목격자는 두 명이었다. 교사와 그 학교 학생이다. 조한이는 연고가 없는 학교에서 추락하는 사고를 당했다. 교사의 증언에 따르면 다른 목격자는 옥상에 있었다. 정원명이라는 이름의 학생이었다. 그 아이와 뭔가 관련이 있을 거라고 말했다. 정원명이라는 이름에서 진호를 떠올렸지만 생각을 거둬야 했다. 중학교를 졸업한 뒤에 정원명은 자살했다. 사망기록에 남아 있었다.

머리가 복잡했다. 음식을 다 먹고 일어섰다. 돈을 내고 밖으로 나왔다. 밖은 어스름해질 기미가 보이고 있었다. 가게 밖으로 나오는데 문득 생각이 스쳤다. 한진영은 집단따돌림의 주도자 축에 속했다.

관할 경찰서에 전화를 걸었다.

"임철용 형사님, 무슨 일이세요. 수사는 진행이 잘 되고 있나요?"

경찰관이 말했다.

"한진영은 어떻게 하고 있나 갔다와봐."

임철용이 말했다.

"한진영이요?"

경찰관이 말했다. 어딘가 난감한 목소리였다.

"뭐야. 갔다와보라니까."

임철용이 말했다.

"얼마 전에 동료 경찰관이 풀어 줬는데요."

경찰관이 말했다.

"한진영을 풀어 줘?"

임철용이 말했다.

"잘못인 건 알아요."

경찰관이 말했다.

"김성재가 가면서 잘 보고 있으라고 안 했어?"

임철용이 말했다.

"그게 당부를 하고 가셨는데요. 풀어 줄 수밖에 없었어요. 한진영이라는 애가 함께 갇혀있던 사람들을 내세워서 소동이 일으켰습니다. 마땅히 붙잡아 둘 명목도 없었고. 같이 있던 남자들 중에 영향력이 높은 사람이 있었거든요. 위에서부터 압력이 들어와서 모두 풀어줘야 했습니다. 면목이 없습니다.”

경찰관이 말했다.

“그 때가 언제였어.”

임철용이 말했다.

“나간 지 삼십 분도 채 안 됐을 건데요.”

경찰관이 말했다.

그녀는 나를 좋아하지 않았다.

나는 그녀를 사랑했다.

여린 아이였다.

우리는 특별한 친구 사이로 지냈다. 고백 이후에 티를 내지 않겠다고 그녀와 약속했다. 초등학교에서의 짓궂은 놀림을 그녀는 꺼려했던 거다. 그녀는 내 마음을 받아 주지 않았지만 굳이 날 밀쳐내지도 않았다. 고마웠다. 어색해질 거라 여겼던 관계는 오히려 좋아졌다. 그녀가 내게 관심도 없었기 때문에 그 전까진 친구도 아니었다. 고백한 이후로 절친한 관계가 됐다. 남녀 사이가 그렇듯 그녀를 알아갈수록 마음은 더욱 깊어졌다. 점점 마음을 숨기기가 어려워졌다. 결국 들키고 말았다.

“전부 내 탓이야.”

내가 말했다.

그녀는 울기만 했다. 나를 원망했다.

“어떡할 거야.”

그녀가 말했다.

“책임질게.”

내가 대답했다.

초등학생의 대답이라고 보기엔 우스웠다. 진짜 사랑이 뭔지도 알기 어려운 나이다. 그러나 진심이었다. 그 마음은 지금도 여전하다. 그 때와 같은 감정으로 그녀를 사랑하고 있다. 아이들은 내 감정을 잘못 인식했다. 진실을 기억하는 건 나뿐이다. 나와 그녀가 얼마나 순수했는지. 비난받을 만한 짓을 저지르지 않았다는 사실을. 알고 있는 건 나뿐이다.

생각해 보면 억울하다. 그녀는 사랑을 받은 죄밖에 없다. 불순한 속셈을 지니고 그녀를 사랑하지 않았다. 나와 그녀를 두고 불순한 상상을 한 건 그들이다. 우리는 손도 잡지 않았다. 멋대로 상상하며 우리들의 순수한 마음을 매도했다. 자기들의 사랑은 고결한 것이면서 내 마음은 싸구려 취급했다. 더럽다며 욕했다.

아이들은 그녀를 괴롭히기 시작했다.

사흘이 지난 뒤였다.

"마련한 돈이야. 이제 나쁜 짓은 그만 둬."

내가 말했다.

도울 방법이 마땅히 없었다. 있다면 돈뿐이었다. 초등학생은 꿈도 꾸지 못하는 액수를 아이들에게 쥐어 줬다. 안 되겠다 싶어 강구한 방법이었다. 돈을 주면서 단단히 일렀다. 그녀를 괴롭히지 말라고 당부했다. 괴롭힘은 수그러들었다. 잠시뿐이었다. 폭행은 다시 시작됐다. 멈추고 싶다면 금품을 가져오라고 아이들이 말했다. 신고하면 비밀을 발설하겠다고 협박했다. 나는 아버지의 통장에서 돈을 몰래 빼내어 그들에게 바쳤다. 다신 그녀와 친구들을 괴롭히지 않을 것을 약속받았다. 그러나 약속은 지켜지지 않았다. 요요가 움직이는 것처럼 아이들의 행동은 되풀이됐다. 시간이 갈수록 돈을 구하기가 어려워졌다.

신체적인 폭행에서 나는 제외당했다. 몸에 증거가 남지 않도록 교묘하게 괴롭혔다. 아버지에게 이를 것을 염려한 모양이었다. 아이들은 정신적인 고문으로 내게 고통을 줬다. 그녀와 친구들을 폭행했다. 돈은 문제가 아니었다. 달라고 하면 얼마든 줄 수 있었다. 그녀의 고통이 내게 이어진다는 걸 아는 것 같았다. 그녀를 반복적으로 괴롭힘으로써 돈으로도 해결하지 못하는 과제가 있다는 사실을 내게 일깨워줬다.

"그 애와 친구들을 괴롭히지 않기로 했잖아."

내가 말했다.

"너 때문이잖아. 미안하면 다시 돈을 가져와."

아이들이 말했다.

내가 절망하길 바랐다면 아이들은 성공했다. 나는 아무것도 할 수 없었다. 갖은 치욕을 맛보면서 무력함에 허우적거려야 했다. 그녀가 괴로워하는 모습을 눈앞에서 지켜봤다. 나 때문이었다. 그녀가 그렇게 된 게 나 때문인데도 할 수 있는 게 없었다. 범행을 계획했다. 죽여서 복수를 하자고 생각했다. 아이들이 과연 날 알아보지 못할까 걱정했다. 노파심이었다. 그런 걱정 따위는 아무런 문제도 아니었다. 아이들은 우리를 까맣게 잊은 뒤였다.

나는 공터를 향해 가고 있었다.

오늘 몇 명이나 죽였지. 그들이 복수다. 계획만 짜대는 나를 대신해서 동료들이 움직인 거다. 그들에겐 고맙다. 용기가 없는 나를 위해서 위험을 무릅썼다.

한진영을 떠올렸다. 그는 내 손으로 죽일 생각이다.

수화기를 올렸다가 내리길 반복하고 있었다. 긴 통화음이 흐르고 끊어졌다. 높은 목소리의 여성이 대신 밝게 말했다.

그녀는 전화를 받지 않았다.

김조한은 명함을 들여다봤다.

이정민의 연락처였다. 명함을 받은 지 얼마 안 됐다. 그녀가 가짜 번호를 줬을 리는 없다. 번호는 맞을 거야. 시간을 확인했다. 여덟 시를 오 분 넘긴 시각이다. 일을 하느라 못 받는 건가. 휴대폰을 어디에다가 떨어뜨린 건지도 모른다.

무슨 일이 있으면 전화하라던 그녀의 말이 떠올랐다.

김조한은 휴대폰을 만지작거렸다. 메시지함에 들어갔다. 메시지를 몇 번씩 수정하며 문장을 완성했다. 번호를 입력하고, 지우고, 다시 썼다.

최근 들어 전보다 심각해지고 있었다. 한층 기괴해진 이미지가 수시로 머리를 휘저었다. 밥을 먹을 때도 마찬가지였다. 침대에 눕고 나서는 특히 심했다. 좋은 느낌이었다. 상상이 떠오르면 깊이 파고들었다. 자리를 박차고 일어나 당장 실행으로 옮기고 싶었다. 불순한 상상이 미래를 갉아 먹을 거란 사실을 물론 알았다.

그러나 그만둘 수가 없었다. 상상을 할 때면 안 된다는 생각은 일시에 사라졌다. 양심에 거리낄 게 없었다. 미래가 어찌 되든 상관없으니 그것도 문제가 아니었다. 잡히지만 않으면 되는 거였다. 또한 상상을 함으로써 강렬한 느낌을 경험할 수 있었다. 유일했다. 일종의 쾌락이었다. 내장을 휘저었던 손의 감촉이 아직까지 생생하다.

그녀와 상담하고 싶었다. 문제를 공유하고 해결을 봐야 한다. 아버지가 사라진 지금은 말이다. 그녀가 전부다. 도움을 청할 곳이 없다. 정신병원 의사에게 제대로 된 도움을 기대하지는 못한다. 아버지가 아니다. 자기들 기준에서 치료법을 내밀 거다. 개인의 이득과는 동떨어진 사회의 기준을 들이대겠지. 지키라고 강요하다가 듣지 않으면 정신병원에 가두려 할 거다. 가둔 뒤에 관찰을 하고. 나중에는 뇌를 쪼개서 분석하려고 들 거다.

생각을 그만뒀다. 부정적인 사고를 고쳐야 한다. 그녀가 보고 싶어졌다. 혹시 부담감 때문에 그녀가 일부러 연락을 피하는 거라면?

스토커 같다는 생각이 들었다. 계속 전화를 거는 행동은 실례다. 눈빛이 멀게졌다. 고개를 저었다.

김조한은 메시지를 전송했다.

부모에게 전화가 걸려오고 있었다.

한진영은 액정에 뜬 번호를 바라봤다. 진동이 멈췄다. '부재중 전화'가 걸려왔다는 표시가 휴대폰에 남았다.

친구들에게 여러 통의 전화가 걸려와 있었다. 문자메시지도 다수 있었다. 소식을 들었다면서 정말이냐고 묻는 내용이었다. 친구들 사이에 소문이 퍼진 것 같았다. 학교로 돌아가서 아니라고 말하면 괜찮을까. 아마도 오해가 풀릴 거다. 나오면 술을 먹자는 메시지도 있었다. 친구들을 잘못 사귀진 않았다. 마음에 걸리는 아이가 있지만 설명을 하고 나면 수긍할 거다. 메시지로 욕을 적어서 보낸 행위에 대해서도 사과할 거다.

유독 지인이 부재중 전화를 많이 남겼다. 걱정을 하고 있었다. 형사들이 폭행을 하면 신고를 하라는 메시지를 남겼다. 이렇게 빨리 풀려났다는 걸 알면 무슨 표정을 지을까? 좋아할 거다. 백퍼센트 믿지는 않았을 테니까. 아주 조금 안심할 거다. 이혜진은 모르겠다. 소식은 들었을 거다. 친한 건 아니었지만 그래도 서운했다. 왜 확인전화도 걸지 않았을까. 집에 있으라고 조한이는 소식을 듣지 못한 모양이었다.

손을 들어 이마를 만졌다. 어릴 때 생긴 흉터다. 이름이 뭐였지. 이마를 다친 이후에 기억력에 장애가 왔다. 떠올릴 수가 없었다.

손을 내렸다.

'방금 동료에게서 전화가 왔다. 유치원 이야기를 꺼내던데.'

김성재가 말했다.

한진영은 그와의 대화를 떠올렸다.

동료가 자신의 집에서 대강의 이야기를 전해 들었다. 부모가 새봄유치원에 대해서 동료에게 말한 것이다. 김성재는 동료에게 들은 말을 토대로 질문을 던졌다. 이미 다 들킨 마당에… 자포자기한 심정이었다. 한진영은 김성재에게 사실대로 고백했다. 정진호가 먼저 접근해서 유치원 이야기를 꺼냈다고 말했다. 빠짐없이 얘기할까 고민하다가, 하지 않았다.

경찰은 정진호를 의심하는 것 같았다. 자세한 설명을 듣지 못해서 단언

할 수는 없다. 그렇지만 경찰들이 정진호를 수상하게 여기는 건 분명했다. 그와 관련된 질문에 관심을 많이 보였다. 맨 처음 계획했던 것이 정진호라서 의심스러운 걸까. 이미 수차례 범죄를 저질렀다. '이번이 처음이 아니었어.' 문제가 발생한 건 처음이었다. 우연의 일치로 골치 아픈 사건과 엮였을 확률이 높다. 최현우가 죽은 건 둘 중 하나의 이유다. 단순히 운이 없어서 죽었거나. 자살을 한 거다.

삼십 분째 밖을 배회하고 있었다.

정처가 불분명했다. 갈 곳이 없다고는 해도 집으로 가기는 싫었다. 학교로 갈 순 없었다. 수업이 종료됐을 시간이다. 풀려난 김에 이대로 밖에서 친구들을 만날까. 하지만 누구를 불러야 할까. 선뜻 손이 안 움직였다. 조한이와 현우는 부르지 못한다. 패거리 중에 부를 만한 사람은 김지인과 정진호 뿐이었다. 이혜진은 친하지 않고 이철민은 요새 사이가 서먹했다.

한진영은 고민하다가 휴대폰을 들었다.

공터에 앉아 있었다.

전화를 해야 하나 망설이는 중이었다. 진영이가 집으로 돌아갔을까. 취조를 받으면서 무슨 대화를 나눴을까. 걱정이 됐다. 엄한 소리를 듣지 않았을까 싶어서 초조함이 밀려왔다. 일이 틀어져서 복수를 못하게 될지도 모른다.

휴대폰을 꺼냈다.

문자메시지가 와 있었다. 세 건이었다. 순서대로 확인했다. 메시지를 확인할수록 기분이 좋아졌다.

마지막 문자는 한진영의 번호로 와 있었다.

문자를 보면 연락을 달라는 메시지였다.

나는 한진영에게 전화를 걸었다. 십여 초가 흘렀을 무렵에 수화음이 끊겼다. 벨소리를 들은 모양이다.

210

"지금 어디냐? 어떻게 된 거야."

내가 말했다.

잠시 대답이 없었다. 통화가 끊긴 걸까. 수화기를 귀에서 떼었다가 다시 붙였다. 끊긴 건 아니었다.

"밖이야. 진호 너는 어디야?"

한참 후에 진영이가 말했다.

"그게 알고 싶어?"

내가 말했다.

"당연하지. 오랜만에 나온 건데. 너한테 하고 싶은 말도 있고."

진영이가 말했다. 하고 싶은 말이라니.

"우리가 자주 가던 곳이야."

잠시 생각하다가 말했다.

"조한이가 아주머니랑 싸워서 방에서 썩고 있다고 했었지. 조한이 경찰서에 잡혀 있었대. 핸드폰 뺏기고 거기 들어가 있어서 연락이 안 됐던 거야. 풀려난 지 꽤 됐다는데 아주머니랑은 그 문제로 싸웠지 싶다."

한진영이 말했다.

경찰에게 들은 모양이었다.

"사람들은 김조한 괴롭히는 거 좋아하잖냐. 넌 밖에 나오니까 어떠냐?"

내가 말했다.

"바람이 아주 시원하고 좋아. 안에서랑은 차원이 다르다."

한진영이 말했다.

"기분도 좋을 테고. 지금 어디야? 밖에 나왔는데 만나야지. 나 혼자 있다."

내가 말했다.

"나 그렇게 가고 나서 이상한 소문 안 났어?"

한진영이 말했다.

의중을 알 수가 없었다.

"최현우에 대해서는 말하지 말자."

내가 말했다.

"그렇게 말할 줄 알았어. 우선은 일단 만나기나 하자."

한진영이 말했다.

"기다리고 있을게."

내가 말했다.

종료 키를 눌렀다. 지정 시간까지는 이십 분 안팎이 남았다. 역시 하늘이 돕는 걸까. 대미를 장식해야 한다. 그러자면 이철민보다는 역시 한진영이다. 이철민의 사망시각은 맞추지 못했지만 진영이는 다르다.

어렸을 때 만화를 자주 봤다. 로봇이 나오는 만화였다.

줄거리는 이랬다. 초등학생 아이들이 있다. 그들은 지구의 위기를 함께 극복한다. 위기가 찾아오면 학교가 조각조각 나뉘어서 로봇으로 변한다. 훈훈하게 극복하면서 회차가 끝난다. 만화의 이름이 뭐였지. 기억이 가물가물하다.

어쨌든 그런 적이 있었다. 그 만화를 보며 눈물을 흘린 적이 한 번 있었다. 학급의 아이들 중에 하나가 로봇으로 변하기 시작했다. 로봇으로 변하며 남학생은 학급 친구들을 몰라본다. 친구들을 때리고 공격한다. 어떤 여자아이를 죽이려고 한다. 목을 움켜쥐고 하늘로 쳐든다. 여자아이가 말한다. 자기들의 추억을 읊으며 기억하라고 설득한다. 남자아이는 듣지 못한다. 계속 목을 조른다. 당장이라도 죽일 듯이 여자아이를 노려본다. 그때, 나도 모르게 눈물을 흘렸다. 남자아이는 로봇으로 변하지 않았다. 만화는 행복한 결말로 남았다. 기억하고 싶은 것이 있다. 남자아이는 어떤 방법을 써서 인간으로 돌아왔던 걸까.

당시를 떠올렸다. 연구실에서 최선의 계획을 강구했다. 우리는 결론을 냈다. 결국에는 잡히게 될 거였다. 그러기 위해서 쓸 계획을 떠올리던 중에 얘기가 나왔다. 주변 사람들의 반응이 어떨까. 우리는 각자의 의견을 말했다. 재미있는 대화였다.

대화를 나누며 속으로 상상했다.

'전 아이를 그렇게 키우지 않았어요.'

어머니는 실망한다.

'내 아이가 살인을 저지른 데 보태 준 것이 있습니까.'

아버지는 덤덤하다.

'그런 애랑 친구였다니 소름이 끼쳐요.'

친구들은 입을 모아서 얘기한다.

'정말로 착하게 생겼는데 왜 살인을 저질렀을까요.'

마을 사람들과 친척들이 외칠 거다.

"초등학교의 일은 왜 묻는 거야?"

한진영이 말했다.

"유치원 앞에 초등학교가 하나 있었잖아. 나는 다른 곳으로 가서 재학했지만 동기들은 다 그 앞의 학교로 갔을 거 같아서. 소외감도 들고. 근데 그 애들이랑은 친하게 지냈었냐."

내가 말했다.

대답을 기다렸다. 그에게 주는 일종의 기회였다.

"우리 멤버들 말하는 거지? 글쎄, 그 때의 일은 기억이 안 나서 잘 모르겠어. 현우랑은 초등학교 입학해서도 친하게 지냈지. 다른 애들은 금산 초등학교에 입학했었나. 물어보니까 지인이는 아니라던데. 유치원 졸업하고 바로 이사갔대. 부모님한테 무슨 일이 생겨서랬나. 아무튼 그랬는데 잘 생각이 안 난다. 이해해라. 알잖아, 나 기억력이 안 좋다."

한진영이 말했다.

"다른 애들한테도 물어봤어?"

내가 말했다.

"다른 애들?"

한진영이 말했다.

"김조한이랑 이혜진, 또 다른 애들 많았잖아. 우리 멤버가 여덟 명이었으니까."

내가 말했다.

"이혜진은 모르겠고. 조한이는 좀처럼 얘기를 안 하던데. 초등학교 어디 나왔냐고 물으면 말을 자꾸 돌리니까. 안 좋은 기억이 있다고만 들었지. 어디 다녔다는 대답은 못 들었어. 계속 묻기도 뭐하고 해서 그 뒤론 말 안 꺼냈는데."

한진영이 말했다.

"유치원 동기들 이름 기억해?"

내가 말했다.

"나랑 이혜진, 김지인, 너, 조한이랑 현우, 그리고 두 명 더 있었는데? 모르겠다. 남자랑 여자 하나씩 더 있었는데 말야."

한진영이 말했다.

이맛살을 찌푸리더니 고개를 저었다.

"옛날 일이잖냐. 졸업 앨범도 없고 기억 못하는 게 당연해. 초등학생 때는 어땠냐. 철민이 얘기로는 대단했었다는데. 그 때부터 좀 날렸나 보다. 지금처럼 애들 막 괴롭히고 그랬던 건 아니지?"

내가 말했다.

"애들 괴롭힌 건 이철민이 한 수 위였어. 나는 별로 좋아하지도 않았어. 이철민한테 물어봐라. 나보다 더 심했어."

한진영이 말했다.

억울한 표정이었다.

공사가 중단된 공터에는 아직 자재가 남아있었다. 시멘트로 된 자재였다. 우리는 의자삼아 파이프 위에 앉아 있었다.

"괴롭혔단 얘기잖아."

내가 말했다.

"그런 거 싫어하지. 미안하다. 하지만 널 만나기 전이잖아."

한진영이 말했다.

"지금도 나 몰래 애들 괴롭히고 다니는 거 알아. 이유없는 폭행은 안 된다고 했지. 현재는 바꿀 수 있으니까 그렇다 치고. 초등학생 때는 왜 그랬던 거냐?"

내가 말했다.

'이상하게 들렸을까' 말하고 나서 걱정이 됐다. 방금 전 말은 가까이에서 직접 지켜본 사람 같았다. 다행스럽게도 한진영에게는 아닌 모양이었다.

"어릴 때였잖아. 이철민이 그렇게 행동하니까. 나도 따라했던 거야. 처음엔 뭣 모르고 어울리면서 애들을 괴롭혔어. 가볍게 장난삼아 놀리는 정도였으니까. 그런데 지날수록 점점 강도가 심해지는 거야. 빼고 싶었지만 이미 늦어 있었어. 너도 알잖아? 어울리다가 어설프게 뒤로 빠지면 도리어 희생양이 되는 거. 난 괴롭힘을 당하고 싶지 않았어. 요령 있게 사이가 멀어진다 해도 다른 친구를 찾기 어려웠고. 너, 만호 형 알지. 학교에 만호 형이 많이 찾아왔어. 그 형이 또 한 성격하잖아. 만호 형도 무서웠고… 그래서 싫지만 아무렇지 않은 척 했던 거야. 기억은 안 나지만 굉장히 미안하게 생각하고 있어. 괴롭혔던 애들을 찾아다니면서 빌고 싶은 심정이야. 지금은 몸에 배서 고쳐지지가 않은 거고."

난감한 얼굴로 한진영이 말했다.

진심일까. 알 수 없었다.

"그 애들 이름은 기억하냐."

내가 말했다.

뜸을 들이다가 한진영이 말했다.

"괴롭히던 애들을 이름으로 부르지 않았어. 아마도 별명으로 불렀을 거야. 유일하게 이름으로 불렸던 애가 있는 거 같은데. 역시 기억이 안 나. 얼굴도 그렇고 이름도 예뻤던 걸로 기억하는데. 김조은이라는 이름이었어. 얼굴은 떠오르지 않아. 나는 그 애랑 친해지고 싶었거든. 그런데 이철민이 그 앨 찍는 바람에 친해지지 못했어. 결국은 이철민 때문에 조은이랑 사이가 안 좋아지고. 이마가 다친 후로는 기억력도 영 아니게 됐어."

"네 말은 애들을 괴롭힌 게 이철민 때문이라는 소리냐. 너는 하고 싶지 않았는데 어쩔 수 없이 한 거고."

내가 말했다. 조금 망설여졌다.

"그래, 얼굴은 잊었어도 조은이라는 애를 꽤나 깊이 좋아했거든. 그런데도 돕지 못했어. 왜 그랬지. 괴롭힘 받을 이유가 없었는데 매일 같이 못살게 굴었어. 돕지는 못할망정 거들었다고. 아직까지 후회가 돼. 모두 이철민 때문이야. 이제야 말하는 거지만, 내가 이철민이랑 친하지만 않았어도 이렇게 되지는 않았어."

한진영이 말했다.

"조은이를 이성으로서 좋아했어?"

내가 말했다. 망설임을 떨치고 싶었다.

한진영이 의심스러운 표정을 지었다.

"좋아했냐구."

내가 말했다.

"너 오늘 좀 이상하다."

"대답해. 묻고 있잖아."

"좋아했던 거 같아."

한진영이 말했다.

화가 났다.

"좋아하면서 괴롭혔다고. 그게 가능하냐."

내가 말했다.

"모르겠어."

한진영이 말했다.

"그럼 지금 생각해 봐. 어떻게 해서 가능했던 건지."

내가 말했다.

"자꾸 왜 그러는 거야. 너 오늘 진짜 이상하다. 그 애를 좋아하는 애가 또 있었을 거야. 그런데 그 애랑 조은이가 사귄다는 소문이 들렸어. 사귄 다는 소문이 들렸다고. 조은이가 괴롭힘을 당하기 시작하고 난 도울 수가 없었어."

한진영이 말했다.

"결론이 뭐냐."

내가 말했다.

"질투심 때문이었을 거야. 질투심 때문에 조은이를 더 괴롭혔을 거야. 그 놈은 되는데 왜 나는 안 돼. 뭐 그런 거 있잖아. 아무튼 초등학교 때 일은 생각하기도 싫어. 조은이한테 고백을 했었는데 아마도 거절당했어."

한진영이 말했다.

처음 듣는 소리였다.

"고백을 했었다고. 미안하다. 오랜만에 보는 건데 안 좋은 기억만 들춰 서. 그냥 궁금해서 물었어."

내가 말했다.

"날 의심하는 거야? 알잖아. 내가 나쁜 짓은 조금 했어도 사람을 죽일 정도로 인성이 나쁘지는 않다는 거. 남을 괴롭히지 말라고 하면 이제 더 는 안 할게. 너까지 날 의심하는 건 싫어. 내가 널 제일 좋아하는 거 알 잖아. 이 얘기는 그만하자."

한진영이 말했다.

"그래. 저번에도 그랬었지."

내가 말했다.

위화감이 들었다.

"현우가 가고. 나한테 남은 건 너랑 지인이랑 조한이 뿐이다."

한진영이 말했다.

휴대폰 액정을 켰다. 3분을 앞둔 시간이었다.

"네가 잡혀가고 많이 생각했다. 친한 사이에는 비밀이 없어야 한다는 거 말이야. 그래야 서로 신뢰를 할 수 있는 거 아니겠냐. 우리 사이에도 비밀이 없어야겠지. 너도 이 말에 동감하지?"

내가 말했다.

"동감해. 아무리 친해도 의심은 하더라. 문자를 보고 알았어. 누가 번호 변경도 안 하고 보냈는데. 나한테 친구 죽인 놈이라고 욕하는 거 있지."

한진영이 말했다.

"그럼 우리도 비밀을 터놓자. 넌 내가 제일 좋다고 했으니까. 나도 너 한테 한 가지 비밀을 알려 줄게."

내가 말했다.

"나 몰래 비밀을 만들었어?"

한진영이 말했다.

장난스런 목소리였다.

"이리 가까이 와봐."

내가 말했다.

께름칙하게 생각하는 것 같았다.

"이제 됐지. 뭔데 그래."

한진영이 말했다.

"사실은 말이야. 고등학교 입학하기 전부터 널 알고 있었어."

내가 말했다.

"나를 알고 있었다고?"

한진영이 말했다.

"그 뿐이 아니야. 조한이랑 혜진이와도 아는 사이였어."

내가 말했다.

"이혜진이랑은 왠지 아는 사이 같기는 했어도. 조한이는 널 처음 보는 것 같던데. 나는 어떻게 알고 있었어. 그럼 조한이랑 짜고 날 속인 거야?"

한진영이 말했다. 아주 불쾌해보이지는 않았다.

"그건 아니야. 김조한은 기억을 못하는 거고. 난 말을 안 했을 뿐이지. 너는 우릴 잊었던 거고. 우린 고등학교 때 처음 만난 거라고 했던 적 없어. 말을 안 한 건데 네가 멋대로 생각했던 거잖냐."

내가 말했다.

한진영의 어깨를 잡아 일으켰다. 조금 충격을 받은 얼굴로 가만히 서 있었다. 나를 내려다보고 있었다.

그를 보며 나도 일어났다.

"나는 기회를 줬어."

내가 말했다.

진영이는 대답이 없었다.

"한 마디 말로 천냥 빚을 갚는다잖냐. 만회할 기회를 줬는데 네가 잡지 못했어. 이제 들을 말은 없어. 요점은 이거잖냐. 우린 기억하는데 너는 전부 잊었다. 네가 하면 아름다운 사랑이어도 남이 하는 건 두고 볼 수가 없었다. 그거 알아. 조은이를 좋아하던 많고 많은 아이들 중에 내가 있었어. 조은이랑 사귄다고 소문이 났던 애가 나야."

내가 말했다.

주머니에서 칼을 꺼냈다. 칼집을 열었다. 최현우의 칼이다. 한진영이 칼을 보고는 내 얼굴을 응시했다. 부엉이처럼 느린 동작이었다.

날을 세웠다. 한진영의 배를 겨냥했다.

"그 애들 중에 너는 없었을 텐데. 그럴 리가 없어! 아니야. 그럼 현우를 죽인 게 정말로 진호 너라는 소리구나!"

한진영이 말했다.

"형사들에게 내 얘기를 했지. 그럴 거라고 생각했어. 이제 정말 얼마 안 남았어. 너랑 류만호만 죽이면 끝이라고."

내가 말했다.

한진영은 파김치 같았다. 의욕이 떨어져 나간 이상한 얼굴이었다. 자포자기한 모습이다. 칼을 들이대는데도 반항하지 않고 있었다. 행동을 전혀 보이지 않았다. 빨리 죽여달라는 건가. 이해할 수가 없었다.

나는 칼이 없는 손으로 진영이를 안았다.

"잘 가라. 친구야."

내가 말했다. 그는 그녀를 자살시도하게 한 인물이다. 망설임은 없다.

어깨를 두 번 두드리고 칼을 찔러넣었다. 깊숙이 세 번을 찔렀다. 고통이 길지 않도록 유의했다. 친구로서 마지막 배려였다. 진영이는 입을 틀어막고 버텼다. 신음을 흘리면서 꿈틀거렸다. 시간의 흐르면서 미동이 사라졌다. 죽기 전에 한진영이 작게 중얼거렸다. 목에 닿던 바람이 끊겼다. 손을 났다. 한진영은 서서히 땅으로 떨어졌다.

영혼이 빠져나간 시체를 바라봤다. 움직이지 않는 사람의 몸은 마치 껍데기처럼 느껴졌다. 자석에 이끌리듯 손이 움직였다. 만지려는 순간 몸이 굳었다. 시체의 눈에서 눈물이 흐르고 있었다.

화들짝 정신이 들었다.

"미안해. 내가 그런 게 아니야."

내가 말했다.

머리가 어지러웠다. 괴성을 지르면서 공터 밖으로 달렸다.

5
- 종막의 시작

한진영의 죽음을 막지 못했다. 범인은 복수에 성공했다. 한진영과 함께 폭행에 가담한 이철민도 죽은 채로 발견됐다. 나는 범인을 잡는 것에 실패했다. 용의자의 신원은 파악되지 않고 있었다. 오성태 형사가 죽었다. 금산초등학교에서 죽은 채로 발견됐다. *'옷을 입은 상태였어. 칼에 찔려 살해당했어. 무수한 칼자국. 과도를 사용한 범행이다. 이길석과 김윤철이 죽은 방식이야. 우려했던 대로 연쇄살인으로 번진 거다.'*

오성태는 두 사건의 용의자로 김조한을 지목했었다. 그가 숨을 거둔 금산초교는 김조한의 모교였다. 풀려난 뒤로 갈 법한 장소다. 구금됐을 당시에 초등학교에 대해서 자주 언급했었다. 호기심을 느껴서 찾아갔을 가능성이 있다. 오성태가 김조한을 포기하지 못해서 뒤를 밟다가 죽은 거다. 김조한이 그에게 복수를 한 거라고 보면 맞아 떨어진다.

이제 어떻게 되는 걸까.

처음엔 이길석과 김윤철 사건을 쫓고 있었다. 연쇄살인이 터지자 어쩔 수 없이 합류하게 됐다. 윤철이의 사건은 잠시 뒤로 미뤄뒀다. 연쇄살인범을 잡기 위해서였다. 그런데 그들을 죽인 범인이 연쇄살인범으로 둔갑해서 돌아왔다.

조한이가 살인자라고는 믿고 싶지 않다.

고양이 열쇠고리. 복수가 진행이 되고 있었다. 끝내는 성공적으로 끝마쳐졌다. 막을 새도 없이 속전속결로 살인이 이루어졌다.

"여기로 와야지."

넓은 공원이었다.

낮 시간이었다. 공원을 찾은 사람은 많지 않았다. 선선한 날씨 덕분에 나들이를 나온 가족들이 대부분이었다.

"거기로 가면 안 돼. 길이 아니잖니."

여자가 박수를 치고 있었다. 엉성한 걸음으로 아이가 걷고 있었다. 아이는 산책로를 벗어나 화단으로 들어가는 중이었다.

"이리로 오세요."

아이가 여자를 봤다.

"옳지, 아가야 이리 온."

아이가 웃으며 달려왔다.

여자가 아이를 안았다. 나이가 어려보이는 여자였다.

고개를 돌렸다. 정면으로 한 쌍의 부부가 걸어오고 있었다. 남자아이가 보조석이 딸린 자전거를 타고 부부를 호위하고 있었다. 보조석에 남자아이보다 작은 어린아이가 타고 있었다. 여자가 보조석에 탄 아이를 일으켜서 가슴에 안았다.

시야가 아득해졌다.

김윤철이 내게 고민을 털어놓은 적이 있었다.

"조한이가 몹쓸 짓을 할까 싶어서 걱정이 돼."

"몹쓸 짓이라니?"

내가 말했다.

조한이를 떠올렸다. 겉으로 보기에 문제가 없었기 때문에 의아했다. 단정한 옷을 입은 말끔한 모습이었다.

"얼굴값을 하는 건가?"

내가 말했다.

김윤철은 웃음기 없는 얼굴이었다.

"장난을 치려는 게 아니야."

그가 알코올 중독자처럼 술을 가득 부었다. 물이 담겼던 컵이다. 소주를 붓자 컵에 남아있던 얼음이 부르르 몸을 떨었다.

"일을 하면서 많은 사람들을 봤지? 나도 그래. 나도 다양한 종류의 환자들과 소통을 해. 정신적인 문제를 지닌 사람이 이렇게 많은 거라고는 의사를 하면서 꿈도 못 꿨어. 가벼운 스트레스 장애에서부터 심각한 정신분열증 환자까지 다양하다네."

김윤철이 말했다.

흥분한 것처럼 보였다.

"그렇지. 요새 이상한 사람들이 늘어나는 느낌이야. 경찰일도 할 만한 게 아니더군. 겨우 형사가 되고 일 년이 지났는데 벌써부터 지겨워지고 있어. 못된 사람들을 보면 혐오스러운 기분을 다잡기가 어려워. 진급하기 전에는 술주정을 하는 사람이 그렇게 꼴 뵈기가 싫었어. 그런데 이제는 보통 사람들까지 뵈기 싫어지려고 해."

내가 말했다.

그가 병원에서 무슨 일을 겪었노라고 짐작하고 있었다. 병원에서 환자와 실랑이를 벌인 이야기를 간간이 들어오던 차였다. 그 날 환자가 보인 단면적인 무언가를 조한이에게서 발견한 거다. 불안해서 하소연을 하는 거라고 생각했다.

"그런 많은 사람들이 오는 정신과에서도 보기 드문 경우가 있다네."

김윤철이 말했다.

"오늘 목격한 거군."

내가 말했다.

"그게 아니야, 아니라고. 오늘은 병원에 나가지 않았어. 다른 곳에 갔었지. 오전이 채 안 지난 시각이었어. 난 온종일 거기에 붙들려 있었어. 겨우 집으로 돌아와서는 폐인처럼 있다가 술이 생각나서 널 부른 거야."

김윤철이 말했다.

"내 아들을 훗날 네 손으로 체포하게 될지도 몰라. 넌 몰랐겠지만 조한이는 문제가 아주 많은 아이야. 물어봐도 되나? 만약에 내가 아들을 풀어

달라고 애걸한다면 들어줄 의향이 있는지. 이런, 술이 취했나 봐. 내가 무슨 질문을 하는 건지 모르겠어. 어쨌든 나는 조한이가 범죄자로 자라는 비극을 상상하고 있어. 농담이 아니라 정말로 두렵다네."

"컵을 놔. 취한 것 같은데, 그건 술잔이 아니야."

내가 말했다.

김윤철은 갑자기 밤에 불러내는 일이 없었다. 전화를 받고나서 바로 떠오른 생각은, '무슨 일이 생겼구나'였다. 그러나 가끔은 불러낼 수도 있는 거고, 정신과 일을 하다보면 발생할 수 있는 일이라고 여겼다.

"내가 어디에 갔었는지 알아? 오늘 조한이의 초등학교에 갔었어. 거기서 머저리들을 만났는데 지금 생각해도 웃기는군."

김윤철이 컵을 비우며 말을 이었다.

"나는 몰랐어. 모르고 있었어. 아이가 그런 병이 있는 건 알고 있었어. 알았으면서도 막연하게만 생각했어. 그런 병을 지니고 태어난 아이들은 자라면서 많은 문제를 겪지. 마치 운명이라도 되는 것처럼 말이야. 난 너무 가볍게 보고 있었던 거야. 한낱 인간인 주제에 운명을 이기려고 하다니. 용서할 수가 없어. 좀더 조심했어야 했는데."

"자세히 좀 말해봐."

내가 말했다.

"조한이의 말을 믿지 못했어. 그 아이는 거짓말을 잘하는데다가 파악하기 어려운 애니까. 변명을 하려고 말도 안 되는 거짓말을 하고 있다고 생각했어. 부모면서 자식을 믿지 않았어. 아니, 믿더라도 꿇고 들어가야 하는 상황이었어. 상대 학생이 심하게 다쳤다는 사실은 변하지 않으니까. 아들을 시켜서 억지로 사과를 시켰어."

"조한이 일로 문제가 생겼나보군. 많이 속상하겠어."

내가 말했다.

"그런데 만약에 조한이의 말이 사실이라면 어쩌지. 거짓말이었으면 좋겠어. 조한이가 털어놓은 얘기가 전부 사실이라면 견딜 수가 없을 거야."

김윤철이 말했다. 그는 눈물을 흘리고 있었다.

"이제 그만 좀 마시라고."

내가 말했다.

술주정으로 여겼다. 술에 취해서 판단력이 흐려진 거라고. 남자아이들은 크면서 얼마든지 다툼이 일어날 수 있다. 자세한 사정은 알지 못했지만 지나치다고 생각했다. 정신과 일을 하면서 극단적인 케이스만 만나다 보니 착란이 일어난 거다. 당시엔 그렇게 보였다. 자그마한 일을 부풀려 생각하는 걸로 비쳐졌다.

점묘가 찍히듯 주변 풍경이 선명해졌다.

고개를 흔들며 일어났다.

"운하야, 페달을 그렇게 빨리 돌리면 위험해요."

부부가 내 앞을 지나가고 있었다.

현우와 진영이가 죽었다. 혜진이와 둘만 남았다. 진호와 조한이는 어디로 갔는지 행방불명이다.

김지인은 모르는 남학생들과 앉아 있었다.

"나랑 지인이는 곤정고등학교에 다녀. 미연이한테 들었겠지만 지금은 삼 학년이야. 지인이가 말이 좀 없어도 이해해. 예쁘면 다 이해되지?"

이혜진이 말했다. 남학생들이 웃었다.

평범한 아이들이었다. 곤정고등학교의 친구들과는 달랐다. 반듯하게 자른 머리에 교복을 입고 있었다.

"외모는 별로 상관없지만, 예쁘면 감사하지."

남학생이 말했다. 송지환이라고 자기를 소개했다.

"대학교 진학할 생각이야?"

지환이 말했다.

"취업할 생각이야. 공부라면 이골이 나."

김지인이 말했다.

누군가 자신의 입을 빌려서 말한 것처럼 느껴졌다.

"대학교에 진학해도 일자리 찾기 어렵잖아."

혜진이 말했다.

"살인에 대해서 어떻게 생각하시나요."

살해 혐의를 받고 있던 용의자가 물었다.

"야만적인 짓이라고 생각한다."

김성재가 말했다.

"충동을 참지 못해서 발생하는 비극이라고 생각한다."

내가 말했다.

"그럼 살인자에 대해서는요."

용의자가 물었다.

"야만적인 짓을 벌인 야만인이지."

김성재가 말했다.

"등을 돌린 사람이니까 비극적인 사람이지."

내가 말했다.

"시적이네요."

용의자가 말했다.

"형사님은 오늘 시간이 많으신가요?"

용의자는 나와 대화를 나누고 싶다고 했다. 보다 깊은 대화를 나누기 위해서는 시간이 필요하다고 했다. 시간을 낼 수 있다고 하자 용의자는 김성재를 내보냈다. 김성재가 나가고 둘이 남았다. 용의자가 입을 열었다.

"비극적인 사람이라구요."

나는 잠시 고민했다.

"경우에 따라서는 말이다."

한참 후에 말했다.

용의자는 흡족한 얼굴이었다. 나는 이자가 나와 살인에 대한 의견을 교환하고자 한다는 사실을 깨달았다.

"한 아이가 있어요…."

용의자가 말했다.

"이 아이의 어린 시절은 불행했습니다. 가정이에요. 태어나자마자 어머니가 죽고 아버지는 갓난아기인 아이를 버리고 떠나요. 아이는 고아원에서 자라다가 누군가에게 입양이 됩니다. 불행하게도 적합하지 못한 사람들이었어요. 그들은 아이를 방치하거나 때때로 폭행했습니다. 그런 가정에서 자라난 아이는 정신적으로 성숙할 기회가 없었어요. 아이는 학교생활을 제대로 보낼 수가 없었습니다. 사회적인 불만이 점차 커졌습니다. 학교를 졸업할 쯤엔 죽음에 대한 환상에 사로잡힌 상태였어요. 환상은 아이를 괴롭혔습니다. 아이는 살인을 저지르기 시작했습니다. 몇 년 후에 아이가 붙잡혔습니다. 아이는 살인마라는 꼬리표를 달고 젊은 나이에 사형을 당합니다. 가족들이 지켜야 할 아이의 묘지는 피해자의 유가족들로 문전성시를 이룹니다. 형사님이 말하는 비극은 이런 건가요."

"대충은 맞다. 순간적으로 일어난 것을 빼면 모두 비극적인 삶을 살았어. 그런다고 살인이 정당화 되지 않겠지만 비극이 아니라고 부인할 수는 없는 거 아니냐."

내가 말했다. 덧붙여서 말했다.

"살인자의 편을 드는 건 아니다. 그들은 어찌 됐든 살인을 저질렀어. 인륜적으로 허용할 수가 없는 범죄 아니야. 비극을 겪는 사람은 세상에 많다. 그렇지만 그 많은 사람들이 다들 사람을 죽이고 다니지는 않아. 방금 말은 살인을 정당화하려는 것 같아서 기분이 나쁘구나."

"아니에요."

용의자가 말했다.

"사회 탓을 하려는 게 아닙니다. 살인을 합리화 시키려는 게 아니었어요. 오해하지 않았으면 합니다."

"오해해서 미안하구나."

내가 말했다.

"괜찮아요."

용의자가 말했다. 하품을 크게 쉬더니 말을 이었다.

"조금 전에는 극단적인 예를 들었어요. 연쇄살인범들의 대부분이 극단적인 비극을 겪는다는 통계가 있대서요. 그렇지만 주변을 둘러보세요. 이런 경우는 흔치 않잖아요. 연쇄살인범이 비교적 적게 일어나는 이유인가요. 현실성이 없어요. 살인자들 모두가 불행한 삶을 살지는 않았어요. 평범한 가정에서 문제없이 살아온 살인자들도 있어요. 오히려 좋은 대접을 받고 자란 경우도 많아요. 그러면 왜 살인이 발생하는 걸까요. 사회 병폐 때문이 맞다면 살인은 나타나서는 안 되잖아요. 그런데 형사님은 왜 나랑 다르게 생기신 거죠?"

"갑자기 무슨 말이냐?"

내가 말했다.

용의자가 웃으면서 대답했다.

"외모가 다르듯이 성격도 다르게 태어나죠. 외부의 환경에 반응하는 속도와 방법이 조금씩 다릅니다. 우리는 각기 다른 성격을 타고 났어요. 부정할 수 없는 사실이에요. 아이를 낳았더니 범죄자라는 건 비약이구요. 범죄를 저지를 만한 성향을 지닌 아이였다. 이건 가능한 소리라는 거죠."

"무슨 말인지 알겠구나."

내가 말했다.

"정말로 알고 있을까요?"

용의자가 말했다.

"모르고 있을걸요."

"범죄자의 성향을 지니고 태어난 아이가 안 좋은 환경을 접하면, 연쇄살인범이 만들어진다는 얘기가 아니냐."

"그건 표면적인 사실이죠. 조금만 추론하면 알아낼 수 있는 거예요."

용의자가 말했다.

"그리고 틀렸어요. 그것도 맞는 말이지만 제가 전하려는 말의 요지는 그게 아니에요. 왜 중요한 포인트를 다 빼고 해석하는 거죠. 형사님이 주목해야 할 거는 나쁜 환경과 유전자가 아니에요. 안 좋은 유전자뿐입니다. 연쇄살인범의 연령대는 다양해요. 첫 살인이 행해지는 연령대가 어린 나이부터 늦은 나이까지 다양합니다."

용의자는 화가 난 목소리였다.

"안 좋은 유전자에 주목해야 한다니. 굉장히 암울하게 들리는구나."

내가 말했다.

"실제로 암울합니다. 들어보세요. 이 유전자는 엄청난 번식 능력을 갖고 있습니다. 유전으로 이어져 내려갈 수 있어요. 친모나 친부 중에 한 명만이 지녔다고 해도 아이에게 전해질 수 있습니다. 유전자를 지니고 태어난 아이들의 경우, 외부의 환경에 굉장히 민감합니다. 방어적인 성격이기 때문에 자기 자신에 대한 집중도가 굉장히 높아요. 나, 나, 나, 시종일관 '나'를 부르짖어요. 자기만 알게 됩니다. 위협이 되는 장애물은 모두 쳐부수어야 안심이 되는 성격으로 이미 태어난 거예요. 불행한 환경이 문제가 아닙니다. 이들은 사소한 자극에도 살인 본능이 깨어날 수 있습니다. 살인에 대한 아주 작은 환상에도 가능하구요. 극심한 열등감에 시달린 후에도 가능합니다. 연쇄살인범이 불행한 가정에서만 만들어진다고 믿는다면 오산입니다."

용의자가 말했다.

"자네는 열등감이나, 환상 때문이냐."

내가 말했다.

"제가 그 사람을 죽인 건…."

용의자가 말했다.

자포자기한 얼굴로 목소리를 낮췄다.

"환상 때문입니다. 사실을 말하자면 둘 다지만 환상이 컸습니다."

"살인자라 이 말이군."

"저는 하기 싫었습니다. 아니, 되도록 하지 않으려 했습니다. 정신병원도 알아 봤어요. 문제가 뭔지 제대로 진단해야 했습니다. 문제를 바로잡아야 했어요. 살인을 해서 들키지 않으면 상관없지만 들킬 경우에 저는 가진 모든 걸 잃게 되니까요. 구제받을 수단들을 알아 봤습니다. 그런데 예상 외로 없더군요. 저와 같은 케이스를 다루는 곳은 많지 않았습니다. 혹시 발견한대도 바뀌는 게 있을지 생각해야 했습니다. 저에게 이익을 주면서도 절대로 피해는 주지 않을 만한 방법이 떠오르지 않았습니다."

용의자가 말했다.

"의사를 죽였나."

내가 말했다.

"그 의사는 내게 거짓말을 했어요. 절대로 상담내용을 외부에 발설하지 않겠다고 했습니다. 통화하는 걸 우연히 들었어요. 잘못 본 거라고 생각했지만 의사가 맞요요. 그래서 죽였습니다."

용의자가 말했다.

"징역을 살게 될 거야."

내가 말했다.

"이미 이렇게 된 거 말동무나 해주세요. 살인자여도 사람이니까요."

"오래 걸리진 않았으면 하는구나. 다른 사건을 수사해야 하니까."

내가 말했다.

"잠시면 됩니다."

용의자가 말했다.

약간 고민이 되는 모양이었다.

"형사님은 벌레를 보면 무슨 생각이 드세요?"

조심스러운 목소리로 용의자가 말을 꺼냈다.

"다리가 많은 벌레를 보면 무슨 생각이 드세요? 긴 다리와 더듬이를 낼름거리면서 빠르게 돌아다니는 벌레 말이에요. 이해할 수 있으세요? 더듬이로 땅바닥이나 두드리면서 다가오는 족속들 말이에요. 피하고 싶은 마음 안 드시나요. 형사님은 어떤 방식으로 벌레를 잡으세요? 휴지로 잡아서 변기통에 집어넣고 질식사를 시키시나요? 내장이 터져 나올 걸 알면서도 내려쳐서 잡으시나요? 아니면 독이 있는 액체를 뿌려서 잡으시나요?"

내가 인상을 썼다. 아마도 그랬을 거다.

"형사님이 예상하는 게 맞아요. 전 사람들이 벌레로 보였어요. 바퀴벌레요. 바퀴벌레처럼 보였습니다. 혐오스럽다는 말이 아니에요. 가끔은 그럴 때도 있었지만 낯설고 무서웠습니다. 이해가 안 됐어요. 어떻게 저런 행동을 보이는 걸까. 늘 궁금하고 신기했습니다. 저는 사람들을 따라했습니다. 사람들의 반응과 태도를 살폈다가 그대로 따라했어요."

용의자가 말했다.

"학생 때까지는 문제없이 지냈습니다. 그런데 졸업을 하고 나서부터 삐걱거리며 달라지기 시작했습니다. 이상했어요. 웃음을 짓기가 어려워졌습니다. 웃을 수는 있었지만 오버한다는 느낌을 지울 수가 없었습니다. 사람들과 어울리기가 점점 힘겨워졌어요. 전처럼 관계를 맺기가 어려웠어요. 대인기피증이 왔습니다. 집에 틀어박혀서 지냈어요. 친구들과의 연락도 모두 끊었습니다. 집에 혼자 있는 시간이 늘어나고 잡다한 생각이 몰려왔습니다. 언제부터 환상이 시작됐는지 말해드릴까요?"

용의자가 말했다.

"환상에 시달리기 시작한 건 그 후예요. 방에 틀어박혀 있다가 테레

비를 틀었습니다. 영화가 나오고 있었어요. 사람들이 고문을 당하는 장면
이었죠. 그때부터 서서히 환상이 찾아왔습니다. 이게 다예요. 미디어를 접
한 이유로 살인에 대한 환상이 시작됐습니다. 사소한 계기죠. 밤마다 뛰
쳐나가고 싶은 충동에 시달렸어요. 너무 하고 싶어서 한동안은 계획을 짜
는 데에만 몰두했었습니다. 잡히기 전에 최대한 많이 죽이고 들어가고 싶
었어요. 감옥에서 살면서 두고두고 곱씹으며 느낄 수 있도록 말이에요."

"정신병원 의사를 찾아간 이유가 뭐야?"

내가 말했다.

"있죠, 충동이 들면요… 다른 무엇도 상관이 없어져요. 하고 싶어서 발
버둥을 치다가 나가면 그만입니다. 제 정신일 때 찾아가지 않으면 안 돼
요. 저는 제 인생을 망치고 싶지 않았습니다. 그래서 찾아갔어요. 그 의사
는 제 노력을 모욕했습니다. 의사도 인간이었던 거예요. 누군가의 진심을
쉽게 짓밟는 인간이었다구요. 사람들은 벌레일 뿐입니다. 벌레를 잡는 데
무슨 죄의식이라도 느껴야 하나요."

"그 사람은 너를 도우려고 했던 거야. 자문을 구하기 위해서 동료와 대
화를 나눈 거라고. 진심을 짓밟은 게 아니었어."

내가 말했다.

"저는 범죄를 저지르는 데 제약이 있다는 부담감만 원했습니다. 직접적
인 도움은 필요가 없었어요. 저를 치료해서 어떻게 하겠다는 건가요."

용의자가 말했다.

"제가 예언을 하나 할까요. 사회가 단체로 잔인성을 쫓고 있죠. 그게
게임이든 영상물이든 말이에요. 유전자를 갖고 태어나는 사람들은 점차
늘어날 거예요. 사회는 잔인한 미디어를 양산할 거고 그들에게 이상한 환
상을 심어 줄 거예요. 결국 다 소용없는 짓이란 말을 하고 싶었어요. 살
인자들이 길거리를 장악하는 날이 언젠가 도래할 겁니다. 이대로 가다간
말이에요. 근데 이렇게 될 바엔 더 죽이고 들어갈 걸 하고 후회가 됩니

다. 형사님이 보시기에 제 인생도 정말 비극적이지 않았나요?"

그 용의자를 떠올리면 누군가 떠오른다.

나는 식탁 앞으로 돌아왔다.

아내와 저녁식사를 함께 하는 중이었다.

"우리도 아이나 가질까?"

식사 도중에 내가 말했다.

아내가 쳐다봤다.

"아이를 가지자고?"

아내가 말했다.

"아침에 공원에 갔었어. 어디를 봐도 가족들밖에 안 보이는 거야. 계속 앉아 있으려니까 문득 부러운 생각이 들었어. 아이가 생긴다면 좋을 것 같아서."

내가 말했다.

별 뜻 없이 던진 말이었다. 아내는 내키지 않는 표정이었다.

"무서운 소리를 하고 그래."

아내가 말했다.

"수사는 잘 되고 있어? 빨리 잡아야지."

"모르겠어. 알고 싶지 않아."

"진전이 없는 거야?"

아내가 말했다.

"내일 하루 휴가를 낸다고 했지."

"오후에 어머님을 뵈러 가야 하니까. 허락 받기 어려웠어."

"그럼 오후에 영화나 보러 갈까?"

내가 말했다.

아내가 어리둥절한 얼굴이었다.

"밖에서 영화 보는 것도 좋지."

아내가 고개를 끄덕이며 말했다.

아내와 영화를 보고 나오고 있었다. 사람들은 일정한 대열로 움직였다. 정해진 방향이 있는 것처럼 그 뒤를 따랐다.

아내와 함께 걸음을 옮겼다.

가족과, 애인과, 친구끼리 혹은 혼자서 온 사람들도 표정은 밝았다. 영화관 특유의 분위기에 취해서 더 없이 행복한 모습이었다.

문득 현실감이 사라지는 것을 느꼈다.

"자기, 왜 그래?"

아내가 말했다.

"영화가 재미없었어?"

나는 고개를 가로저었다.

사람들은 승강기 앞에 멈췄다. 계단으로 내려갈 셈으로 샛길로 빠지는 사람도 있었다. 아내는 계단 쪽으로 나를 이끌었다.

"사건 때문에 그런 거지?"

아내가 속삭였다.

사람들을 의식한 행동으로 보였다. 아내는 7센티가 넘는 구두를 신고 있었다. 불편한 자세로 계단을 내려가기 시작했다.

"매일 많은 사람이 죽어나가."

내가 말했다.

"굳이 살인이 아니더라도 말이야. 그런데 살인과 다른 점은 뭔지 알아? 다른 모든 죽음은 개인에게 불행한 사고가 되지만, 사람의 손에 죽는 것은 끔찍한 사건인 거야."

아내는 요점을 파악하지 못했다. '뭐라고?' 되묻는 소리가 사람들의 대화 속에 파묻혀 사라졌다.

"사고는 막을 수 없어. 하지만 사건은 아니지. 해결을 위해 경찰이 됐지만 사전에 막기 위해서라는 이유도 있었어."

"자기 잘못이 아니야. 아무도 못 막았잖아."

"아니야. 나는 사건을 막지 못했어. 오히려 만들었지. 사건 현장을 알려줬어. 결국 친구를 죽인 사람은 나인 거야. 친구를 죽이고도 모자라서 한때나마 친구의 아들까지 의심했지. 그리고 지금은 갈피를 못 잡고 있고. 검거 전까지 수많은 사람들이 죽게 될 거야."

내가 말했다.

아내가 입을 틀어막았다. 계단은 비어 있었다. 듣지 못했는지 마지막 사람이 문을 열고 방으로 빠져나가고 있었다.

"어쩌려고 그렇게 크게 말해?"

아내가 말했다.

나는 아내의 손에서 벗어나서 계단을 내려갔다.

"좋아, 일 층까지 걸어서 내려가자."

아내의 목소리가 들렸다.

등 뒤에 대로 내가 말했다.

"들으라고 크게 말한 거였어."

국민들에게도 알 권리가 있었다. 혼란의 야기를 핑계 삼아서 실책과 무능을 가리는 건 지쳤다. 유능함을 꾸며내기 전에 실질적인 피해를 막아야 했다. 그게 우선시돼야 당연한 거였다. 혼란이 가중되면 사회적인 불안감이 높아진다. 웃기는 소리다. 지나친 불안은 물론 사고를 키운다. 하지만 그렇게 함으로써 사람이 죽어가는 불상사는 막을 수 있는 거다. 의심과 경계가 높아지면 최소한 방어를 할 수는 있을 테니까.

경찰이 진정으로 두려워해야 하는 게 무엇일까. 사람들이 집단으로 망상증에 걸려서 경찰서를 마비시키는 것인가. 연쇄살인과 관련된 수사에 도저히 집중할 수 없는 상황에 놓이는 것인가.

"어떨 땐 사건파일을 들고 기자를 찾아가고 싶어져."

내가 말했다.

아내를 절레절레 머리를 흔들었다.

"강도를 만날 확률이 십만 분의 일도 되지 않아. 아주 적은 수치야. 희박한 확률의 불행을 막으려고 모든 사람들을 불안하게 만들어야 하겠어? 나는 경찰들도 이해가 돼."

"사건의 피해자들은 그 희박한 확률을 뚫고 불행을 쟁취했군…."

3층을 지나서 2층으로 향하고 있었다. 계단 몇 개만 지나면 이제 밖이었다. 어서 실내를 벗어나고 싶었다. 할 수만 있다면 지금 당장 뛰쳐나가 넓은 장소로 옮기고 싶었다.

"나는 자기를 생각해서 말하는 거야. 제발 말을 좀 들어."

아내가 말했다.

나는 아내를 돌아봤다.

아내는 말싸움에 지친 얼굴이었다. 눈이 마주치자 아내는 외면했다. 나를 지나쳐서 혼자 앞서가기 시작했다.

1층에 가까워지고 있었다.

시끄럽게 벨이 울리기 시작했어. 바짓단을 더듬었다. 일 층에 다다를 무렵에 휴대폰 액정을 확인할 수 있었다.

발신자가 김조한이었다.

김조한은 구석 자리에 앉아 있었다. 교복을 입은 남자아이를 찾다가 눈에 띄는 사람이 있어서 봤더니 거기에 조한이가 있었다. 교복 차림이 아니었다. 학교를 가지 않은 걸까. 생각하면서 걸음을 옮겼다.

"오셨어요."

김조한이 말했다.

"나오니까 기분이 어때."

내가 말했다.

"확실히 거기보다는 편해요. 우리에 갇힌 느낌이 들어서 별로였거든요. 형사님은 안색이 안 좋아 보이시네요."

"기운이 없어서 그러는구나."

"이유를 묻지 않길 바라시겠죠."

김조한이 말했다.

"학교에 가지 않았나 본데."

내가 말했다.

"가지 않을 생각이에요. 검정고시를 보기 위해서 집에서 준비하고 있습니다. 이대로는 학교에 나갈 수 없다고 부모님과 상의를 봤어요."

김조한이 말했다.

"성적도 좋은 놈이 뭐가 아쉬워서 검정고시야. 자퇴는 되도록 하지 않았으면 좋겠다. 윤철이가 위에서 슬퍼할 거다."

내가 말했다.

"소문이라는 게 그렇잖아요."

김조한이 말했다.

"다음 주에 자퇴서를 제출하러 갈 겁니다."

"마음을 굳힌 것 같구나."

내가 말했다.

교복을 입은 학생들이 많이 보였다. 조한이는 검은 모자로 눈을 가지고 있었다. 일부의 사람들이 우리를 힐끔거리고 있었다.

"밖에서 윤철이를 빼고 둘만 만난 건 처음이구나."

내가 말했다.

"형사님."

김조한이 낮은 목소리로 말했다.

"저 기억이 났습니다."

"만호 형."

정원명이 말했다.

"재밌는 곳으로 데려다 드릴까요?"

"어디로?"

류만호가 말했다.

그는 만취해 있었다. 몸을 제대로 가누지 못하고 있었다. 비틀거리는 류만호를 정원명이 부축하고 있었다.

"가까운 곳이에요. 택시를 타고 가면 이십 분 정도 걸리는데."

정원명이 말했다.

"택시 잡을까요?"

"지금이 몇 시지?"

만호가 물었다.

일행들과 헤어진 상태였다. 아는 사람과 만나기로 했다면서 다들 돌아갔다. 아직은 이른 시간이었다.

"일곱 시요."

정원명이 말했다.

"아직 그것밖에 안 됐단 말이야?"

"일찍 만났잖아요."

"빨리 헤어진 이유가 뭐지?"

"약속이 있다고 돌아갔어요. 가는 거죠. 택시 잡을게요."

정원명이 도로변에서 손을 흔들었다. 멀리서 붉은 간판을 내 걸은 택시가 속도를 줄이며 다가왔다.

"바쁘다 이거지. 짜식들, 뒤질라고."

류만호가 말했다.

정원명은 만호를 택시 안으로 부축했다. 유리 창문에 머리를 들이박고는 손을 더듬거리며 시트에 기댔다.

"거기에 예쁜 여자들 많아?"

류만호가 택시 안에서 말했다.

택시기사의 따가운 눈총이 만호에게 향했다. 정원명이 택시에 따라서 탔다. 목적지를 말하면서 문을 닫았다.

택시가 출발했다.

금산초등학교다. 제일 먼저 향해야 하는 곳이다. 금산초등학교에서 오 분 거리에 새봄유치원이 있다. 복수를 할 장소를 정한다면 역시 원명이가 지나온 곳이다. 원명이는 새봄유치원과 금산초등학교를 차례로 나왔다. 피해자들과 안 좋은 기억이 있던 곳은 초등학교다. 우선은 그곳으로 가야 한다.

시선을 내려 아래를 봤다. 휴대폰이 보였다. 아직 지원요청을 하지 않았다. 김성재에게 전화를 걸어야 할까. 그건 싫었다. 전화를 건다면 원명이에게 걸어야 한다. 그게 현명한 방법이다. 원명이는 만호와 같이 있을 거다. 앞 차가 멈춰섰다.

류만호를 기둥에 기대어 놨다. 볼품없는 그의 몸이 축 늘어져서 기우뚱거렸다. 혹시 넘어지지 않을까. 걱정을 하며 보는데 더는 기울어지지 않았다. 취중에도 몸의 위협은 느끼는 건지 더듬더듬 기둥을 더듬어 제대로 앉았다.

발랄한 음악이 들려왔다. 류만호의 몸에서 흘러나오고 있었다. 정원명이 몸을 뒤져서 휴대폰을 꺼냈다. 모르는 번호로 전화가 걸려오고 있었다. 그나저나 정말 안 어울리는 벨소리다.

"누구세요."

미간을 찌푸리며 정원명이 전화를 받았다.

"만호야, 지금 어디냐?"

웬 남자였다.

"저 류만호 아닌데요."

정원명이 말했다.

수화기에서는 아무 소리도 들리지 않았다.

"누구신가요?"

"그럼 원명이겠구나."

"전 은수예요."

정원명이 말했다.

"잘 들어라. 네가 무슨 짓을 벌이고 있는지 다 알고 있다. 지금부터 널 잡으러 갈 거야. 네가 어디에 있는지 알아. 마지막 살인을 준비하는 것도 모두 전해 들었어. 이제 한 명만 죽이면 목표를 이룰 수 있는 거겠지. 하지만 안 돼. 돌이킬 수 없는 짓이야."

남자가 말했다.

"이 번호는 어떻게 아셨어요. 아니 형사님이니까 알아낼 수 있으셨겠네요. 정말로 수고하셨어요."

정원명이 말했다.

"조한이를 알지? 조한이한테 전해 들었다."

형사가 말했다.

"조한이가요…."

정원명이 슬픈 표정으로 말했다.

컨베이어 벨트를 켰다.

라인이 돌아가기 시작했다.

만호는 꿈속을 걷는 중이었다.

"만호를 죽이면 안 된다. 내가 올 때까지 기다리고 있어. 만호는 감옥에 들어가게 될 거다. 죄만 중해질 뿐이야. 네 손을 더럽히지 않아도 만

240

호는 죗값을 받게 될 거다."

수화기 속에서 형사가 말했다.

"아니요, 할 건데요."

정원명이 말했다.

휴대폰 배터리를 분리했다.

경찰들이 도착하기까지 시간이 얼마나 걸릴까. 가늠해 봤다. 류만호는 눈을 감은 채로 기둥에 기대 있었다.

얼마나 걸리든 상관이 없었다. 홀가분한 기분이었다. 자기 손으로 류만호를 죽이지 못하면 그녀가 도와줄 터였다.

금산초등학교에서 나왔다. 건너 편 도로에 새봄유치원이 보였다. 불이 꺼져 있었다. 강제로 문을 열 수 있을까.

나는 유치원 앞에서 멈춰섰다. 어두운 유리 너머를 들여다봤다. 잘 보이지가 않았다. 가만히 들여다보기만 하다가 정문으로 향했다.

문은 열리지 않았다. 몸을 부딪혀 봤지만 소용이 없었다. 유심히 둘러보다가 편지함이 눈에 띄었다.

편지함을 열었다. 열쇠가 들어 있었다.

정원명이 공장 안으로 발을 들였다.

종이 두 장이 불타는 모습을 보면서 걸음을 옮기고 있었다. 종이는 검은 눈물을 뿌리며 사그라지고 있었다. 손톱만한 재가 남은 손가락 사이로 만호의 얼굴이 보였다.

"이제 안녕."

정원명이 중얼거렸다.

류만호가 뒤척이고 있었다.

유치원에 만호와 원명이는 없었다.

원명이가 무슨 일을 겪었는지 들었다. 복수를 위해서 쏟아 부은 시간이 생각보다 많음에 기가 찼다. 한 편으로는 안타까운 마음이 들었다. 오죽 했으면 그렇게까지 했을까. 관계가 없는 무고한 사람들까지 끌어들일 만큼 그들이 미웠을까.

나는 연정중학교에 있었다. 누군가 있는지. 옥상부터 시작해서 아래로 내려가며 교실을 확인하고 있었다.

살인자의 얼굴에 나를 대입해 봤다. 내가 사람을 죽일 수 있을까. 아니다. 그들과 비슷한 삶을 살았다고 한들 살인을 저지르지는 않았을 거다.

다른 방법이 있다. 특정한 누군가나 사회에 복수를 하고 싶다면 다른 방법도 있다. 사회적으로 큰 성공을 거두는 거다. 보란 듯이 행복한 미소를 짓고 사람들의 부러움과 질시를 한 몸에 받는 거다. 제대로 된 복수 방법은 살인이 아니다.

비극적인 삶을 살았던 위인들이 많다. 그들이 범죄자가 아니라 위인이 된 건 환경이 좋았기 때문만이 아니다. 무엇이 올바른 선택인지 알고 있었기 때문이다. 어려운 상황 속에서도 자신을 믿고 노력을 멈추지 않았다.

태어나서 겨우 한다는 것이 쇠고랑을 차는 건가. 그건 잘못됐다. 환경이 안 좋았기 때문이라는 말은 변명일 뿐이다. 행복의 도화선이 불행이고, 불행한 과거가 있었기 때문에 늦게 얻은 행복이 빛나는 거다. 성공하지 못한대도 의미가 있다. 인내하는 삶은 그 자체로도 충분히 아름답다. 과거의 불행으로 삶 전체를 물들이는 건 한심한 짓이다. 비참하지 않은가. 사람들의 손가락질을 받으며 죽어가야만 한다니.

쾌락 때문에 벌인 살인도 마찬가지다. 환상에 사로잡혀서 살인을 저지른 사람들의 말을 종합하면 그들은 아무런 느낌도 얻을 수 없었다. 참으로 허무하지 않은가. 나는 그들이 환상에서 헤어나지 못하는 이유를 확실하게 알지 못한다. 때문에 답답하다는 느낌을 지울 수가 없다. 이유를 알아야만 해결이 있는 건데 도저히 상상할 수가 없다.

그래도 이 말은 해줄 수 있다. 되도록 하지 말라고. 얻을 수 있는 건 아무것도 없다. 어리석은 짓이다. 살인은 꿈에서도 생각하면 안 되는 거다.

"우리는 연구를 했습니다. 정원명, 저, 이혜진. 이렇게 셋이서요. 어떻게 하면 많은 사람들을 죽일 수 있는지에 대해서 계획을 세웠습니다. 원명이네 집은 돈이 많아요. 아이들은 원명이에게 돈을 자주 요구했습니다. 말만 잘 들으면 심한 폭행을 당하진 않았어요. 대신에 원명이는 많은 돈을 갖다 바쳐야 했어요. 저랑 혜진이는 조롱이나 폭행에 시달렸고요. 원명이는 우리 때문에 전학도 가지 않고 돈을 가져다가 바쳤습니다. 그렇게 하면 저랑 혜진이한테 가해지는 괴롭힘이 조금이라도 줄어들었으니까요."

칼을 아래로 내렸다.

정원명은 고민하고 있었다.

어떤 작품을 만들까.

고민이었다.

류만호의 죄목을 생각했다.

라인이 돌고 있었다. 느린 속도로 돌아가고 있었다. 직사각형 모양으로 돌아가는 컨베이어 벨트를 보고 카메라 필름을 떠올렸다.

"추억에 담긴 남자."

정원명이 말했다.

마지막 작품의 제목으로 꽤나 흡족했다.

"아직은 아니야."

정원명이 말했다.

류만호는 아직도 깨어나지 못하고 있었다. 이렇게도 쉬울 수 있는 건

가. 어떠한 회한이 밀려왔다.

정원명은 분위기를 음미했다.

이미지가 생각이 났다.

평생을 카메라와 보낸 남자가 필름 안에 누워 있다. 남자는 죽었지만 필름은 여전히 돌아가고 있다. 남자는 위에서 자기 자신의 몸을 내려다본다. 죽어서 분해가 된 자기 몸을 바라보면서 남자는 무슨 생각을 하게 될까.

밖으로 나왔다.

공터와 공장 중에 한 군데를 택해야 했다. 막무가내로 찾아가면 늦는다. 조한이의 추측이 맞다면 오십 분 정도가 남은 상황이다.

사건이 없었던 곳. 사건이 없었던 곳이 어디지….

공터는 곤정고등학교 근처에 있다. 유치원에서 곤정고등학교와 공터까지는 삼십 분 정도가 걸린다. 차를 타고 가면 오 분쯤 단축된다. 둘 다 가는 건 무리였다.

류만호가 꼼지락거리며 일어났다. 저렇게 게을러서야 도망을 다닐 수나 있을까. 심히 걱정스러웠다.

"여기가 어디야?"

류만호가 말했다.

"재밌는 곳이에요."

정원명이 자상하게 말했다.

"이제야 일어나셨네요."

"재밌는 곳이라고?"

류만호가 주변을 둘러봤다.

어리둥절한 얼굴로 정원명을 봤다.

"진호야, 나는 잘 모르겠는데. 여긴 어디야. 덕분에 술이 홀딱 깨는 것 같다. 네 장난에 또 속아 넘어가다니."

류만호가 말했다.

"이번 장난은 재밌지 않아요?"

정원명이 말했다.

류만호가 시선을 옮겼다.

컨베이어 벨트가 돌아가며 진동음을 내고 있었다. 세로로는 팔 길이 정도 되는 것 같았다. 만호는 정 가운데 바닥에 앉아 있었다. 조금 전까지는 눕혀져 있었다는 이야기가 된다. 슬슬 기분이 나빠졌다.

화를 낼 작정으로 고개를 들었다.

"장난이 지나친 것 같은데."

류만호가 말했다.

"그런가요."

정원명이 말했다.

지극히 평온한 목소리였다.

"조금 더 기뻐하셨으면 좋겠어요."

정원명이 말했다.

"다른 뭔가가 있는 거지?"

류만호가 말했다.

"예쁜 여자들은 여기 없어요."

정원명이 말했다.

류만호는 위에서부터 정원명을 훑었다.

"그 칼은 뭐냐."

류만호가 말했다.

아래로 늘어진 팔에 두 개의 칼이 잡혀 있었다. 회칼과 두꺼운 중식용 칼이었다. 착각 때문인지 회칼에 얼룩덜룩 피가 묻은 것 같았다.

정원명이 아기처럼 웃었다.

"형을 위해서 준비했어요."

류만호가 몸을 일으켰다.

"진호야, 재미없다. 장난은 이제 그만하자."

"싫어요."

"너 오늘 뭐 잘못 먹었어? 왜 그래?"

"싫다니까요."

정원명이 다가가며 말했다.

공장은 세 채의 건물로 이뤄져 있었다.

입구를 중심으로 바로 앞에 직사각형의 크고 납작한 건물. 오른편으로 작고 세로로 지어진 건물. 왼 편의 정사각형 모양의 큰 건물.

정면에 보이는 건물로 들어갔다. 중앙에 위로 향하는 계단이 보였다. 옆으로는 복도로 통하는 길이 있었다. 출입문에서 가까운 곳에 사물함이 있었다. 사물함은 반으로 나뉘었다. 직원용, 손님용 슬리퍼라는 글귀로 구분돼 있었다.

나는 복도 어귀로 향했다. 끄트머리에 식당이 있었다. 얼마 떨어진 곳에 화장실이 있었다. 식당의 불은 꺼져 있다.

2층으로 올라갔다. 사무실 문이 보였다. 사무실 안으로 들어갔다. 면접실을 비롯한 여러 공간들이 복잡하게 얽혀 있었다. 미로를 헤매는 기분으로 그 안을 떠돌다가 눈에 띄는 곳을 발견했다. 멈춰섰다. 연구실. 붉은 칠로 문짝에 쓰여 있었다. 문고리를 잡고 돌렸다. 역한 냄새가 풍겼다. 익숙했다. 피로 진탕이 된 장소에서 맡아 봤던 냄새였다. 다만 방향제와 락스 냄새가 한데 뒤섞여 나고 있었다. 커다란 책상이 방 가운데 있었다. 귀퉁이에 작은 냉장고가 있었다. 고개를 들었다. 스무 걸음걸이에 유리로 된 칸막이가 있었다. 칸막이에 문이 달려 있었다. 대리석 바닥에 하수구가 보였다. 수도관과 고무호스. 걸음을 옮겼다. 책상 위에서 얇은 공책을 발견했다.

밖으로 나왔다. 세로로 긴 건물에 들어갔다. 공중에 매달린 인형들이 어렴풋하게 시야에 들어왔다. 랜턴을 찾아서 켰다. 위로 들어 불을 비췄다. 여러 개의 발이 보였다. 사후 보름 이상으로 보이는 시체들이 밧줄에 매달려 있었다. 밧줄은 시체의 목을 조르며 위로 뻗어 있었다. 그들이 모두 질식사를 당했다고 착각한 만한 모습이었다. 머리와 몸이 뜯긴 몇 구의 시체가 그게 아닐 수 있음을 항변하고 있었다. 메스꺼움을 억누르며 시선을 내렸다. 안 쪽으로 커다란 드럼통 세 개가 보였다.

이혜진은 다른 곳을 보고 있었다.

"집에 몇 시에 들어가?"

송지환이 말했다.

"잘 모르겠어."

이혜진이 말했다.

지환이 김지인을 쳐다봤다.

"지금 여덟 시 정각이야."

김지인이 말했다.

"아홉 시나 열 시 쯤에는 들어가야 하지?"

송지환이 말했다.

"나는 늦게 들어가도 상관없어."

김지인이 말했다.

"혜진이는?"

송지환이 말했다. 대답이 없었다.

"혜진아."

김지인이 말했다.

혜진이 둘을 바라봤다.

"나도 마찬가지야."

이혜진이 말했다.

"우리는 차례로 오십을 죽이기로 했어요. 공책을 구입해서 각자의 프로필을 적었어요. 상세하게 계획을 적었습니다. 연극의 막을 내릴 때까지 그 계획을 따를 셈이었어요. 사건이 드러나는 시간을 늦추기 위해서는 완벽한 계획이 필요했어요. 유치원, 초등학교, 중학교, 공터, 공장, 집, 그리고 이 근처의 골목길을 돌아보세요. 우리가 정한 복수 장소입니다."

조한은 고개를 숙이고 있었다.

"원명이에게 연락할 방법이 없니."

내가 말했다.

"원명이가 휴대폰을 버렸을 가능성도 있어요. 류만호에게 전화하는 게 여러모로 나아요. 이게 류만호의 번호입니다."

김조한이 말했다.

주머니에서 쪽지를 꺼내 내게 건넸다.

저녁 반찬으로 불고기가 나왔다. 물기에 젖은 상추가 접시에 올려져 있었다. 양념장과 밑반찬이 식탁 위에 먹음직스럽게 놓여 있었다.

"엄마."

김조한이 말했다.

모친이 쳐다봤다.

"있잖아요. 만약에 말인데요."

김조한이 말했다.

"말해 봐라."

모친이 말했다.

쌈을 싸서는 입에다가 넣었다.

김조한이 보고 있다가 말했다.

"아니에요."

"김치를 구울까."

모친이 말했다.

"좋아요."

김조한이 말했다.

모친이 불판 앞으로 다가갔다. 김치를 올렸다.

큰 건물 안으로 들어왔다. 남은 곳은 이 곳밖에 없었다. 공터가 남았다. 아니 공터일 리가 없다. 내부는 여러 개의 방으로 나뉘어 있었다. 폐공장 이라는 사실을 상기시켰다. 사람을 죽인다면 어디가 적당할까. 문고리를 돌리면서 지나다녔다. 그러던 중에 열리지 않는 곳을 발견했다. 걸음을 멈추고 위를 봤다. 생산1팀. 불이 환하게 켜져 있었다.

어설프게 소리를 냈다간 범인이 범행을 앞당길 위험이 있다. 예전 시간 까지는 5분이 남은 상태였다. 뭔가 열쇠구멍에 들어갈 만한 것이 없을까. 가느다란 철이나 고리여도 괜찮다. 앞을 봤다. 벽에 커다란 게시판이 있 었다. 마지막 포장 날짜가 2000년도로 표기돼 있어서 아래를 봤다. 바닥 에 열쇠가 떨어져 있었다.

문을 따고 들어갔다. 공장의 생산실이었다. 왼편으로 커다란 승강기가 있었다. 큰 라인이 벽면을 따라 이어지고 있었다. 선풍기가 드문드문 보 였다. 먼지가 내려앉은 라인 너머로 무언가 있었다. 눈에 힘을 주고 바라 봤다. 두 사람이었다. 십대로 추정되는 남자가 누군가의 목울대에 칼을 들이대고 있었다.

나는 그들의 뒤로 다가갔다. 총을 꺼내서 겨눴다.

"이제야 오시나요."

정원명이 돌아섰다.

총구가 이마를 향했다.

"기다리고 있었습니다. 늦지 않으셨네요. 용하세요."

정원명이 말했다.

자진해서 무릎을 꿇더니 손을 뒤로 돌렸다. 류만호가 눈을 감았다. 나는 정원명의 손목에 수갑을 채웠다. 그는 칼자루를 손에서 놓더니 반항 없이 일어났다.

"제가 여기 있다고 조한이가 말했습니까?"

정원명이 말했다.

나는 원명이의 얼굴을 응시했다. 그는 상심한 표정이었다.

"시간을 맞춰서 온 걸 보면 조한이가 말했나 봐요."

그렇다고 말했다.

"잘한 거겠죠?"

정원명이 말했다.

류만호는 정상적으로 호흡하고 있었다. 신고를 한다면 후에 구급대원이나 경찰들이 와서 집으로 인계될 거다.

"무슨 생각해?"

김지인이 말했다.

"가야 하는 거 아니야?"

송지환이 말했다.

"미안해. 분위기가 자꾸 깨져서."

이혜진이 말했다.

"우리가 더 미안하지."

김지인이 말했다.

"일 있으면 가 봐. 다음에 내 친구랑 넷이서 보자."

송지환이 말했다.

"그럼 나중에 다시 만나자."

이어폰을 귀에서 빼면서 이혜진이 말했다.

긴급 속보였다.

"세간을 떠들썩하게 만들었던 연쇄살인의 용의자가 조금 전 경찰에 붙잡혔습니다. 경찰은 사건의 정황을 볼 때 붙잡힌 용의자가 진범일 가능성이 매우 높다고 밝혔습니다. 현재 용의자 정모 씨를 진범으로 두고 수사가 이어지는 중이며….'

조한은 티브이를 응시하고 있었다.

휴대폰을 손에 쥐고 있었다. 고개를 돌려 휴대폰을 봤다. 액정은 검은 빛이었다. 메시지를 확인해야 할까.

조한이 티브이를 응시했다.

"… 충격을 주고 있습니다. 살인을 벌이기 위한 수법이 나날이 발전하는 것 같아 씁쓸함을 안겨 주고 있습니다. 다음 뉴스입니다."

원명이가 붙잡혔다.

김조한이 휴대폰을 들고 일어났다.

"빨리 들어와."

모친이 말했다.

"죄송해요."

김조한이 말했다.

새벽 세 시였다. 모친은 조한이 오기 전까지 거실의 소파에 앉아 있었다. 거실에만 불을 켜놓은 채로 초침소리에 귀를 기울였다. 초인종이 울리고 나서야 조용히 일어났다. 현관으로 향하는 길목이 비틀거리고 있었다.

"잠은 일찍 자는 게 좋아."

모친이 말했다.

김조한이 신발을 벗고 들어왔다. 표정이 좋지 않았다. 모친이 조한의 어깨를 감싸고는 방까지 함께 갔다.

"밖이 추웠지. 봄이래도 아직은 일교차가 크단다. 새벽까지 돌아다니고 그러면 안 돼."

모친이 말했다.

"아버지 계셨던 장소에 갔던 거지. 이제 가면 안 된다. 엄마랑 약속해."

모친이 한번 더 말했다.

정원명이 연쇄살인범으로 밝혀졌다. 두 해가 조금 넘는 기간 동안 오십 명 가까이 살해한 것으로 결론이 났다. 의심 가는 사건이 더 있었지만 범인으로 몰기에는 증거가 불충분했다. 세 건의 연쇄살인과 이슈가 된 여덟 개의 살인사건이 모두 그의 소행이었다. 그는 중증의 정신분열증을 앓고 있었다. 검사를 통해서 미세한 정신병이 추가로 드러났다.

정원명은 연쇄살인범의 통계를 벗어났다. 반사회적 인격 장애가 아니었다. 정신건강이 안 좋았을 뿐, 완벽한 일반인이었다.

"김치가 맛이 좋아."

김성재가 말했다.

"김치찌개에는 묵은지를 넣는 게 좋지."

내가 말했다.

"그렇게 생각해?"

"당연한 소리야."

김성재가 말했다.

일반인이 연쇄살인을 저지른 이유에 대해서 매스컴이 주목했다. 원인이 드러나자 한동안 시끌벅적했다. 우리 가운데서도 그들이 나올 수 있다는 사실에 모두들 놀라워했다. 현실의 문제에 대해 재검토하는 시간이 됐다.

"이렇게 먹는 게 맛있어."

김성재가 말했다.

찌개에서 기다란 김치를 건졌다. 김을 싸듯 밥알을 감싸서 입으로 가져갔다. 붉은 자국이 입에 묻었다.

정원명은 인육을 먹었다. 일반인이라고 밝혀졌음에도 다른 인종일 거라 의심을 받는 이유였다. 인간인 이상은 인육을 먹으면 거부반응이 온다. 구토를 일으키거나 미치고 만다. 기괴한 행동을 보이지 않았으며 이성적이었다는 것을 정신병 없는 사이코패스일 거란 의심을 낳진 못했다. 정원명은 인육을 먹은 후에 모두 토해냈다고 고백했다. 정신병적인 범행이라는 결론이 우세해졌다. 정원명은 급격한 행동의 변화를 드물게 보이고 있었다.

"우리 딸이 알려줬어."

김성재가 말했다.

휴대폰을 꺼내더니 사진을 내게 보여 줬다. 머리를 양갈래로 묶은 여자애였다. 곰인형을 품에 안고 있었다.

"예쁘지?"

김성재가 말했다.

"몇 살이야?"

내가 말했다.

"열 살이야."

김성재가 말했다.

경찰의 호의를 뿌리치고 집으로 돌아간 류만호는 그 날 새벽에 죽은 채로 발견됐다. 증거불충분. 미제 사건으로 남겨두기 싫은 자들이 이야기를 꾸몄다. 류만호는 정원명이 죽인 거다. 공식적인 결론이었다. 수사는 종료됐다. 진범은 잡히지 않았다.

나는 공책을 떠올렸다.

정원명의 연구실에서 공책을 가져왔다. 그가 구속수사를 받고 있을 때 집에서 그걸 확인했다. 프로필이 담겨 있었다. 인물들의 프로파일이 적혀 있었다. 프로필 밑에 피해자 이름과 사는 곳, 지명이 적힌 쪽지가 무수히 많았다. 지명은 범행장소와 일치했다. 중간에 찢겨져나간 흔적이 있었다. 두 장 정도였다. 경찰들은 공책의 존재를 모르고 있다. 아무도 모르게 집으로 가져온 건 잘한 일일까?

"열 살이면 몇 학년이지?"

내가 말했다.

"초등학교 3학년. 이사 때문에 며칠 전에 학교를 옮겼어."

김성재가 말했다.

기쁜 얼굴로 말해놓고는 찜찜한 표정을 지었다. 정원명이 괴롭힘을 당하기 시작했던 것도 그 즈음이었다.

"정원명은 어떻게 되는 걸까."

김성재가 말했다.

"쉽게 빠져나가진 못할 거야."

내가 말했다.

정원명의 아버지는 고위층에 속했다. 그는 아들의 범죄를 짐작하고 있었다. 공장을 아들의 비밀 아지트로 선물한 장본인이 정원명의 아버지였다. 다달이 드는 유지비도 그가 부담하고 있었다. 경찰 측의 추측에 따르자면 그랬다.

정원명의 형량을 두고 재판이 진행 중이었다. 정신분열증과 여러 정신병을 두고 말이 많았다. 사실상 보호감호소라던가, 무기징역으로 끝이 날 것으로 보였다.

"왠지 찜찜하군."

김성재가 말했다.

6
- 회귀

2005년 6월

거리가 무덤처럼 침묵하고 있었다. 어둠이 길가에 덧씌워졌다. 전기가 차단됐다. 길가는 대체적으로 조용했다. 가정집에서 간간이 대화가 흘러나오고 있었다.

골목에 당도해서 걸음을 멈췄다.

고양이가 등을 굽히고 자동차 밑에서 기어나왔다. 그러고는 담을 넘어 주택 안으로 사라졌다.

용의자는 인기척을 확인하고 고개를 돌렸다.

"어차피 일이 년이면 잡히고 말 거야."

정원명이 덧붙여 말했다.

"알지? 우리끼리만 해야 돼."

그는 망설이는 모습이었다.

"오십을 목표로 하자. 비겁한 놈이 되기는 싫어. 죄 없는 사람은 가능하면 피하고, 양심이 불량한 놈들만 죽이자. 복수할 대상들은 절반을 넘긴 후에 살해하기 시작해야 돼. 그래야 용의자로 추려지는 시간을 늦출 수 있어. 그걸 위해서 우리가 연구도 했던 거잖아."

정원명이 말했다.

칼날을 잡았다. 손잡이 부분을 용의자에게 내밀었다.

"너의 복수는 네 손으로 할 수 있도록 도울 거야. 마지막 숫자를 채우는 것도 가능하면 네 몫이 되도록 해줄게."

그가 덧붙였다.

"복수가 끝났는데 아직 잡히지 않았다면 난 자살을 할 생각이야."

진심으로 보였다.

"자, 연습해야지."

정원명이 말했다.

등을 보이고는 천천히 걷기 시작했다.

2006년 5월

"여기가 내가 말한 그 곳이야."

공장 앞에서 정원명이 말했다.

"식당만 빼고는 사용할 가치가 있을 거 같아."

공장은 규모가 컸다.

"정말로 폐쇄된 곳이 맞아?"

용의자가 말했다.

"아버지를 통해서 확인했어. 여기는 우리만의 공간이야."

정원명이 말했다.

"뭐라고 말하고 속였어?"

용의자가 속삭이는 목소리로 말했다.

"속이지 않았어."

정원명이 말했다.

"아버지는 내 편이야."

"사실을 말했어?"

용의자가 말했다.

"약속을 받았어. 붙잡히게 되면 최선을 다해서 날 도울 거랬어."

정원명이 말했다.

"그럼 네가 잡히는 게 좋겠네."

용의자가 말했다.

"나만 잡히는 게 가장 이상적인 방법이야."

정원명이 말했다.

공장 내부로 들어갔다.

2011년 5월 21시 02분

바람이 찼다. 주변을 둘러봤다. 파스텔 톤의 회색거리가 눈에 들어왔다. 검은 윤곽들은 도시의 구분선을 수놓았다. 구분선 밑에 짙은 명암이 드리워져 있었다. 네온사인의 조명이 이질적으로 거리를 밝혔다.

왁자지껄한 대화를 나누며 사람들이 오갔다. 술에 취한 중년이 쓰레기통을 발꿈치로 쑤셔댔다. 손을 맞잡은 연인이 수줍게 눈을 맞추고 귓가에 속삭이고 있었다.

용의자는 고개를 숙였다.

문자메시지를 받았다. 류만호의 집에 관한 정보가 담긴 메시지다. 찾아가는 동선과 구별가능한 집의 특징이 자세하게 쓰여 있었다.

류만호와는 친분이 두텁지 않았다. 그의 집에 방문한 적이 없었다.

'몇 줄의 설명으로 찾아갈 수 있을까?'

상관없었다. 찾지 못한다면 하지 않으면 된다. 오래 전의 일이다. 뒤늦게 복수를 한다고 과거는 바뀌지 않는다. 과거는 현재를 만든 산물이다. 현재가 만족스럽다면 예전의 일에 불만을 품어서는 안 된다. 필연적인 불행이었을 뿐이라고 치부해야 서로서로 편하다. 복수가 현저한 이득을 낳는다면 또 모른다.

도로 위였다. 수많은 차량이 정차해 있었다. 대기하는 시간이 길었다. 지루함을 참지 못한 차들이 몸을 부들부들 떨어댔다.

하나 둘 셋.

신호등 불이 바뀌었다. 앞차가 움직였다. 선지자의 횃불을 뒤따르듯 차들이 경주를 시작했다.

2008년 11월

"아빠 드릴 말씀이 있어요."

정원명이 말했다.

"내년 여름쯤에 시작할 거예요. 성형은 역시 해야 할 거 같아요. 이름도 바꿔야 하구요. 그리고 개명 말고 위조를 하면 안 되나요. 그냥 사망신고를 해야죠. 이런 부탁을 드려서 죄송해요. 할 수 있을 때까진 해야죠. 그 사람들만 노리면 안되냐구요?"

집이었다. 중요한 일로 대화를 나누고 있었다. 수화기 너머의 인물은 시종일관 저음의 목소리로 대답하고 있었다.

"고마워요."

정원명이 말했다.

2009년 3월

고등학교 입학식이다. 학생들이 강당에 모여 있었다. 눈에 띄는 신입생들이 있었다. 튀는 옷차림을 하고 있거나 죄다 얼굴이 반반한 아이들이다. 화장을 한 여학생도 더러 있었다. 그들은 남녀를 불문하고 강당의 여기저기를 둘러보고 있었다. 서로에게 신호를 보내기 위함이다. 눈이 맞아서 떠들고 있는 학생들도 있었다.

그들이 간간이 정원명을 힐끗거렸다.

입학식이 끝나고 정원명이 그들에게 다가갔다.

2002년 3월

"붙잡아. 꽉 잡아야지."

이철민이 말했다.

"얘가 자꾸 발버둥을 치잖아."

한진영이 말했다.

손가락에 걸린 채집통이 흔들렸다. 손 하나만으로 발버둥치는 사람을 막기란 어려운 일이었다. 상대가 상대인 만큼 배로 벅찼다. 체구가 있었기 때문에 힘이 보통을 넘었다. 몸으로 진정시키기엔 무리가 있었다.

이철민이 친구들을 더 불러왔다.

"그런데 너무 심한 거 아닌가?"

한진영이 말했다.

학급 아이들이 입을 틀어막으며 고개를 돌렸다. 극소수의 아이들만이 상황을 주시하고 있었다. 흥미와 호기심이 반반씩 섞인 눈이다.

"이것저것 다 받아먹었을 거면서 이건 싫어?"

이철민이 말했다.

바닥에 채집통을 내려놨다. 한진영은 조한의 왼팔을 붙잡고 철민을 바라봤다. 철민은 채집통을 들어올리며 안을 들여다봤다.

까맣고 누런 벌레와 곤충이 그 안에 많았다. 애벌레와 쥐며느리를 비롯한 벌레들이 꼼지락거리며 움직였다. 무수한 곤충이 벌레들 사이를 메우고 있었다. 일부의 곤충이 발작을 일으키듯 날개를 털어댔다.

"이제 집어넣자."

한진영이 말했다.

철민이 채집통의 입구를 조금 벌렸다. 이철민의 친구가 조한의 입을 벌렸다. 이철민이 장갑을 끼고는 통 안에서 벌레를 한 움큼 집었다.

복도를 달려왔다.

반을 들여다봤다. 교실 분위기가 어수선했다. 한진영과 이철민이 낄낄거리며 웃고 있었다. 나머지 대다수의 학생들은 비위가 상한 얼굴로 말이 없었다. 조한은 보이지 않았다. 때맞춰 철민과 진영이 고개를 돌렸다.

그들과 눈이 마주치자 번뜩 뒤통수가 시끄럽다는 사실을 깨달았다. 정원명은 뒤로 돌았다. 복도의 아이들이 일제히 한 곳을 바라보고 있었다. 문이 닫힌 화장실이다. 수군거림은 화장실로 향하고 있었다.

조심스럽게 화장실로 들어갔다. 문을 받고 앞을 봤다. 물줄기가 세면기를 세게 내리치고 있었다. 누군가 물을 퍼다가 입 안으로 쑤셔넣고 있었다. 헛구역질을 하면서 입을 벅벅 문지르는 모습을 멍하니 바라봤다.

조한을 바라봤다. 눈이 충혈되어 있었다.

밤이었다. 부모님은 주무시는 중이다. 안으로 들여야 할까. 잠에 빠진 지 두 시간이 넘은 뒤지만 혹시라도 깨어날 가능성이 있었다.

조한을 보고 있다가 정원명이 뒤로 물러났다. 들어오라는 의사표시였다. 그러나 김조한은 조금도 움직이지 않았다.

한참이 지난 후에 조한이 말했다.

"우리 아버지를 죽여줘."

2011년 5월 21시 30분

예전엔 사람을 죽이는 걸 꺼려했었다. 살인을 하면 사람이 아니게 될 거라는 두려움 때문이었다. 구분이 생길 것 같았다. 남들이 어떻게 받아들이든 상관없었다. 스스로가 그들과 거리를 둘 거였다.

섞일 수 없다는 괴리감. 그런 걸 느끼면서 정상적으로 삶을 영위할 수 있을 리가 없었다. 자신도 없었다. 마음이 수십 번 바뀌었다.

'바뀌는 것.'

용의자는 곰곰이 생각했다.

그런 건 애초에 없었던 게 아닐까. 알아보는 사람이 있다는 것만 빼면 바뀌지 않는다. 의식의 변화야 어쩐지 못하겠지만.

골목길이 나왔다. 길을 따라서 걷다가 왼쪽 블록으로 꺾어 들어가야 한다. 이제 코앞이다. 류만호는 언제쯤 집으로 돌아올까.

2008년 7월

핏기가 사라진 시체가 땅바닥에 누워 있었다.

정원명은 투명한 통을 들고 있었다. 안에 액체가 들어 있었는데 자두알보다도 붉었다. 시체의 몸에서 뺀 핏물의 일부였다. 통을 든 채로 시체를 바라봤다. 정확히 말하자면 시체가 아니었다. 이경신의 죽은 몸이다.

이경신은 방관자였다. 유학을 다녀온 천재였다. 괴롭힘을 당하는 학생이 있어도 글로벌 정신으로 용서하는 대인배였다. 협력의 정신이 투철했다. 알게 모르게 가해자들을 도와서 수업시간에 수치와 모욕을 줬다.

정원명은 시체를 조립하기 시작했다.

이미지를 떠올렸다.

치부를 들키는 게 무서웠던 여자가 있었다. 그러나 평생 간직하려고 했던 여자의 치부는 죽음의 순간에 만천하에 드러났다. 자기만을 알았던 나약한 보호본능은 죽음의 순간에도 거두지 못한 거다.

정원명은 다리 주변에 핏물을 부었다. 피가 흐르는 걸 보면서 생각했다. 그녀는 죽음 또한 무서웠을까.

2010년 12월

정원명이 모자를 썼다.

'의사가 놀랐을까.'

속으로 생각했다.

'아들과 비슷한 얼굴을 한 남학생에게 죽임을 당했다. 어떻게 받아들이며 죽었을까. 제대로 된 복수가 됐어야 하는데.'

되짚어서 생각했다.

"이제 가자."

이혜진이 의사의 머리맡에서 말했다.

손에 과도를 들고 있었다.

"들키면 안 되잖아."

머리맡에서 물러나며 혜진이 말했다. 후드와 마스크로 얼굴을 가리고 있었다.

"조한이를 보고 갈까."

정원명이 말했다.

"지금 집에 있을 거야."

이혜진이 다독이는 어조로 말했다.

"어디 있지."

누군가 중얼거렸다.

이혜진이 정원명의 팔을 잡아끌었다.

김조한의 모친이 의사를 바라봤다.

붉은 핏자국이 셔츠에 배어있었다. 의사가 죽었다. 정밀하게 확인하진 않았지만 분명히 죽었다. 그런 느낌이 들었다. 가슴이 빠르게 방망이질을 쳐댔다.

시선을 내렸다. 고양이 열쇠고리가 핏물 옆에 놓여 있었다.

낯이 익다.

기억을 더듬었다. 마침내 떠올렸다. 모양은 물론이고 색까지 같았다. 조한의 물건이다. 아이들은 지금 여기 없다. 누군가 비슷한 열쇠고리를 두고 갔을지도 모른다. 그러나 확률적으로 희박했다.

의심할 여지가 없었다. 아들이 흘리고 간 거다.

굳은 듯 멈췄다.

마네킹 같은 게 바닥에 누워 있었다. 누군가 사람들을 놀래키기 위해서 놓고 간 걸까. 쭈뼛쭈뼛 다가갔다. 맥박이 빨랐다. 가까워질 때마다 가슴속이 고요하게 가라앉았다. 윤곽이 차츰 선명해졌다. 달빛이 내려왔다. 조한은 마네킹을 확인했다. 의사의 시체였다.

무릎이 땅바닥에 닿았다. 물방울 하나가 아래로 떨어졌다.

2011년 3월

"머리를 벽에 박아. 세게 박으면, 한 번에 죽을지도 몰라."

정원명이 말했다.

"이건 날이 안 서서 조금 전처럼 여러 번 나눠서 쳐야 죽을 거야. 도망갈 생각 말고. 나 달리기 빨라."

권기주가 담벼락에 머리를 박아댔다. 처음엔 느린 동작이었다. 시간이 흐를수록 권기주는 적극적으로 머리를 박기 시작했다. 머리를 쪼는 소리에 맞춰서 담벼락 위로 붉게 핏자국이 수놓아졌다.

권기주는 피를 쏟으며 정신을 잃었다.

정원명은 권기주의 손에 도끼를 쥐어줬다.

2007년 9월

자살할 생각은 아니었다.

우둘투둘한 비포장 바닥이 피로 젖어들고 있었다. 바닥으로 추락한 몸이 작게나마 미동을 보였다.

고양이 열쇠고리가 근처에 떨어져 있다.

정원명은 난간을 걷고 있었다. 흔들리는 몸짓으로 걸어다니며 김조한과 대화를 나눴다. 밑에서 불어온 바람이 옥상에서 꺾였다. 바람이 비명을 질러댔다. '이제 내려와.' 조한이 말렸다. 그러나 정원명은 듣지 않았다. 순간 바람이 세게 불었고 몸이 휘청거렸다. 난간 안으로 몸이 당겨졌고 이어서 큰 소리가 들렸다. 정신을 차렸을 때, 옥상에 있어야 할 김조한은 보이지 않았다.

이미 사고가 벌어진 뒤다.

정원명은 고개를 들었다. 기계적인 움직임으로 몸을 옆으로 틀었다. 교정의 시계가 보였다. 시계는 8시 25분을 가리키고 있었다.

2011년 5월 21시 52분

문이 세게 닫혔다.

붙박은 듯 현관 앞에 서 있었다. 방을 발견하곤 잽싸게 달려갔다. 책상 서랍을 뒤지기 시작했다.

잡동사니들.

서랍에는 없는 건가. 보이지 않았다.

없다.

없다.

어디로 사라진 걸까.

누군가 치운 걸까.

인기척에 고개를 들었다.

부모가 멍청하게 서 있었다.

"나 당할 때 뭐하고 있었어!"

류만호가 부모를 보고 소리쳤다.

서랍에서 잡동사니들을 꺼내 부모에게 내던졌다.

"뭐하고 있었냐고! 나가!"

류만호가 말했다.

부모가 방 밖으로 뛰어나갔다. 류만호가 뒤를 쫓으며 물건을 던졌다. 류만호의 서슬에 못 이긴 부모가 현관 밖으로 쫓겨났다.

그들이 도망쳐서 사라지자 류만호는 방으로 돌아왔다. 옷장으로 다가갔다.

2011년 7월

학교가 끝난 오후 시간이었다. 지하상가였다. 이혜진은 지인과 쇼핑을 하고 있었다. 눈으로만 구경하기도 하고 둘러보고 있었다.

"이거 어때?"

까만 청바지를 들고 김지인이 말했다.

"너는 키가 크니까 잘 어울릴 거야."

이혜진이 말했다.

"너도 작은 편이 아니야. 나랑 3센티 정도밖에 차이가 안 나잖아."

김지인이 덧붙여 말했다.

"너 키가 몇이었지?"

"172."

이혜진이 말했다.

"나랑 4센티 차이구나."

김지인이 말했다.

"어떤 스타일 찾으세요?"

매장 직원이 다가와서 말했다.

"그냥 구경하는 거예요."

김지인이 말했다.

직원은 물러갔다.

"어쨌든 부럽다."

이혜진이 말했다.

"뭐가?"

바지를 제자리에 걸어두며 지인이 말했다.

"키가 크면 좋은 점이 많잖아."

이혜진이 말했다.

"크면 남자들이 싫어해. 너두 작은 건 아니라니까."

김지인이 말했다.

혜진의 팔을 끌고 매장에서 멀어졌다.

"172는 여자 중에도 꽤 있잖아?"

이혜진이 말했다.

"모자 쓰고 다니면 남자로 보는데 이게 부러워?"

김지인이 말했다.

"난 부러운데. 무시하지 못하니까."

이혜진이 말했다.

"오해 받는 건 좋고?"

김지인이 의아한 표정으로 말했다.

"차라리 그게 낫지."

이혜진이 말했다.

2011년 5월 22시 07분

책상 서랍에는 없다. 옷장에도 없었다.

어디에다가 둔 걸까. 보관할 장소는 방밖에 없다. 부모가 발견하고 치운 건 아닐까. 적의가 불타올랐다.

방구석에 옷가지와 잡동사니가 쌓여가고 있었다. 치우려면 얼마가 걸릴지 모른다. 그러나 그건 중요하지 않았다.

어린 치기에 벌인 짓이다. 후회하고 있다.

류만호가 손뼉을 쳤다.

죄의식에 사로잡혀서 꿈을 꾸는 중에 버렸을지도 모른다. 스스로에게 박수갈채를 보내고 싶어졌다.

아니다.

머리를 휘저었다.

아닐 거다. 몽유병은 없다.

그럼 어디다가 둔 거지.

류만호는 침대 아래를 봤다.

지난 가을에 중요한 물건들을 그 아래에 쑤셔 박았다. 뒤늦게 생각이 났다. 부모는 때때로 방 검사를 했지만 침대 밑은 살피지 않았다. 그래서 들키기 싫은 물건들은 죄다 그 밑에 넣었다. 그때 같이 숨겼을 거다.

류만호가 침대 밑으로 손을 뻗었다.

2011년 5월 22시 13분

휴대폰을 내려다봤다.

김조한이 길을 걷고 있었다.

고개를 흔들고 한 가지 사실을 떠올렸다. 정원명이 꼬리를 잡혔다. 꼬리를 잡을 수 있도록 길을 안내한 건 조한이었다. 형사에게 사실을 밀고한 거다. 배신은 아니다. 절대로 배신이 아니다. 정원명은 원망하지 않을 거다.

2011년 4월

"조한이가 잡혔어."

정원명이 말했다.

"잡혔다고?"

이혜진이 말했다.

당혹스러운 표정이었다.

"부탁이야, 이번에도 도와줘."

정원명이 말했다.

"이제 사람을 죽이긴 싫어."

이혜진이 말했다.

"너도 사람들 싫어했잖아."

정원명이 말했다.

"나도 모르겠어."

이혜진이 작게 말하더니 덧붙였다.

"조한이는 문제없을 거야."

"그 얘기가 아니야."

정원명이 말했다.

"그럼 어떡하라구."

이혜진이 난처한 얼굴로 만했다.

"반드시 도와달라는 얘기가 아니야. 내가 끝을 맺지 못한다면 네가 처리해줘. 무리한 부탁은 이제 안 할게."

정원명이 말했다.

"지금 이것도 무리한 부탁이야."

이혜진이 말했다.

"그래서 모른 척 하겠다는 거야?"

정원명이 말했다.

목소리 톤이 높았다. 이혜진이 정원명을 끌어당겼다. 벽에 등을 밀착시켰다. 창문을 통해 보이지 않도록 몸을 숨겼다.

"조용히 해."

이혜진이 말했다.

정원명의 입을 틀어막았다.

발소리가 들렸다.

누군가 방을 훔쳐보는 느낌이었다. 문고리가 천천히 돌아가기 시작했다. 몸이 조금씩 경직되고 있었다.

손가락이 들어갈 만큼 문이 열렸다. 불이 꺼진 노래방 안이다. 변명을 해야 할까. 애초에 숨질 말았어야 했다. 도둑이 제 발 저린 격이다.

이혜진은 정원명을 봤다.

정원명은 뒤를 주시하고 있었다. 숨을 참기가 어려워졌을 무렵에서야 문이 닫혔다. 발소리가 들리더니 점점 멀어졌다. 다른 방의 문이 크게 여닫히는 소리가 났다. 마이크 소음이 되돌아오자 이혜진은 안심했다.

"되도록 나한테 부탁할 생각은 마."

이혜진은 말했다.

"돕겠다는 거지, 고마워."

정원명이 말했다.

"생각해 보겠다는 거야."

이혜진이 일어나며 말했다.

2011년 5월 22시 20분

고양이가 차 밑으로 기어들어갔다. 도둑고양이였다.

이혜진은 고양이를 향해 손짓하고 있었다. 고양이는 허리를 구부리고 앉아있었다. 초록의 눈동자가 물끄러미 응시했다. 털을 곤두세우고는 혜진의 움직임을 주시하는 거다.

"이리 와. 해치지 않아."

이혜진이 말했다.

고양이가 말을 알아들을까.

소리를 내는 구조가 다르다. 고양이는 자신의 말을 알아듣지 못할 거다.

모든 동물은 자기를 빗대어서 남을 생각한다. 경험과 주관을 통해서 말이다. 자신의 지각만이 세상의 전부라고 믿는다. 그걸 베이스로 다른 현상을 판단한다. 고양이는 사람의 언어와 행동을 이해하지 못한다. 고양이는 사람처럼 사고할 수가 없다. 사람도 고양이의 사고체계를 흉내내지 못한다.

시간을 두고 같이 지내면 행동은 점차 닮아간다. 고양이가 사람처럼, 사람은 고양이처럼 행동이 점차 닮아간다. 먹이를 나눠 먹는 것도 가능해진다.

그러나 서로가 돼 볼 수는 없다. 다르게 태어났기 때문이다. 상상력을 발휘해서 이해하는 척 할 수는 있다. 잘 지내다가도 삐걱거리는 일이 발생하는 이유가 이 점에 있다. '왜 저런 행동을 하는 거지. 왜 저렇게 받아들이고 반응하는 거지. 내겐 아주 사소하고 당연한 일일 뿐인데.' 서로에게 의문이 생긴다. 의문은 사라지지 않고 남는다.

사람들은 말한다. '난 가끔 고양이의 행동을 이해할 수가 없어. 가끔 보면 정말로 사람 같은데 말이야.' 고양이는 저들끼리의 언어로 대화한다. 우리는 저들의 방식에 순응하며 살아가야만 할까. 뭉뚝한 수족을 가진 동물로서는 풀지 못하는 문제다. '어쩌겠어.' 고양이들은 말한다. 사람은 다

수다. 고양이는 그에 비해서 소수다. 힘과 영향력으로 봐도 사람이 절대
적인 우위를 차지한다. 맞춰서 살아야 무난하게 산다.

피곤함이 몰려왔다.

"머저리 같은 생각이야."

이혜진은 중얼거렸다.

허리를 피며 고양이를 향해 말했다.

"있다가 먹을 걸 가져다가 줄게 야옹아. 어디 가면 안 된다."

2002년 6월

초등학교 운동장이었다. 나뭇가지로 개미집을 들쑤시고 있었다. 집을
박살내는 외부의 침입자를 감지하며 일개미들이 쏟아졌다. 열 마리 남짓
의 개미떼가 나뭇가지에 달려들었다. 정상에 오른 개미의 몸통 위로 최현
우가 입김을 불었다.

"백날 개미를 죽여 봐라. 네 부모님들은 널 쳐다도 안 볼 걸?"

최현우가 고개를 돌렸다.

진영이었다. 현우보다 머리통 하나가 작은 아이였다. 싸우게 된다면 때
려눕힐 수 있다는 자신감이 최현우에게는 있었다.

'개미랑 사람은 다르지."

최현우가 말했다.

한진영이 현우를 응시했다.

"그런데 거긴 어쩌고 여길 온 거야."

최현우가 말했다.

"친구도 같이 데려가려고 왔지."

한진영이 말했다.

"애들이나 괴롭히는 짓은 그만해."

개미집을 허물면서 최현우가 말했다.

"너무 심한 거 아니냐. 좋은 구경하자는 건데."

진영이 말했다.

현우는 일어서서 개미집을 신발로 눌렀다. 성에 차지 않았다. 인상을 썼다. 개미떼를 집과 함께 밟아 비볐다.

"막말로 네가 개미를 죽여대는 일보다는 나은 거잖아. 재미도 있고, 난 곤충을 괴롭히는 게 더 이해가 안 된다."

한진영이 말했다.

"개미랑 사람은 다르다니까?"

최현우가 말했다.

"알았으니까 빨리 따라오라니까요?"

진영이 돌아보며 말했다.

빠른 걸음으로 다가왔다. 현우의 어깨에 찰싹 붙었다.

"그러지 말고 빨리 가자. 좋은 구경이라니까 그러네. 다들 와 있어 빨리 안 가면 욕 엄청 얻어먹을 거야."

한진영이 말했다.

최현우가 마지못해서 걸음을 옮겼다.

2011년 5월 22시 40분

문이 열려 있었다. 하늘이 돕는 건가. 밤인데 문단속을 안 할 리가 없었다. 그런 일이 있었다면 더욱 방어적으로 문을 잠갔을 거다.

발을 내디뎠다. 뒤적이는 소리가 들려오고 있었다. 누군가 있는 거다. 문틈 사이로 낯익은 얼굴이 보였다.

용의자는 집을 둘러봤다.

평범했다. 보통의 가정집과 다를 게 없었다. 시선을 옮겨서 탁자를 쳐다봤다. 탁상 위에 가족사진이 놓여 있었다. 십대의 류만호가 가족들과 웃고 있었다.

2002년 6월

최현우와 한진영이 모습을 드러냈다. 소각장 앞에서 이벤트가 한창이었다.

"아직 시작 안 했지?"

한진영이 친구들을 바라보며 말했다.

"만호 오빠 화면 잘 나와?"

권기주가 말했다.

"그래 잘 나와."

류만호가 말했다.

"잠깐 포즈를 취해야지."

이철민이 말했다.

한진영이 최현우를 이끌고 포즈를 잡았다. 친구들이 다닥다닥 몰려왔다. 그들의 뒤로 세 명의 아이들이 배경처럼 앉아 있었다. 바지가 벗겨진 김조한은 바닥만 응시하고 있었다. 이혜진이 김조한을 흘깃 바라봤다.

"우리가 너무 괴롭히는 거 같잖아. 좀 붙어."

류만호가 말했다.

"다들 웃는 모습으로 뭘로 할까?"

권기주가 말했다.

"김치!"

한진영이 말했다.

"빨리! 친한 척."

권기주가 말했다.

"너는 눈 좀 풀어라."

이철민이 정원명의 뒤통수를 내리치며 말했다.

"그만 하고 이제 김치."

권기주가 말했다.

"사진도 아닌데 포즈를 정하는 이유가 뭐야."

최현우가 말했다.

기분 나쁜 표정이었다.

"그래야 재밌잖아. 난 우리 예쁜이 잡을래."

이철민이 조한의 어깨에 팔을 두르며 말했다.

"난 소심쟁이야?"

권기주가 덧붙여 말했다.

"난 얘랑 어깨동무하기 싫은데."

"너 눈알에 힘 좀 빼렸지."

이철민이 말했다.

"형 야하게 잘 찍어줘요."

류만호를 보며 이철민이 덧붙였다.

"이철민 진짜 또라이 같아."

권기주가 말했다.

낄낄거리며 웃었다.

"이제 시작하자."

이철민이 말했다.

그는 손을 뻗었다.

2011년 5월 22시 47분

"찾았다!"

류만호의 방에서 나는 소리였다.

용의자가 걸음을 옮겼다.

칼로 벽지를 짚으며 류만호의 방으로 향했다. 벽지가 찢어지는 소리를 류만호는 듣지 못한 모양이다. 흥분한 탓인 것 같았다.

뭘 찾은 걸까.

뭔지는 몰라도 중요한 걸 찾은 거다.

류만호는 네모난 상자를 들고 콩콩 뛰고 있었다.

굉장히 소중한 물건이 든 것처럼 느껴졌다. 찾던 걸 얻었으니 기쁜 건 당연하다. 기쁨 때문에 눈이 멀어서 상황파악을 못하는 거다. 마치 외눈박이 꼴이다.

용의자가 천천히 손을 들었다. 형광등의 스위치를 눌렀다. 머릿속으로 이미지를 떠올렸다.

살인자는 죽지 않는다

초판 1쇄 2017년 7월 15일

지은이 | 문지솔

펴낸곳 | 문학여행
발행인 | 고민정
주 소 | 서울특별시 중구 을지로 14길 20, 5층 출판그룹 한국전자도서출판
홈페이지 | www.bookjour.com
이메일 | contact@koreaebooks.com
전 화 | 1600-2591
팩 스 | 0507-517-0001
원고투고 | edit@koreaebooks.com
출판등록 | 문학여행 제2017-000048호

ISBN 979-11-88022-02-1 (03810)